Veröffentlicht von
DREAMSPINNER PRESS

5032 Capital Circle SW, Suite 2, PMB# 279, Tallahassee, FL 32305-7886 USA
www.dreamspinnerpress.com

Wofür es sich zu kämpfen lohnt
Urheberrecht der deutschen Ausgabe © 2017 Dreamspinner Press.
Originaltitel: Flight or Fight
Urheberrecht © 2016 Dirk Greyson.
Original Erstausgabe. August 2016
Übersetzt von Martina Gille.

Umschlagillustration
© 2016 L.C. Chase.
http://www.lcchase.com
Die Illustrationen auf dem Einband bzw. Titelseite werden nur für darstellerische Zwecke genutzt. Jede abgebildete Person ist ein Model.

Deutsche ISBN. 978-1-64080-373-2
Deutsche eBook Ausgabe. 978-1-64080-372-5
Deutsche Erstausgabe. Oktober 2017
v 1.0

Gedruckt in den Vereinigten Staaten von Amerika.

WOFÜR
ES SICH ZU
KÄMPFEN
LOHNT

DIRK GREYSON

Für Rhys Ford. Du bist unglaublich und diese Geschichte würde es ohne dich nicht geben.

1

MACKENZIE „MACK" Redford war müde.

„Gloria, ich bin bei den Stevens fertig", sagte er ins Funkgerät des Wagens, während er fuhr wie eine gesengte Sau. Er wurde langsamer, als er bemerkte, wie schnell er unterwegs war und sich daran erinnerte, dass er mit gutem Beispiel vorangehen musste, wenn er nicht gerade zu einem Einsatz fuhr.

„Wie schlimm war es denn?", fragte Gloria.

„Das willst du gar nicht wissen." Einsätze wegen häuslicher Gewalt waren immer die schlimmsten.

„Ich denke, das muss ich, Sheriff", sagte Gloria und Mack fiel ein, dass Elise Stevens Glorias Cousine war. Zum Teufel, in diesem Teil von South Dakota war irgendwie jeder mit jedem verwandt, jeder kannte jeden und man verließ sich aufeinander. Er fand, das war Kleinstadtleben von seiner besten Seite. Aber Hartwick hatte seinen Anteil an Problemen, und an diesem Morgen hatte eines davon sein hässliches Gesicht gezeigt.

„Du weißt, dass ich das nicht über den Polizeifunk sagen kann." Er musste sich so professionell wie möglich verhalten, auch wenn er Harley Stevens am liebsten den Kopf abreißen würde. „Gab es noch mehr Anrufe?"

„Im Moment nicht", antwortete Gloria. Dann verstummte das Funkgerät, dafür fing sein Handy an zu klingeln, und er wusste, dass er besser dranging, oder er würde bitter dafür büßen müssen. Gloria war eine ziemlich nette Frau, aber wenn man sich mit ihrer Familie anlegte, konnte sie zur weltgrößten Furie werden. „Du sprichst jetzt nicht über den Polizeifunk, also sag mir, was dieser Scheißkerl, mit dem meine Cousine verheiratet ist, jetzt wieder angestellt hat."

„Er hat sich betrunken und Elise verprügelt. Sie hat ein paar blaue Flecken, behauptet aber weiterhin, sie wäre die Treppe runtergefallen. Wenn sie ihn anzeigen würde, dann würde ich mir Harley schnappen, aber das tut sie nicht."

„Verdammt …", fluchte Gloria. „Ich dachte, dieses Mal würde sie es tun, nachdem ich dieses Gespräch mit ihr hatte."

„Sie hat mehr Angst davor, ihn zu verlieren und mit leeren Händen dazustehen, als sie vor ihm hat." Mack kannte Angst und Elise hatte sie in Wellen ausgestrahlt, sogar als sie direkt neben ihrem Peiniger gestanden

1

hatte. „Es ist eine gottverdammte Schande, weil sie so ein netter Mensch ist. Gloria …"

„Ich weiß. Ich werde ein, zwei Tage warten und dann mit ihr reden. Ich habe noch einen Knopf, den ich drücken kann, aber das ist der für den Nuklearangriff. Danke, dass du getan hast, was du konntest." Gloria legte auf und Mack fuhr weiter zum kleinen Stadtzentrum.

Hartwick in South Dakota war nichts besonderes: eine einzige Ampel und ungefähr ein Block mit Läden, die die Stadt und die Umgebung versorgten. Das Lebensblut der Stadt waren die Produkte, die der fruchtbare, sie umgebende Boden von South Dakota hervorbrachte. Der Großteil der Gegend war Weideland, auf dem robuste Rinderkreuzungen gezüchtet wurden. Hauptsächlich war es für ein ruhiges, aber hartes Leben geschaffen, das überdurchschnittlich häufig zu Alkoholsucht führte. Feuerwasser, wie sein Großvater es genannt hatte, um ihn davon fernzuhalten und ihm dabei zu helfen, sich seiner Wurzeln bewusst zu werden, war schon beinahe eine Seuche in seiner Stadt und Mack war gerade Zeuge eines seiner Symptome geworden.

Er hatte vor, durch die Stadt zum Spirituosenladen zu fahren, um dem Besitzer dort einen Besuch abzustatten. Nicht, dass dieser Schuld an seinen beruflichen Problemen war, nicht unbedingt, aber es war das Beste, wenn allen klar war, dass er ganz genau beobachtete, wem sie etwas verkauften.

„Sheriff", erklang Glorias Stimme, rau wie Sandpapier, aus dem Funkgerät und er war höllisch froh darüber, in diesem Moment im Wagen zu sitzen. Sie würde noch Stunden vor Wut kochen. „Ein Anruf ist auf dieser anonymen Hotline eingegangen, die der Bundesstaat eingerichtet hat. Sie haben uns angerufen. Es scheint einen Zwischenfall auf der alten Richardson Ranch gegeben zu haben."

Mack trat auf die Bremse und fuhr an den Straßenrand. „Ich dachte, die würde leer stehen." Mist, das könnte bedeuten, dass irgendjemand versuchte, sie als vorübergehenden Unterschlupf für Gott weiß was zu benutzen.

„Die Ranch ist ein einziges Chaos."

„Es hat ganz okay ausgesehen, als ich das letzte Mal dort gewesen bin", erwiderte Mack, während er den Wagen wendete und denselben Weg zurückfuhr, auf dem er gekommen war. An der ersten Querstraße bog er rechts ab und trat anschließend aufs Gas.

„Ich meine nicht die Ranch selber. Der Nachlass ist das reinste Chaos hinsichtlich der Besitzrechte oder war es jedenfalls für eine lange Zeit."

„In Ordnung. Danke. Ich bin auf dem Weg." Er fuhr weiterhin so schnell, wie er es wagte. Er wollte jetzt noch keine große Sache daraus machen. Er hatte schon vorher Anrufe von der Hotline erhalten und sie stellten sich normalerweise als Nichtigkeit heraus.

Mack fuhr langsamer, als er die Ranch erreichte. Ein Truck, der so sehr glänzte, dass er das Sonnenlicht stark reflektierte, dass es einen beinahe erblinden ließ, stand neben dem Haus, und ein Mann befand sich auf der Veranda und beugte sich über etwas. Mack hielt vor dem Haus und war mit einem Schlag wachsam.

Der Mann richtete sich auf und Mack zog seine Waffe, öffnete die Wagentür und duckte sich dahinter. Das Hemd des Mannes war blutverschmiert und auf der Veranda lag ein Körper. Dem Aussehen des Körpers und der Menge von Blut nach zu urteilen, würde er sich nie wieder aus eigener Kraft bewegen. „Treten Sie zurück und halten Sie Ihre Hände so, dass ich sie sehen kann", rief Mack nachdrücklich.

Der Mann war auf den Knien, wich zurück und streckte seine Hände in die Luft, weiß wie ein Laken und leicht grün um die Nase. „Ich habe sie nicht umgebracht."

„Gloria, ich brauche Unterstützung auf der Richardson Ranch, sofort", sprach Mack ins Funkgerät.

„Roger, Sheriff", sagte Gloria. „Deputy Morris ist auf dem Weg", teilte sie ihm dreißig Sekunden später mit.

„Voraussichtliche Ankunftszeit?"

„In zwei", erwiderte Gloria. „Er sagt, er fliegt." Mack war nur sehr wenigen Leuten begegnet, die so schnell fahren konnten wie Zeb Morris. Er liebte die Geschwindigkeit und das kam ihm jetzt gerade recht.

„Beruhigen Sie sich und lassen Sie Ihre Hände dort, wo ich sie sehen kann." Mack sah sich die Umgebung an. Der Kerl schien keine Waffe bei sich zu haben, aber das hatte nichts zu sagen. Langsam kam Mack hinter der Tür hervor. „Legen Sie sich mit dem Gesicht nach unten auf die Veranda, und halten Sie Ihre Hände dabei die ganze Zeit über so, dass ich sie sehen kann."

Der Mann tat, wie ihm geheißen, und Mack trat näher, wobei sein Herz bei jedem Schritt hämmerte.

„Ich habe ihr nichts getan. Sie war da, als ich nach Hause kam", sagte der Mann mit kraftloser Stimme. „Ich habe versucht, ihr zu helfen und dann sind Sie aufgetaucht." Er zitterte, was gut war. Eine gesunde Portion Furcht würde sich zu Macks Gunsten auswirken.

Seinen Blick und die Waffe weiterhin auf den Mann gerichtet, der keinen Muskel rührte, suchte Mack bei dem am Boden liegenden Körper nach einem Pulsschlag. Er fand keinen. Gottverdammter Mist. Er ging zu dem Mann hinüber und sicherte dessen Hände mit Handschellen hinter seinem Rücken. „Stehen Sie auf", befahl er und half dem Mann auf die Füße. Dort, wo seine Hand den Mann berührte, erwärmte sie sich, und er ließ ihn fast los, als er von Interesse durchzuckt wurde. Er musste sich selbst daran erinnern, dass er sich nicht zu Verdächtigen hingezogen fühlen sollte. Mack tastete ihn ab und fand außer einem Schlüsselbund und einer Brieftasche nichts weiter in seinen Taschen. „Also gut. Was ist hier passiert?"

„Bin ich verhaftet?", fragte der Mann mit festerer Stimme.

„Das bleibt abzuwarten", sagte er und wandte sich der Frau zu, die auf der Seite lag, mit dem Gesicht zum Haus.

Der Mann drehte sich um. „Bis dem so ist, könnten Sie die Handschellen abnehmen, weil Sie kein Recht haben, sie mir anzulegen." Er klang wie ein Snob aus dem Osten und sah zum Teil auch so aus wie einer, mit Jeans, die fast schon unanständig eng saßen, und Stiefeln, die niemand hier draußen tragen würde, geschweige denn sich leisten könnte. Wie sein Auto, sah alles an ihm funkelnagelneu aus, bis hinauf zu seinem weißen Tausend-Dollar-Stetson, der neben der Verandatreppe auf dem Boden lag.

„Gut, aber keine hastigen Bewegungen und Ihre Hände bleiben dort, wo ich sie sehen kann." Mack bezweifelte, dass der Mann eine unmittelbare Gefahr darstellte, also nahm er ihm die Handschellen ab und trat zurück, die Hand weiterhin an der Waffe.

Zeb fuhr in die Auffahrt und kam kiesknirschend zum Halt. Dann rannte er die Treppe hoch und kam schlitternd zum Stehen. „Guter Gott."

„Ruf den Gerichtsmediziner an und bring ihn her. Ich brauche dich, um herauszufinden, wer sie ist, und fass so wenig an wie möglich. Er muss alles ganz genau so sehen, wie es jetzt ist. Wenn du damit fertig bist, hol die Kamera und mach Fotos von allem."

Ein verdammter Mörder in seiner Stadt. Na wunderbar. Das hatte ihm gerade noch gefehlt.

„Ja, Sheriff", sagte Zeb und rannte zurück zum Auto.

Mack könnte schwören, dass der Kleine nie etwas Langsameres tat, als zu rennen. „Gehen", rief er und Zeb gehorchte. Dann sagte Mack zu dem Mann: „Wieso gehen wir nicht ein bisschen zur Seite und Sie erzählen mir, wer Sie sind und was passiert ist?" Er öffnete die Brieftasche, die er gefunden hatte und sah einen New Yorker Führerschein. „Ganz schön weit weg von zu Hause, nicht wahr, Mr. Calderone?" Mack zog die Augenbrauen hoch.

„Mein Name ist Brantley Calderone und das hier *ist* mein Zuhause. Vor einer Woche habe ich die Ranch offiziell gekauft und bin am Montag eingezogen." Etwas von seinem selbstgefälligen Gehabe war ihm abhandengekommen.

Mack zog Block und Stift hervor und fing an, sich Notizen zu machen. „Gibt es hier sonst noch jemanden?", fragte er, immer noch wachsam.

„Nein. Das Haus war verschlossen, und wie Sie sehen können, hat es hier schon seit einer ganzen Weile keine Aktivitäten gegeben."

„Sie sagen also, dass Sie diese Ranch gekauft haben?", fragte Mack und sah sich weiterhin um. Ihm fielen die Gerüchte ein, dass die Richardson Ranch an jemanden aus dem Osten verkauft worden wäre. Mack war trotzdem misstrauisch und stand mit dem Rücken zum Haus, nur um sicher zu gehen, dass sich niemand heimlich anschleichen konnte.

Brantley nickte langsam, so als würde er Mack abschätzen. „Ja. Ich bin in die Stadt gefahren, um ein paar Lebensmittel einzukaufen und mich umzusehen. Ich bin dabei, herauszufinden, was ich mit dem Land anfangen soll. Ich hatte vor, mit ein paar Leuten zu sprechen, um zu sehen, was das Beste wäre, aber niemand wollte mir auch nur sagen, wie spät es ist."

Kein Wunder, so wie er aussah, fand Mack.

„Als ich zurückkam, sah ich jemanden auf meiner Veranda. Als ich näherkam, sah ich das Blut und versuchte, ihr zu helfen." Brantley deutete auf sein Hemd. „Daher habe ich das hier."

„Wieso haben Sie nicht 911 angerufen", schnauzte Mack.

Brantleys Augen weiteten sich. „Das wollte ich gerade tun und dann sind Sie aufgetaucht und haben mich wie einen Kriminellen behandelt. Ich habe nur versucht, ihr zu helfen." Er rieb sich langsam die Handgelenke.

„Sheriff, der Gerichtsmediziner ist auf dem Weg", sagte Zeb und machte sich dann daran, die Fotos zu schießen.

„Ich weiß ja nicht mal, wer sie ist. Alles, was ich weiß, ist, dass ich von einem sehr unbefriedigenden und unerquicklichen Besuch in der Stadt zurückgekommen bin und jemanden tot auf meiner Veranda vorgefunden habe." Brantley schien, seinen geweiteten Pupillen nach zu urteilen, ziemlich bestürzt und mehr als nur ein bisschen erschrocken zu sein. Aber das konnte auch nur sehr gut geschauspielert sein.

„Sie müssen zugeben, diese Geschichte klingt ein bisschen an den Haaren herbeigezogen", sagte Mack. Mehr sagte er nicht, bis ein weiterer Wagen in die Einfahrt einbog und neben Zebs Polizeiauto parkte.

„Was haben wir denn hier?", fragte Doc Phillips, während er auf sie zuschritt. „Oh."

„Ja genau. Nehmen Sie sich Zeit, Doc. Das hier ist ein Mordfall." Das Letzte, was er wollte, war, in den Sechs-Uhr-Nachrichten zu landen, weil seine Dienststelle eine Untersuchung verbockt hatte, so wie es vor ein paar Monaten im westlichen Teil des Staates der Fall gewesen war. „Zeb, du bleibst bei ihm", sagte er, als sein Deputy zu ihm herüber kam.

„Klar doch, Sheriff. Ich habe jede Menge Fotos."

„Gut." Mack benutzte den Schlüssel, den er gefunden hatte, um die Tür aufzuschließen. Er zog seine Waffe und durchsuchte das Haus. Es war leer, genau wie Brantley gesagt hatte. Es war außerdem makellos sauber und voll mit Gemälden, Western-Skulpturen und Möbeln, die wahrscheinlich mehr kosteten, als Mack in einem Jahr verdiente. Er machte sich ein paar Notizen auf seinem Block und kehrte auf die Veranda zurück, wo er sich Doc Phillips anschloss. „Wie ist sie gestorben, Ray?", fragte Mack.

„Ein einzelner Schuss in die Brust. Hatte keine Chance", antwortete Doc Phillips und drehte sie langsam um, damit Mack sie sehen konnte.

„Renae Montgomery", sagte Mack und der Doktor nickte.

„Meine Maklerin", sagte Brantley.

„Haben Sie nicht gesagt, Sie kennen sie nicht?", fragte Mack, erhob sich und näherte sich Brantley, sicher, ihn bei einer Lüge ertappt zu haben.

„Das tue ich auch nicht, jedenfalls nicht in Person. Ich habe sie kontaktiert, und sie hat für mich diese Ranch gekauft. Wir haben am Telefon miteinander gesprochen, aber ich bin ihr nie wirklich begegnet. Wir sollten uns heute Abend treffen, damit ich mich für ihre Hilfe bedanken konnte."

Das hier war von Sekunde zu Sekunde schwerer zu glauben. Mack ging zurück zu seinem Wagen und tätigte einen Anruf. „Gloria, ruf das städtische Grundbuchamt an. Ich muss wissen, ob das Richardson-Anwesen verkauft wurde, und wenn, wann und an wen – eben alles, was du herausfinden kannst. Und wenn sie zu haben, ruf an, wen auch immer du musst. Ich brauche die Informationen so schnell wie möglich."

„Ja, Sir", erwiderte Gloria und legte auf.

Mack loggte sich im Auto in seinen Computer ein und teilte seine Aufmerksamkeit zwischen dem Bildschirm und dem Verdächtigen auf. Er tippte die Nummer von Brantleys Führerschein ein und forderte einen Hintergrundcheck an. Er musste wissen, mit wem er es zu tun hatte. Der Computer hatte nur wenige Informationen zu bieten. Es gab keine gültigen Haftbefehle oder unbezahlte Strafzettel. Das war nicht weiter überraschend, da Brantley, seiner Geschichte nach, noch nicht lange in diesem Bundesstaat weilte. Irgendetwas stimmte hier ganz und gar nicht. Er war noch nicht bereit, Brantleys Geschichte zu glauben. Irgendetwas schien an diesem ganzen Vorfall nicht zu passen. Mack stieg wieder aus dem Auto und ging dorthin zurück, wo Doc Phillips immer noch die Leiche untersuchte.

„Ich habe nach einem Wagen geschickt, der sie ins Leichenschauhaus transportiert, aber es gibt da ein paar Sachen, die du dir ansehen solltest. Soweit ich das sagen kann, ist sie seit etwa einer Stunde tot, vielleicht auch seit zwei. Das Blut hat gerade angefangen, zu gerinnen. Die Sache ist die, ich glaube nicht, dass sie aus nächster Nähe erschossen wurde. Ich muss die Kugel rausholen und sie mir genauer ansehen, aber das Kaliber scheint nicht zu passen, und es gibt keine Schmauchspuren. Mein erster Gedanke ist, dass sie mit einem Gewehr erschossen wurde."

In Macks Kopf läuteten die Alarmglocken. „Ist sie bewegt worden?"

„Nur herumgedreht, soweit ich das sagen kann, und den Blutspuren nach zu urteilen, ist sie vornüber gefallen und lag wahrscheinlich ursprünglich mit dem Gesicht nach unten."

Mack nickte und ging aus dem Weg, damit Doc Phillips seine Arbeit tun konnte. „Scheiße", fluchte er leise vor sich hin. Es wäre alles so einfach gewesen, wenn dieser Kerl – ein Fremder, neu in der Stadt – es getan hätte. Sein Job wäre einfacher gewesen, aber nun musste er ein Rätsel entwirren. Und die Person, der die Stadt es nur allzu gerne in die Schuhe schieben würde, weil er keiner der ihren war, schien es nicht getan zu haben. Mack war dem Typen von der Ostküste gegenüber immer noch misstrauisch, aber so gerne er hier auch einen einfachen Fall vor sich hätte, Mack würde Brantleys Geschichte überprüfen und einer Millionen Spuren folgen müssen, da war er sich sicher. Aber, verflucht noch eins, irgendetwas stimmte hier nicht.

„Lassen Sie mich das noch mal klarstellen", sagte er zu Brantley, während er sich ihm näherte. „Sie haben diese Ranch gekauft, ohne je Ihre Maklerin getroffen zu haben? Haben Sie sich die Ranch denn nicht angesehen?", fragte Mack, als der Leichenwagen vorfuhr.

„Ich habe Bilder gesehen. Renae ist hier raus gekommen und hat detaillierte Fotos von jedem Raum und dem Ausblick aus jedem Fenster gemacht. Sie muss mir zweihundert Fotos geschickt haben. Dann ist sie einmal um das ganze Grundstück gegangen und hat davon ebenfalls Fotos gemacht. Also, auch wenn ich die Immobilie nie gesehen habe, so kannte ich doch die genauen Abmessungen von jedem Zimmer, weil sie einen exakten Grundriss erstellt hat. Renae hat sich ein Bein für mich ausgerissen." Brantley drehte sich um und beobachtete das Personal des Leichenschauhauses dabei, wie sie Renaes Körper von seiner Veranda hoben und in einen Leichensack steckten. Dann legten sie den Sack auf eine Bahre und rollten sie zu dem wartenden schwarzen Leichenwagen.

„Wieso haben Sie gerade diese Ranch gekauft, Mr. Calderone?"

„Zuerst habe ich Bilder davon online gesehen, und als ich mich dann entschieden habe, in den Westen zu ziehen, habe ich mit Renae Kontakt aufgenommen."

Mack war klar, dass er nicht die ganze Geschichte preisgab, und falls er sie brauchen sollte, würde er wohl wiederkommen müssen.

„Ich habe mir auch noch ein paar andere Immobilien angesehen, aber nichts davon fühlte sich richtig an, bis ich das hier gesehen habe. Es gibt Bäume hinter dem Haus. Und es hat einen ziemlich großen Garten. Die Scheune ist in gutem Zustand und ich kann mir Pferde zulegen, wenn ich will. Es gibt kein Vieh, aber das kann ich ändern, falls ich mich dazu entscheiden sollte.

Ich denke, dass ich irgendwann einmal Kinder haben möchte und es gibt eine Quelle und einen Bach, der an dem Höhenrücken entlangfließt. Renae hat sogar Fotos von einer Badestelle gemacht."

„Und Sie haben sie nie wirklich getroffen?"

„Nein. Nicht, bis ich sie auf meiner Veranda gefunden habe. Ich habe versucht, ihr zu helfen, aber es gab nichts, was ich hätte tun können. Ich glaube, sie war bereits tot, als ich nach Hause gekommen bin." Er neigte den Kopf.

„Kann ich Sie etwas fragen?"

„In Ordnung", sagte Mack skeptisch.

„Woher wussten Sie, dass Sie hierher kommen sollten? Ich war vielleicht gerade mal drei oder vier Minuten zu Hause, als Sie aufgetaucht sind, und es gab nicht mal ein Auto in der Nähe der Ranch."

Das hatte Mack sich auch schon gefragt. „Wir erhielten den Anruf über die staatliche Hotline. Können Sie mir sagen, wo Sie in den vergangenen paar Stunden gewesen sind, ehe Sie nach Hause gekommen sind?"

„Ich war in der Stadt im Lebensmittelladen. Das Mädel mit den grünen Haaren und dem schwarzen Lippenstift hat mich abkassiert. Ich bin sicher, sie erinnert sich an mich. Ach ja." Brantley ging zu seinem Truck und Mack spannte sich an, als er die Tür öffnete. „Ich habe den Kassenzettel hier bei mir, und auf dem steht die genaue Uhrzeit." Er kehrte zurück und schob ihm den Zettel in die Hand. „In meiner Brieftasche finden Sie die dazugehörige Kreditkarte, und Sie wissen, wie lange man von der Stadt bis hierher braucht. Ich bin sicher, der Gerichtsmediziner hat Ihnen den ungefähren Todeszeitpunkt genannt, also sollte Ihnen ziemlich klar sein, dass ich sie nicht getötet habe. Irgendjemand hat das aber ganz offensichtlich getan."

Mack überprüfte den Kassenzettel und die Kreditkarte und gab Brantley anschließend seine Brieftasche und die Schlüssel zurück. „Haben Sie irgendwelche Feinde, Mr. Calderone?"

„Ich? Hier? Ich bin erst vor einer Woche hierhergezogen. Ich hatte gar keine Zeit, um mir Feinde zu machen. Alles, was ich getan habe, war, auszupacken und das Haus zu beziehen. Ich bin zweimal in der Stadt gewesen, und soweit ich weiß, habe ich dabei niemanden schief angesehen, und nur ein paar Leute haben mit mir gesprochen, also muss ich es verneinen."

„Was ist mit früher, in New York?", fragte Mack.

Brantleys Selbstvertrauen bekam einen kleinen Sprung. „Ich war ein paar Jahre lang in einem halsabschneiderischen Gewerbe tätig. Vermögen konnten an einem Tag gemacht und am nächsten wieder verloren werden. Glücklicherweise habe ich mehr Vermögen gemacht als verloren, und die, denen es nicht so gut ergangen ist? Na, sagen wir einfach, die werden mir keine Blumen schicken."

„Also haben Sie Feinde", hakte Mack nach.

„Ja. Fast dreitausend Meilen weit weg und sie wären glücklich, weil ich weit weg und hier draußen bin und nicht länger in dem Geschäft arbeite. Ich habe mich zur Ruhe gesetzt und mich vollständig aus dem Finanzgeschäft zurückgezogen, als ich mich entschied, hier raus zu ziehen. Also würden all diese Feinde wollen, dass ich hier draußen bleibe, weit weg vom New Yorker Finanzmarkt."

„Nennen Sie mich einen Dorfpolizisten, aber ich verstehe das nicht. Leute, die einen hassen, unternehmen manchmal große Anstrengungen, um demjenigen etwas anzutun", erklärte Mack. Das hatte er in seiner Berufslaufbahn schon mehr als einmal erlebt.

„Das mag ja sein, aber meine Maklerin zu ermorden, ist wohl kaum der richtige Weg, das zu tun." Brantley schüttelte den Kopf. „Nein. Die Männer, die ich zu meinen Feinden zähle, wären eher dazu motiviert, in meiner Abwesenheit mehr Geld zu machen als ich. Sehen Sie, ich habe mehr, als ich in zwei Leben ausgeben kann. Aber das ist egal. Bei Geld geht es nicht darum, was man damit kaufen kann. Für die, und bis vor einer Weile auch für mich, ist Geld einfach nur ein Weg, um zu punkten. Je mehr man macht, desto besser ist man im Spiel, und desto weniger macht jemand anderes."

„Das macht doch keinen Sinn", sagte Mack. Jeder, den er kannte, arbeitete hart und versuchte, Haus und Heim zusammenzuhalten. Ein solches Leben war unbegreiflich.

„Macht es auch nicht, bis zu einem gewissen Grad. Deswegen bin ich ausgestiegen, solange ich noch ganz oben war." Brantley lächelte leicht, während Mack sich weiterhin Notizen machte.

„Wenn Sie mir die Namen dieser Feinde geben könnten, dann würde ich sie als Verdächtige auszuschließen versuchen."

„Also gut." Brantley rasselte mehrere Namen herunter. „Sie werden nicht mal in deren Nähe kommen. Die arbeiten die ganze Zeit und sind zu fast jeder Stunde des Tages von Leuten umgeben, aus dem einen oder anderen Grund."

Das überstieg eindeutig Macks bisherige Erfahrungen.

„Ich habe niemals Kaffee geholt oder mich um so alltägliche Dinge wie Wäsche waschen gekümmert", fuhr Brantley fort. „Dafür hatte ich meine Leute, inklusive mehr als nur einen persönlichen Assistenten. Sie wussten jederzeit ganz genau, wo ich war, damit sie mich unterstützen und mir dabei helfen konnten, produktiv zu bleiben."

Das ließ Mack momentan nur sehr wenige Möglichkeiten für weitere Nachforschungen. Er musste damit anfangen, mit Renaes Familie und ihren Freunden zu sprechen, um zu versuchen, ein Motiv für diesen Mord zu finden. Aber irgendetwas stieß ihm sauer auf. „Wissen Sie, wieso Renae heute hier war?" Er drehte sich zu dem dunkelgrünen Toyota Corolla um, den er schon so oft in der Stadt gesehen hatte. „Haben Sie sie angerufen?"

„Nein. Ich war auch überrascht, dass sie hier war. Ich habe sie nicht erwartet. Vielleicht ist sie kurz vorbeigekommen, um mir irgendetwas zu bringen, aber dann hätte ich erwartet, dass sie vorher anrufen würde." Brantley zog sein Handy heraus. „Hat sie nicht."

Mack notierte sich, dass er die Anrufdaten anfordern musste, um zu sehen, wer sie angerufen hatte. „Danke." Ihm gingen langsam die Fragen aus. Er ging zu Renaes Auto, zog Handschuhe aus seiner Tasche und öffnete die Tür. Der Wagen war sauber, mit einem Karton voller Akten auf dem Rücksitz und einem Terminkalender auf dem Fußboden vor dem Beifahrersitz. Vorsichtig hob er ihn auf und überprüfte ihre heutigen Termine. Für die letzten paar Stunden war nichts eingetragen. „Also war das hier kein geplanter Termin." Mack drehte sich um, um seinen Kopf aus der Autotür zu stecken. „Zeb."

Sein Deputy eilte herbei. „Sheriff."

„Hast du ihr Handy gefunden?"

„Nein."

„Sieh auf der Veranda nach und pass auf, dass du dabei Handschuhe trägst. Wenn du damit fertig bist, und es nicht gefunden hast, dann weitest du die Suche aus und suchst das Feld ab, und sieh zu, ob du herausfinden kannst, wo der Schütze gestanden hat."

Wenn es ein Gewehrschuss war, dann musste der Schütze irgendwo gestanden haben, und Mack war entschlossen, genau das herauszufinden.

„Geht es in Ordnung, wenn ich meine Lebensmittel aus dem Wagen hole und reinbringe?", fragte Brantley. „Ich würde auch gerne mein Hemd wechseln, aber ich bringe Ihnen gerne dieses hier, wenn Sie möchten."

„Ja, bitte", sagte Mack, „verändern Sie hier draußen nichts."

„Das werde ich nicht." Brantley starrte auf die Stelle der Veranda, die durch einen Blutfleck gezeichnet war. „Das mag jetzt dumm klingen, aber werden Sie das hier reinigen oder …"

„Das werden wir, wenn wir alles haben, was wir brauchen", sagte Mack.

Brantley ging zu seinem Truck und trug Plastiktüten nach drinnen, wobei er einen Bogen um die Stelle machte, an der Renaes Körper gelegen hatte.

Mack suchte sorgfältig unter dem Sitz, fand aber nichts Hilfreiches. Er öffnete den Kofferraum und sah auch dort nach. Nur ein paar ‚zu Verkaufen' Schilder und ein paar Arbeitsmaterialien. Das Auto war keine große Hilfe, aber er tütete ihren Terminkalender als Beweisstück ein und etikettierte ihn. Als er fertig war, schloss er sich Zeb bei der Suche nach dem Handy an, aber sie fanden es nicht. Sie musste ganz sicher eines gehabt haben.

„Ich habe die Stelle gefunden, an der der Schütze gestanden hat", rief Zeb, als Mack schon im Begriff war, aufzugeben. „Sie liegt ungefähr 35 Meter weit weg im Feld." Er führte Mack an die Stelle. „Der Schütze muss sich hinter dem Gebäude gleich dort drüben versteckt haben und dann hierher gekommen sein, um den Schuss abzugeben. Die Spur aus niedergetretenem Gras ist ziemlich deutlich, wird es aber morgen schon nicht mehr sein."

Mack folgte der Spur bis zu ihrem Ende und suchte sorgfältig das hohe Gras ab. Er hoffte, eine Patronenhülse zu finden, aber da war nichts. Der Schütze musste sie mitgenommen haben. Er ließ Zeb Fotos von der Stelle machen, genau wie von dem Blick zurück auf das Haus.

„Sind wir hier fertig?", fragte Zeb.

Der Gerichtsmediziner war mit der Leiche weggefahren und Mack blieb zurück mit Fragen über Fragen.

Sein Handy klingelte und Mack zog es aus seiner Tasche.

„Sheriff, ich habe die Informationen bekommen, die du vom Grundbuchamt haben wolltest. Der Verkauf der Richardson Ranch ist letzte Woche über die Bühne gegangen und der neue Eigentümer ist Brantley Calderone. Sie schicken uns die Kopien der Dokumente rüber und ich lege sie auf deinen Schreibtisch, damit du sie dir ansehen kannst, sobald du wieder zurück bist."

„Danke", sagte Mack und beobachtete einige Sekunden lang das Haus. „Zeb, wir sind hier für den Moment fertig." Er nahm seinen Hut vom Kopf, wedelte ein paar Mal damit, um sich etwas abzukühlen, und setzte ihn wieder auf.

„In Ordnung. Ich werde die Sachen zusammenpacken."

„Sehr gut. Schick mir Kopien von allen Fotos, und ich möchte deine Meinung hören über alles, von der Leiche, über Calderone, bis zur Ranch." Er hatte schon vor langer Zeit gelernt, dass andere Menschen die Dinge anders sahen als er, und er wollte sichergehen, dass nichts übersehen wurde.

„Was wirst du jetzt machen?"

„So viel von Mr. Calderones Geschichte überprüfen, wie ich kann." Er musste herausfinden, ob er ihm die Wahrheit erzählt hatte. Am Einfachsten wäre es, würde sich herausstellen, dass Calderone log, dann konnte er den Fall abschließen. Brantley hatte auf alles eine Antwort. Dennoch war Mack noch nicht bereit, sie zu akzeptieren. Die besten Lügen und Tarnungen waren die, in die genug Wahrheit eingewoben war, um sie glaubhaft klingen zu lassen.

„Ich sehe dich dann im Büro", sagte Zeb.

Mack nickte, ging danach zum Haus und klopfte an die Tür. Sie öffnete sich und gab den Blick auf Brantley frei, der in derselben engen Jeans und einem Tanktop dastand, das die obere Hälfte seiner kräftigen Brust zur Geltung brachte.

„Ich habe das Hemd für Sie in eine Plastiktüte gepackt." Er reichte sie Mack. „Es tut mir leid wegen Renae. Sie hat mir sehr geholfen und schien ein netter Mensch zu sein. Hatte sie Familie?"

„Glücklicherweise nicht. Sie hat sich vor ein paar Jahren von ihrem Ehemann scheiden lassen und sie hatten keine Kinder."

Mack würde den nutzlosen Mistkerl trotzdem über den Tod seiner Ex-Frau informieren müssen. Harry Montgomery würde sich wahrscheinlich um nichts anderes scheren, als um den Boden einer Whiskeyflasche. „Bitte schmieden Sie keine Pläne, die das Verlassen der Stadt beinhalten. Das hier ist eine laufende Ermittlung und wir werden höchstwahrscheinlich noch weitere Fragen an Sie haben."

„Bin ich immer noch ein Verdächtiger?", fragte Brantley leicht überrascht.

Es lag ihm auf der Zunge, das zu bejahen. „Sie sind immer noch von polizeilichem Interesse. Dabei wollen wir es vorerst belassen." Mack blinzelte, als sich sein Blick auf Brantleys fitte Gestalt und dessen Wahnsinnsaugen richtete, und er genau die Art von Interesse bemerkte, die er gerne gezeigt hätte. Aber Mack verbarg es tief in sich, wo es hingehörte. „Wir bleiben in Verbindung." Mack drehte sich um und trug das Hemd zurück zu seinem Wagen.

2

BRANTLEYS BEINE hielten durch, bis er die Tür geschlossen hatte, dann brach er auf dem nächstbesten Stuhl zusammen. Während der Aktivitäten war er in der Lage gewesen, sich auf das unmittelbare Geschehen zu konzentrieren, und er hatte es geschafft, unbeteiligt zu bleiben, aber jetzt traf es ihn mit voller Wucht. Jemand war auf seiner vorderen Veranda erschossen worden und es war offensichtlich, dass, wer auch immer es gewesen war, es getan hatte, um ihm entweder eine Botschaft zu schicken oder es war ein plumper Versuch, ihm etwas in die Schuhe zu schieben. Was von beidem es auch war, es jagte ihm eine Heidenangst ein.

Er nahm sein Handy zur Hand und tätigte einen Anruf in den Osten. „Nimm ab, Linda", murmelte er leise, als das Telefon klingelte.

„Das hier ist besser wichtig, Süßer. Ich habe Jim endlich so weit, dass er mich in dieses neue Restaurant ausführt. Wir mussten drei Monate lang warten, bis wir diese Reservierung hatten, und wir müssen in zehn Minuten los."

Brantley konnte sie praktisch vor sich sehen, wie sie durch das Schlafzimmer ihrer Wohnung auf der Upper Eastside tigerte. „Ich kam heute nach Hause und fand eine Leiche auf meiner Veranda. Jemand hat meine Maklerin erschossen und ich glaube, sie wollen es mir anhängen." Er beugte sich vor und versuchte, Sauerstoff in seinen Schädel zu kriegen. „Ich habe Gott-weiß-wie-lang in New York gelebt und jetzt bin ich seit einer Woche hier draußen, wo eigentlich alles friedlich sein sollte und wo jeder jeden kennt, und da liegt eine Leiche auf meiner Veranda." Er war versucht, den verdammten Besitz zu verkaufen und zurück nach Hause zu gehen.

„Warte mal, Schatz. Ist das dein Ernst?"

„Ja." Er hielt sich den Kopf und strich mit der Hand über seine Stirn.

„Dann komm nach Hause. Wir vermissen dich und die Leute da draußen sind offensichtlich ziemlich schräg. Echt jetzt, ermorden sie sich gegenseitig und legen einander die Leichen vor die Tür? Was für ein herzliches Willkommen", sagte Linda und Brantley wusste, dass sie ihre Hände in einer dramatischen Geste in die Luft warf.

„Ich glaube nicht, dass es so läuft. Aber ich muss dir sagen, dass es langsam anfängt, mir eine Scheißangst zu machen, ganz allein hier draußen zu sein. Ich habe alle Türen abgeschlossen und sitze mitten im Raum, weit weg von den Fenstern, für den Fall, dass mich jemand beobachtet. Habe ich dir schon gesagt, dass es hier draußen beängstigend ruhig ist? Es gibt keine Geräusche abgesehen von Insekten und Vögeln, und nachts sind es nur die Insekten. Keine Autos, nichts."

„Dann komm nach Hause."

„Ich kann nicht. Das weißt du. Alles dort ist verkauft worden und ich habe dieses Anwesen hier gekauft." Er hatte sich selbst entwurzelt, um etwas zu finden, das ihm bis jetzt gefehlt hatte. Er hatte nicht mit einem Mord auf seiner Türschwelle gerechnet.

„Dann besorg dir einen Hund, vielleicht zwei. Große, die bellen, wenn sich jemand nähert, und dir Gesellschaft leisten. Sie werden dich auch unterhalten, falls es die Stille ist, die dir Angst einjagt."

„Das macht hauptsächlich die Leiche."

„Die glauben doch nicht wirklich, dass du es warst, oder?", fragte Linda.

„Ich weiß es nicht. Der Sheriff scheint ziemlich gründlich zu sein, aber als er hier eintraf, hat er mir Handschellen angelegt."

„Er hat *was*?" Linda brachte fast sein Trommelfell zum Platzen. „Du bist doch kein Krimineller." Ihre rechtschaffene Empörung war einer der Gründe, wieso er sie angerufen hatte. „Wieso zum Teufel hat er das gemacht? Ich rufe die örtliche Zeitung an, die sollen mich kennenlernen. Missbrauch von Polizeigewalt und all das."

„Er hat die Handschellen nicht lange drangelassen. Er dachte eben, ich hätte jemanden umgebracht. Ich denke, er hat es zu seiner eigenen Sicherheit getan." Guter Gott, jetzt verteidigte er den Kerl schon. Er musste das in den Griff kriegen. Diese ganze Sache hatte ihn wirklich erschüttert. Er musste etwas finden, um sich zu beschäftigen und diesen ganzen Mist aus dem Kopf zu kriegen. Er hatte niemanden umgebracht. Verfluchter Mist, er hatte ja kaum mit irgendjemandem in der Stadt gesprochen. „Ist schon gut. Alles hat sich zum Guten gewendet und ich bin zu Hause und nicht in Handschellen."

„Das bist du besser nicht, sonst kriegt er es mit mir zu tun."

Er lachte und fühlte sich schon besser. „Was willst du denn machen? Ihn mit dem Schulterriemen deiner Gucci Handtasche auspeitschen?"

„Klugscheißer." Linda beruhigte sich. „Lass nicht zu, dass diese Leute dich einschüchtern oder unterbuttern. Das hat in New York keiner geschafft und du kannst nicht zulassen, dass die dort draußen es tun. Also sorge dafür, dass ihnen klar ist, mit wem genau sie es zu tun haben. Besorge dir einen Anwalt und sag diesem Sheriff-Typen, er soll dich in Ruhe lassen."

„Na ja …"

„Brantley … ist der Kerl heiß?", fragte sie in diesem speziellen Ton.

„Nicht, dass das irgendetwas hiermit zu tun hätte, aber ja. Er ist ein großer Bursche, möglicherweise zur Hälfte Indianer, mit diesem durchdringenden

Blick, der einem das Wasser im Mund zusammenlaufen lassen kann. Er ist genau die Art von Kerl, den du versucht hättest aufzureißen, bevor du Jim geheiratet hast. Ich glaube, sie züchten sie hier draußen groß."

„Tja, wie schon gesagt, lass dir den Typen nicht unter die Haut gehen und steh für dich selbst ein." Sie wurde eindeutig von etwas abgelenkt. „Ich muss jetzt auflegen. Jim ist soweit und wir wollen nicht zu spät kommen. Ich werde dich auf jeden Fall morgen anrufen und dann kannst du mir erzählen, was sonst noch passiert ist."

Sie machte Kussgeräusche und beendete den Anruf.

Brantley legte das Handy auf den Wohnzimmertisch und schaltete den Fernseher ein. Bevor er hierhergekommen war, hatte er im Fernsehen nie etwas anderes als die Kanäle mit den Finanznachrichten gesehen, um die Märkte zu überwachen. Er zappte durch mehrere Kanäle, auf der Suche nach etwas, das kein völliger Mist war. In der letzten Woche hatte er mehr ferngesehen, als in den vergangenen Jahren zusammengenommen. Nicht, dass es ihn interessierte, aber er brauchte etwas, was das Haus weniger leer erscheinen ließ.

Es funktionierte nicht besonders gut. Während draußen das Licht verblasste, schien sich eine Dunkelheit über das Haus zu legen, die es in eine düstere Stimmung einhüllte, und die sich durch keine noch so große Menge an Lampen vertreiben ließ. Er zog in jedem Raum die Vorhänge zu und versuchte, sich auf das zu konzentrieren, was auch immer er gerade tat.

Eine Alarmanlage war das letzte, von dem er gedacht hatte, er würde es hier draußen brauchen, aber jetzt schien es eine großartige Idee zu sein, und er fühlte sich wie ein Idiot, weil er keine hatte installieren lassen. Er machte sich im Geiste eine Notiz, sich am nächsten Morgen gleich darum zu kümmern. Natürlich wäre sein erstes Problem, jemanden hier herauszukriegen, um sie zu installieren.

Ungefähr um Mitternacht saß Brantley auf dem Sofa, sah fern, zuckte bei jedem Geräusch von draußen zusammen und hatte langsam die Schnauze voll davon. Verdammter Mist. In New York hatte er sich mit den Wölfen angelegt und war als Sieger hervorgegangen. Er hatte gegen einige der brillantesten Köpfe der gesamten Finanzwelt gekämpft und sie alle geschlagen. Er würde sich nicht von ein paar Geräuschen ins Bockshorn jagen lassen. Er ging durchs Haus, schaltete die Lichter und den Fernseher aus und ging ins Bett.

ER SCHLIEF schließlich ein und erwachte in einem dunklen Zimmer. Brantley hatte absichtlich schwere Vorhänge für das Schlafzimmer gewählt und blinzelte einige Male, während er sich zur Uhr neben dem Bett umdrehte. Es war beinahe elf. Er hatte die Nacht überstanden. Er stand auf und schlurfte in die Küche, machte sich Kaffee und linste anschließend durch die vorderen Fenster.

„Eine eindeutige Verbesserung", murmelte er vor sich hin, als die Veranda sich ohne irgendwelche darauf liegenden Körper präsentierte. Er kehrte in die Küche zurück und kratzte sich geistesabwesend am Hintern, ehe er sich einen Becher Kaffee eingoss und langsam daran nippte. Gott, das hatte er gebraucht. Brantley trank noch etwas mehr und das Koffein vertrieb langsam den Schlaf aus seinem Gehirn, während er aus dem Küchenfenster schaute und den Ausblick genoss.

„Was zum Teufel", murmelte er leise und beugte sich über die Spüle, um besser aus dem Fenster sehen zu können. Dunkle Gestalten bewegten sich auf dem hinteren Teil seines Besitzes. Er beobachtete sie weiter, während über den Hügelkamm mehr und mehr davon erschienen. Er ging ins Wohnzimmer und griff sich das Handy vom Tisch. Nicht, dass er gewusst hätte, wen er zuerst anrufen sollte. Aber dann suchte er nach der Nummer des Sheriffs und wählte sie.

„Hartwig County Sheriff Büro", antwortete eine weibliche Stimme.

„Ja. Ähm, ich bin nicht sicher, ob ich diese Nummer zuerst anrufen sollte, aber da sind ein paar Tiere hinten auf meinem Anwesen und die sollten nicht dort sein." Er wanderte zurück in die Küche, um die Kreaturen zu beobachten.

„Vielleicht ist ein Zaun kaputt. Wieso rufen Sie nicht Ihren Nachbarn an und fragen?"

„Na ja, ich weiß nicht, wer meine Nachbarn sind. Ich bin erst vor einer Woche hergezogen", erwiderte Brantley. „Ich brauche jemanden, der sich das mal ansieht und mir hilft. Die sollten nicht hier sein." Und er fragte sich, ob sie sich zusammenrotten und das Haus überrennen würden.

„Wenn Sie mir Ihre Adresse geben, dann schicke ich Ihnen jemand raus." Sie klang, als hätte Brantley sie gebeten, seinen Müll rauszubringen oder etwas in der Art. Trotzdem gab er ihr seine Adresse.

„Oh, das Richardson Anwesen." Ihr Tonfall wurde unheilschwanger. „In Ordnung, ich alarmiere den Sheriff. Es wird bald jemand bei Ihnen sein."

„Danke." Brantley legte auf und fuhr fort, die Gruppe dunkler Gestalten zu beobachten, die sich über die Wiese bewegte. Sie schienen sich auf einer Seite seines Landes zu versammeln. Brantley vermutete, dass es sich dabei um irgendjemandes Vieh handelte, hatte aber nicht vor hinauszugehen, um es herauszufinden. Sie schienen zu bleiben, wo sie waren und er würde dasselbe tun.

Als er schließlich mit seinem Kaffee fertig war, bemerkte Brantley, dass er immer noch nur mit Boxershorts und sonst nichts bekleidet war, also eilte er in sein Schlafzimmer und zog sich etwas an. Er war gerade damit fertig, als er von draußen das Knirschen von Reifen vernahm.

„Was ist los?", fragte der Sheriff, als Brantley die Tür aufmachte.

Er trat hinaus in die stetig steigende Hitze und führte ihn hinters Haus. „Die da", sagte er und deutete mit dem Finger. „Die sollten nicht hier sein."

„Wahrscheinlich Ericksons Vieh", sagte der Sheriff und ging ans Funkgerät. „Gloria, kannst du Erickson anrufen? Er muss sein Vieh vom Land seines Nachbarn schaffen."

„Klar doch."

„Warum sind sie hier?", fragte Brantley.

„Wahrscheinlich des Wassers wegen. Es ist sehr trocken und das Vieh kann Wasser riechen. Sie stoßen einen angeschlagenen Zaun um, um es zu bekommen."

Brantley nickte, ehe er die Frage stellte, die ihn eigentlich interessierte. „Haben Sie irgendetwas über Renae herausgefunden?"

„Ich war in der Lage, Ihre Geschichte und Ihre gestrigen Aufenthaltsorte zu bestätigen."

„Also bin ich kein Verdächtiger", sagte Brantley und der Sheriff nickte finster. „Was passiert also jetzt als Nächstes?"

„Wir werden ihr Leben genauer unter die Lupe nehmen. Es muss einen Grund geben, warum sie jemand umbringen wollte, also versuchen wir, den herauszufinden. Wir überprüfen ihre Telefondaten und solche Sachen."

„Glauben Sie, Sie werden herausfinden, wer es getan hat?"

Der Sheriff wandte sich mit flammendem Blick zu ihm um. „Selbstverständlich werde ich das. Manchmal brauchen diese Dinge Zeit, aber ich werde herausfinden, wer dahintersteckt und warum."

Brantley war nicht sicher, ob das eine Drohung war oder nicht. „Ich wollte Ihre Fähigkeiten als Ermittler keinesfalls infrage stellen. Es scheint nur nicht viel zu geben, mit dem man etwas anfangen kann." Und er würde sich unendlich viel sicherer fühlen, wenn er wüsste, was zum Teufel hier los war und wieso es jemand für eine gute Idee hielt, sie auf seiner Veranda zu erschießen.

„Ich weiß, dass Sie sie nicht erschossen haben, aber mein Bauchgefühl sagt mir, dass ihr Tod etwas mit Ihnen zu tun hat." Der Blick des Sheriffs bohrte sich auch weiterhin in Brantley, und er weigerte sich, zu zittern oder zurückzuweichen, obwohl er glaubte, zu spüren, wie sein Innerstes unter dessen Intensität zusammenschrumpfte.

„Was habe ich jemals Ihnen oder sonst jemandem hier getan? Ich bin Renae nicht einmal begegnet. Ich habe hier noch nicht lange genug gelebt, um mir Feinde zu machen."

„Vielleicht nicht, vielleicht doch. Aber ich glaube nicht an Zufälle, und auch wenn Renae Montgomery nicht von Ihnen getötet wurde, so hat doch irgendwer ziemlich viel auf sich genommen, um sicherzugehen, dass sie auf Ihrer Veranda erschossen wird. Wir haben die Bestätigung, dass sie einen Anruf von einem Wegwerfhandy mit einer 212er – einer New Yorker – Nummer erhalten hat, ehe sie erschossen wurde. Der Anruf dauerte weniger als fünf Minuten, und wir glauben, es war dieser Anruf, der das Treffen arrangiert hat. Ich frage mich, ob sie geglaubt haben könnte, sie spräche mit Ihnen oder jemandem in Ihrem Auftrag. Sie kam hierher, um Sie zu treffen und wurde erschossen." Er klang sehr sachlich.

„Ich hatte nichts mit ihrem Tod zu tun", sagte Brantley noch einmal. „Sie war ein netter Mensch und sehr hilfreich." Er blinzelte ein paar Mal. „Wieso erzählen Sie mir das alles?"

„Weil ich hoffe, dass Sie mir helfen können. Es gibt einen Grund, warum sie auf Ihrer Türschwelle ermordet wurde."

„Ich habe keine Ahnung, wieso jemand so etwas tun sollte", sagte Brantley. „Ich war die halbe Nacht auf und habe darüber nachgegrübelt und ich weiß es nicht. Vielleicht haben sie angenommen, das Haus stünde noch leer und dass das hier ein guter Ort wäre, um sie herzulocken." Der Blick des Sheriffs brachte Brantley beinahe dazu, sich zu winden und zu fliehen, aber er wich nicht zurück. Es würde ihm nicht dabei helfen, überzeugend zu klingen, wenn er nervös und hibbelig war und Brantley wusste, dies war einer jener Momente, in denen er mit Selbstsicherheit und Entschlossenheit wahrscheinlich weiter kommen würde. Zweifel könnten ihn jetzt weiß Gott mit Pauken und Trompeten untergehen lassen.

„Das glaube ich nicht."

„Woher wollen Sie das wissen, Sheriff?"

„Die meisten nennen mich Mack. Irgendjemand hat sich große Mühe gegeben, um sie hier heraus zu bringen, und sie wussten, dass das Haus bewohnt war, weil wir einen anonymen Anruf erhalten haben. Wie ich schon sagte, es gibt einen Grund für all das hier, also rufen Sie mich an, falls Ihnen noch etwas einfällt."

„Das werde ich." Brantley wusste nicht, was er sonst noch sagen sollte und trat einen Schritt zurück, wandte sich von Macks Intensität ab, um das Vieh auf der Weide zu beobachten.

Unter anderen Umständen wäre es erregend, auf diese Art und Weise und mit so viel Interesse angestarrt zu werden. Mack war heiß. Daran bestand kein Zweifel. Aber in Momenten wie diesen war kein Platz für solche Gedanken. Außerdem war er hier im ländlichen Amerika, und dem Sheriff schöne Augen zu machen, war auf so vielen unterschiedlichen Ebenen eine blöde Idee.

„Was ist denn jetzt?", fragte Brantley, als er das Knirschen auf der geschotterten Zufahrt vernahm. Er drehte sich um und ging auf die andere Seite des Hauses.

„Andy Erickson, Ihr rückwärtiger Nachbar mit dem Zaunproblem", sagte Mack, als er sich neben ihn stellte.

„Sind Sie derjenige, der den Sheriff angerufen hat, weil ein paar meiner Rinder auf Ihrem kostbaren Land grasen?" Die Augen des Mannes mittleren Alters blitzten, während er auf Brantley zuschritt.

„Das reicht, Andy", sagte Mack. „Er wusste nicht, wen er anrufen sollte, also hat er uns angerufen. Treib einfach dein Vieh weg und repariere den Zaun. Es gibt keinen Grund, daraus eine Staatsaffäre zu machen."

„Warum zum Teufel sollte ich das tun? Wir sind mitten in einer Dürre. Ich versuche, einen weiteren Brunnen zu bohren, damit ich mein Vieh tränken kann, und er hat Wasser übrig, das er nicht braucht."

„Jetzt hören Sie mal zu, mein Freund", sagte Brantley und trat vor. „Ich bin absolut dafür, ein guter Nachbar zu sein, aber Sie können Ihr Vieh nicht einfach ohne Erlaubnis auf mein Land lassen. Es gehört Ihnen nicht und Sie haben keine Rechte daran." Brantley ging noch einen weiteren Schritt auf diesen Erickson-Burschen zu. „Also schaffen Sie sie von meinem Land – sofort."

Andy machte einige Schritte vorwärts und streckte die Brust raus. „Was wollen Sie denn dagegen unternehmen?"

„Gar nichts. Aber ich werde etwas tun", sagte Mack. „Andy, du musst dein Vieh von seinem Land schaffen und den Zaun reparieren und das weißt du auch. Du hast kein Recht auf etwas, das dir nicht gehört und das weißt du ebenfalls. Also hör auf, dich wie ein Idiot aufzuführen und kümmere dich um deine Angelegenheiten."

„Er sollte dieses Land nicht mal haben."

„Wenn du es gewollt hast, dann hättest du es kaufen sollen. Die Ranch stand schon seit einer Weile zum Verkauf."

„Zu einem Preis, den sich niemand leisten konnte", konterte Andy.

„Na ja, er konnte es und nun ist es sein Land." Mack trat zwischen sie. „Du musst das Vieh wegtreiben, also komm in die Gänge. Es sei denn, du willst, dass ich rauskomme und mir den Zaun ansehe, den sie *durchbrochen* haben." Die Drohung war klar und Andy erbleichte, widersprach in diesem Punkt aber nicht.

„Schön. Ich treibe das Vieh weg, sobald ich kann."

„Du erledigst das bis zwei oder er kann Anzeige gegen dich erstatten und ich muss dich verhaften. Und wenn ich das tue, dann werde ich die Herde als Beweis beschlagnahmen. Was hättest du dann davon?" Mack stemmte die Hände in die Hüften. Er war einschüchternd und höllisch sexy. Nicht, dass

Brantley das auffallen sollte. Er drehte sich weg, um sich das Kichern zu verkneifen. Es war nicht seine Absicht gewesen, das hier in einen wer-hat-den-Längsten Wettbewerb ausarten zu lassen, aber er war froh, dass der Sheriff für ihn eintrat.

„Ich kann nicht glauben, dass du für einen Zugereisten eintrittst, anstatt für einen alten Freund, dessen Vieh stirbt."

„Wir sind nie Freunde gewesen, also komm mir nicht damit, und es ist egal, um wen es hier geht. Das Vieh befindet sich auf seinem Land und er hat dich gebeten, es von dort zu entfernen. Es besteht kein Grund, wütend zu werden. Wärst du zuerst zu ihm gekommen und hättest ihn darum gebeten, dein Vieh einige Wochen auf seiner Weide grasen zu lassen, dann hätte er dich vielleicht gelassen. Das erscheint mir jetzt allerdings ziemlich unwahrscheinlich." Mack funkelte ihn an und Andy drehte sich schließlich schnaubend um, stapfte zu seinem Truck zurück und knallte die Autotür hinter sich zu, ehe er über die Zufahrt davonbrauste.

„Ich nehme an, dass ich bei diesem Nachbarn einen bleibenden Eindruck hinterlassen habe", sagte Brantley leise.

„Erickson ist eine echte Nervensäge. Er hat Wasser auf seinem Land. Der kleine Fluss, der auf Ihrem Land entspringt, fließt durch seinen Besitz. Er hat seine Herde den ganzen Frühling und Sommer über zu lange dort grasen lassen. Jetzt ist das Gras völlig abgeweidet und braucht eine Chance, um nachzuwachsen, aber er hat sonst nirgendwo Wasser, also musste er sich etwas einfallen lassen, und sein Vieh *versehentlich* auf Ihrem Land grasen zu lassen, ist einfacher, als sein eigentliches Problem zu lösen."

„Ist es wirklich so trocken?"

„Die Bäche führen sehr wenig Wasser, genau wie die Flüsse, die sie speisen. Manche Rancher mussten verfrüht verkaufen, weil sie kein Wasser für ihre Herden hatten. Hier herrschen momentan schlechte Zeiten. Und Ihnen gehört eine der wenigen Ranches, die über eine permanente Wasserquelle verfügen. Jeder Ihrer Nachbarn wollte die Ranch kaufen, aber die Erben wollten sehr viel mehr Geld dafür haben, als sie sich leisten konnten. Das sagt jedenfalls die Gerüchteküche der Gegend."

„Danke für Ihre Hilfe", sagte Brantley. „Ich weiß zu schätzen, dass Sie hergekommen sind. Und ich verspreche, dass ich Sie sofort anrufen werde, falls mir noch etwas einfallen sollte." Es gingen ihm bereits ein paar Ideen im Kopf herum, aber er war sich nicht sicher, wo sie ihn hinführen würden, also behielt er sie erst mal für sich und entschied sich, sie sich erst mal eine Weile setzen zu lassen.

„Andy kann manchmal ein ganz schöner Hitzkopf sein, aber ich bezweifele, dass er Ärger machen wird. Und der Großteil seines Zorns wird sich gegen mich richten. Behalten Sie die Sache einfach nur im Auge und sorgen Sie dafür, dass er sein Vieh nach Hause treibt. Wenn er das nicht tut, rufen Sie an und ich fahre bei ihm vorbei und rede mit ihm. Er will nicht, dass ich rausfahre und mir diesen Zaun ansehe, weil er höchstwahrscheinlich wusste, dass er altersschwach war oder ihn selbst gelockert hat, damit er umfiel und sein Vieh sich über Ihre Weiden und das frische Gras hermachen konnte."

„Was hat er sich dabei gedacht?"

„Dass er, falls Sie kein großes Trara deswegen veranstaltet hätten, sie dort vielleicht eine Woche oder so hätte lassen und dann zurückholen können. Während dieser Zeit hätten sie Ihr Gras gefressen und Ihr Wasser getrunken, und wenn er Glück gehabt hätte, dann hätte es geregnet und sein Gras hätte die Möglichkeit gehabt, sich zu erholen."

„Also …" Brantleys Verstand arbeitete auf Hochtouren. Eine seiner Stärken, die ihn so gut in seinem Job gemacht und ihn in die Lage versetzt hatte, massive Profite für sich und seine Investoren einzufahren, war seine Fähigkeit, blitzartig mehrere Schritte vorauszudenken. „Ist es möglich, dass vielleicht einer meiner Nachbarn hinter Renaes Tod steckt? Wenn ich aus dem Weg bin, könnten sie die Ranch billig aufkaufen und zu ihrem Land hinzufügen, weil nur sehr wenige Leute sie haben will, und dann hätten sie ihre Wasserquelle."

„Ich habe daran gedacht, und wir werden dem auf den Grund gehen. Es klingt nach einer plausiblen Theorie und wir werden jeden einzelnen Stein umdrehen." Mack tippte sich an den Hut und ging zurück zu seinem Wagen.

Brantley beobachtete ihn die ganze Zeit über, unfähig, seinen Blick von der Art und Weise abzuwenden, wie Mack seine Uniformhose ausfüllte.

Mack stieg in seinen Wagen und fuhr davon, und Brantley blieb allein zurück. Er stand dort, blinzelte in die Sonne und war vollkommen hilflos, und das war ein Gefühl, das er nicht gewöhnt war. Er hasste es. Also kam er zu dem Schluss, dass er etwas dagegen unternehmen musste. Er war bereits einem seiner Nachbarn begegnet und das war ja wirklich gut gelaufen. Vielleicht war es an der Zeit rauszugehen, die anderen zu treffen und zu sehen, wie das hier so lief. Möglicherweise erfuhr er etwas Hilfreiches. Falls es wahr war, dass einer seiner Nachbarn ihn tatsächlich hier weghaben wollte, dann konnte er vielleicht herausfinden, wer es war. Andy Erickson schien ganz oben auf der Liste zu stehen, aber wer wusste schon, wer ihn möglicherweise sonst noch des Landes wegen, das er gekauft hatte, auf dem Kieker hatte. Es gab nur einen Weg, das herauszufinden.

Brantley drehte sich um und rannte ins Haus. Er schnappte sich seinen Hut und zog sich seine Stiefel an. Er wollte aussehen, als gehöre er hierher. Dann nahm er seine Sonnenbrille, verschloss die Türen und stieg in seinen Truck. Er hatte einige Besuche abzustatten, und was du heute kannst besorgen …

Am Ende der Zufahrt entschied er sich, nach rechts abzubiegen und sein Glück zu versuchen. Er fuhr ungefähr fünf Minuten die Straße entlang und bog in die erste Einfahrt ein, die er sah. Er fuhr an Scheunen und Nebengebäuden vorbei und hielt vor einem ausgedehnten Ranchhaus an. Dabei achtete er sorgsam darauf, nicht über die kleinen Fahrräder und die verschiedenen Plastikspielzeuge zu fahren, die über das Areal verstreut waren. Er hielt an und hoffte, nicht auf irgendetwas zu stehen. Die Spielsachen schienen überall zu sein. Brantley öffnete seine Tür und stieg aus dem Truck. Anschließend schloss er sie wieder und schaute sich um, um zu sehen, ob jemand in der Nähe war.

„Hallo", sagte eine junge Stimme und Brantley wirbelte herum. Ein Junge von vielleicht vier Jahren stand in Jeans, Flanellhemd, Stiefeln und einem Cowboyhut auf der Veranda.

„Sind deine Mom oder dein Dad zu Hause?", fragte Brantley und der Junge deutete auf die Scheune. „Sind das alles deine Spielsachen?"

Der Junge nickte. „Ich habe Unordnung gemacht", sagte er, eilte die Stufen hinunter und rannte in Richtung Scheune. „Mama, hier ist ein Mann!" Er verschwand nach drinnen und nach ein paar Minuten kam eine junge Frau in Jeans und groben Stiefeln aus der Scheune. Sie trug ihre blonden Haare zu einem Pferdeschwanz gebunden und hielt den Jungen an der Hand.

„Was kann ich für Sie tun?", fragte sie skeptisch.

„Ich bin Ihr neuer Nachbar, Brantley Calderone. Ich bin vor einer Woche neben Ihnen eingezogen. Ich wollte nur vorbeikommen und Hallo sagen." Er wünschte, er hätte irgendetwas mitgebracht. Er erschien ein bisschen dümmlich, wie er so mit leeren Händen vor ihr stand.

„Nathan, geh und räum deine Spielsachen weg. Das habe ich dir vorhin schon gesagt. Dein Daddy wird nicht froh darüber sein, wenn du sie überall herumliegen lässt." Sie wartete, bis er weggegangen war, und trat dann etwas näher. „Derselbe Nachbar, bei dem Renae gestern ermordet wurde?"

„Ja. Ich kam nach Hause und fand sie auf meiner Veranda. Es ist so traurig. Sie war sehr hilfsbereit und schien nett zu sein."

„Renae war ein gottverdammtes Miststück", zischte sie. „Trotzdem verdiente sie es nicht, ermordet zu werden. Möge sie für immer in der Hölle schmoren."

„Ich nehme mal an, Sie waren keine Freundinnen, Mrs. …?"

„Julie Beltz, und Sie haben meinen Sohn Nathan ja bereits kennengelernt." Sie drehte sich zögernd zu ihm um. „Mein Ehemann wir in ein paar Minuten zu Hause sein. Also versuchen Sie besser nichts."

„Ich versuche nur, ein guter Nachbar zu sein. Ich habe Renae nichts getan und ich würde ganz sicher auch sonst niemandem etwas tun. Aber ich nehme an, es wäre etwas zu viel von Ihnen verlangt, mir zu glauben."

„Die ganze Stadt weiß, wo Renae ermordet worden ist und die Leute zählen zwei und zwei zusammen." Sie funkelte ihn an.

„Ich war nicht mal zu Hause, als sie umgebracht wurde." Gütiger Himmel, er hätte es wissen müssen. „Vielleicht sollte ich jetzt lieber gehen. Ich wollte Sie nicht belästigen." Brantley drehte sich um und ging zu seinem Truck zurück.

„Brantley", rief sie ihm nach, und er blieb stehen und drehte sich zu ihr um. „Es wird ganz leicht herauszufinden sein, ob Sie es getan haben."

„Ich war zu der Zeit im Laden und ich habe versucht, ihr zu helfen." Brantley wusste, es würde schier unmöglich sein, irgendjemanden davon zu überzeugen, dass er Renae nichts angetan hatte. „Tut mir leid, Sie belästigt zu haben." Er tippte sich an den Hut, so wie Mack es zuvor getan hatte, und öffnete dann seine Wagentür.

„Scheiße", sagte sie. „Diese Stadt kapiert einfach nichts, egal worum es geht." Julie trat hinter ihn und Brantley drehte sich langsam zu ihr um. „Jeder kann sehen, dass Sie es nicht in sich haben, jemanden zu erschießen." Ihre Mundwinkel hoben sich in einem leichten Lächeln. „Woher kannten Sie Renae überhaupt? War sie hinter Ihnen her?"

„Hinter mir?", fragte Brantley.

„Diese Frau war hinter jedem Mann in der Stadt her. Verheiratet oder nicht, das spielte keine Rolle. Sie wollte keinen eigenen Ehemann – sie wollte nur den von jeder anderen." Sie nahm den Hut vom Kopf und fächelte sich damit Kühlung zu. „Ich habe Eistee. Wieso setzen Sie sich nicht einfach auf die Veranda und ich hole Ihnen ein Glas?" Sie stapfte in Richtung Haus und Brantley machte die Tür des Trucks wieder zu.

Er folgte ihr auf die Veranda und nahm draußen Platz, während sie hineinging. Nathan eilte über den Hof, sammelte Spielzeuge ein und trug sie zurück ins Haus. Dabei rannte er alle paar Minuten an ihm vorbei.

„Sie kommen in die Spielzeugkiste, nicht auf den Wohnzimmerfußboden", rief Julie und Brantley lächelte über Nathans Stöhnen. Nathan blieb eine Weile drinnen und stürmte dann durch die Tür, um noch mehr Spielzeuge aufzusammeln. Julie kam mit drei Gläsern heraus, zwei mit Eistee und einem, das nach Limonade aussah.

„Danke", sagte Brantley, als sie ihm sein Glas reichte.

„Nathan, du kannst in der Einfahrt auf deinem Fahrrad fahren, wenn du die andern Spielsachen eingesammelt hast. Und ich habe etwas Limonade für dich."

Er rannte zu ihr, trank einen Teil des Glases leer, gab es ihr wieder zurück und raste dann wieder los, um zu beenden, was er angefangen hatte.

„Er steht nie auch nur zwei Minuten still. Manchmal wünschte ich mir, ich könnte seine Energie in Flaschen abfüllen."

Brantley nickte. „Warum haben Sie mich zum Bleiben eingeladen?"

„Weil ich Mack vertraue, und wenn er Sie für schuldig halten würde, hätte er Sie eingesperrt und den Kopf dafür hingehalten. Unglücklicherweise gibt es in dieser Stadt Menschen, die nicht so logisch denken. Abgesehen davon, sind Sie noch nicht lange genug in der Stadt gewesen, um sie so zu hassen, wie es die Hälfte der Frauen hier tut."

„Nur die Hälfte?", fragte Brantley.

„Ja. Die andere Hälfte ist entweder zu jung oder hat zu alte Ehemänner. Renaes Ehemann – na ja, Ex-Ehemann – war ein ganz linker Hund. Hat zu viel getrunken. Tut es immer noch, wie ich gehört habe. Als sie ihn verlassen hat, hat sie wohl gedacht, sie wäre frei und hat das Beste daraus gemacht." Julie trank aus ihrem Glas, beobachtete Nathan und wandte sich dann wieder ihm zu. „Also, warum haben Sie die Richardson Ranch gekauft?" Sie betrachtete ihn von oben bis unten. „Sie sehen nicht wie jemand aus, der alleine eine Ranch führen will." Sie lachte leise. „Wo haben Sie diese Stiefel her?"

„Aus New York, ehe ich abgereist bin." Sein Blick wanderte nach unten. „Was stimmt nicht mit ihnen?"

„Sie sehen aus, als würden Sie damit in irgendeinen Club gehen. Sie würden nie irgendeine Art von harter Arbeit aushalten. Und Ihr Hut ist auch nur zur Schau. Nicht, dass mich das was anginge."

Brantley war empört, bis er erkannte, dass sie damit nichts weiter gemacht hatte als eine Beobachtung.

„Kommt Daddy nach Hause?", fragte Nathan, als er auf die Veranda hüpfte und große Schlucke aus dem Glas trank, das Julie ihm hinhielt.

„Noch für eine Weile nicht. Aber er wäre so stolz darauf, dass du deine Spielsachen aufgeräumt hast." Sie drückte Nathan fest an sich, als er wimmerte. „Es tut mir leid, Liebling. Er hat vor ein paar Minuten angerufen." Sie klang genauso enttäuscht, wie Nathan aussah. „Er hat immer noch eine Woche, aber er hat gesagt, er ruft dich heute Abend an. Wenn du brav bist, dann reiten wir heute Nachmittag mit deinem Pony aus." Sie warf einen Blick auf Brantley, als ob sie sich für ihre frühere Lüge entschuldigen wollte.

Brantley nippte an seinem Tee und beobachtete, wie ein Wagen des Sheriffbüros in die Einfahrt einbog. Mack stieg aus dem Auto und Nathan gab das Glas seiner Mutter und sauste von der Veranda.

„Sheriff Mack."

„Nathan", sagte Mack. Er umarmte den Jungen und brachte ihn anschließend zurück zur Veranda. „Sieht aus, als hättet ihr Besuch."

24

„Ja." Nathan drehte sich zu ihm um und starrte ihn an. Dabei legte er beim Nachdenken einen Finger an seine Lippen.

„Das ist Mr. Brantley", sagte Mack, als er die Stufen hochstieg. „Ich wollte gerade nachsehen, ob bei euch alles in Ordnung ist."

„Uns geht's gut und du weißt, dass das nicht nötig ist." Julie wandte sich an Brantley. „Mein Ehemann ist bei der Reserve und er sollte sein jährliches Training eigentlich schon abgeschlossen haben, aber sie wollten, dass er noch eine Woche länger bleibt. Nathan vermisst seinen Daddy wirklich sehr. Mack schaut vorbei, um zu sehen, wie es uns geht."

„Denny und ich sind zusammen zur Schule gegangen", erklärte ihm Mack.

„Brantley ist vorbeigekommen, um seine Nachbarn kennenzulernen", erklärte Julie.

„Er war gerade eben bei mir", sagte Brantley und sah dabei Mack an.

„Ja. Ich war auf dem Weg hierher und wurde angefordert, aber die Sache wurde gecancelt, also hatte ich auf jeden Fall vor, euch zu besuchen." Mack nickte. „Es ist gut, die Nachbarn kennenzulernen."

„Er und ich haben schon über das gesprochen, was gestern passiert ist", sagte Julie.

„Und er scheint nicht darin verwickelt zu sein", bestätigte Mack.

„Ich hatte auch nicht angenommen, dass er es wäre", sagte Julie. „Es gibt jede Menge Leute in der Stadt, die sie nicht gemocht haben."

„Na na, Julie. Nur weil ihr beiden nie einer Meinung gewesen seid, bedeutet das noch lange nicht, dass es jeder in der Stadt auf sie abgesehen hatte. Sie war eine knallharte Geschäftsfrau."

„Ich weiß. Wäre sie ein Mann gewesen, hätte keiner von uns einen Gedanken daran verschwendet, aber weil sie eine Frau war …" Julie stand auf und ging zur Tür. „Ich sage immer noch, sie war eine Schlampe und damit basta."

„Mama, schlimmes Wort", schalt Nathan sie.

„Entschuldige, Liebling", sagte Julie, just bevor die Fliegentür hinter ihr zufiel. Brantley sah sie weggehen und fragte sich, ob irgendetwas nicht stimmte. Julie kam rasch mit einer Karaffe und einem weiteren Glas zurück. „Geh und fahr auf deinem Fahrrad", sagte Julie zu Nathan und er sprang von der Veranda und stieg auf ein kleines blaues Fahrrad mit Stützrädern. „Bist du schon näher dran, herauszufinden, wer Renae erschossen hat?" Sie goss Mack etwas Tee ein und füllte Brantleys Glas nach.

„Wir machen Fortschritte", sagte er, gab aber sonst keine Informationen preis.

„Du weißt schon, dass die Sache in der ganzen Stadt für Gerede sorgt", sagte Julie.

Brantley nahm an, dass sie den Teil, in dem er beschuldigt wurde, absichtlich ausließ, weil er direkt neben ihnen saß.

„Ja, ich weiß. Ich habe Anrufe von einer Reihe von Leuten erhalten, einschließlich des Bürgermeisters." Mack sah müde aus. „Wenn so etwas geschieht, will jeder Antworten, und es ist ihnen egal, ob der Schuldige erwischt wird, solange nur jemand bestraft wird."

„Na toll." Nach New York zurückzukehren, erschien von Minute zu Minute verlockender. „Ich kam her, weil ich ein anderes Leben wollte, offene Weiten, wo ich frei atmen und vielleicht Wurzeln schlagen kann. Ich hatte nicht erwartet, sofort zum Ausgestoßenen zu werden. Das dauert für gewöhnlich etwas länger." Brantley versuchte, die Situation etwas aufzuheitern, aber das half auch nicht.

„Sieh mal, Mama", rief Nathan.

„Das ist toll, Schatz. Fahr nicht in die Nähe der Straße", sagte Julie. „Er vermisst seinen Dad wirklich sehr. Sie unternehmen viel zusammen und ich war wegen Dennys Abwesenheit so beschäftigt, dass ich nicht so viel Zeit mit ihm verbringen konnte, wie ich eigentlich sollte." Sie trank den Rest ihres Tees und Brantley leerte sein Glas.

„Ich danke Ihnen vielmals für den Tee und die Unterhaltung. Ich weiß das wirklich zu schätzen und es war sehr schön, Sie kennenzulernen."

„Gleichfalls." Julie stand auf und sie gaben sich die Hand, ehe Brantley zu seinem Truck ging. „Wir sehen uns."

„Nathan, komm hier rauf, Liebling, damit Mr. Brantley wegfahren kann."

Brantley sah zu, wie Nathan auf seinem Fahrrad angesaust kam und neben den Verandastufen anhielt. Julie hielt das Fahrrad fest und Brantley winkte, ehe er auf der Zufahrt zurücksetzte und den Weg zurückfuhr, den er gekommen war. Dieser Besuch hatte etwas Aufschlussreiches erbracht. Es war klar, dass Julie Renae nicht gemocht hatte, aber Brantley bezweifelte auch, dass sie sie erschossen hatte. Es war trotzdem schön, Julie getroffen und vielleicht eine Freundschaft begonnen zu haben.

Als er seine Zufahrt erreichte, beschloss Brantley, dass er sein Glück für einen Tag genug strapaziert hatte und entschied sich, keine weiteren Nachbarn mehr zu besuchen. Er bog ab und hielt neben dem Haus an. Er stieg gerade aus dem Wagen, als ein Polizeiwagen neben seinem Truck anhielt.

„Gibt es sonst noch was, Mack?"

„Nichts besonderes. Ich wollte Ihnen nur noch sagen, dass ich in der Stadt klar machen werde, dass Sie kein Verdächtiger in Renaes Mordfall sind. Manche werden das glauben, andere werden stur an ihrer Ignoranz festhalten, aber es sollte einige Barrieren abbauen, wenn es darum geht, Leute kennenzulernen."

„Danke, aber ich denke, der gestrige Tag hat diesen Prozess erheblich erschwert. Die Leute werden sich hauptsächlich daran erinnern, dass sie vor meinem Haus ermordet wurde, also muss ich etwas damit zu tun gehabt haben."

„Ich werde den wahren Mörder fangen und das wird dem allen hier ein Ende machen." Mack kam um den Wagen herum zu Brantley. „Ich habe mich gefragt, ob Sie schon Pläne fürs Abendessen haben."

„Nur, mir irgendetwas aufzuwärmen."

„Wie wäre es dann, wenn Sie mit mir in die Stadt kommen würden? Wir könnten ins Diner gehen. Dort treffen sich alle. Wenn die Leute sehen, dass Sie mit dem Sheriff essen, wissen sie, dass Sie keine Bedrohung sind, weil ich normalerweise nicht mit kriminellen Subjekten esse."

„Sie müssen nicht Ihre Gewohnheiten ändern, nur um nett zu sein. Ich werde schon einen Weg durch diesen Schlamassel finden." Schließlich war er ein New Yorker. Er konnte alles tun, was er sich in den Kopf setzte.

„Ich würde gerne etwas zu Abend essen. Wollen wir uns in der Stadt treffen?"

Macks Funkgerät gab Geräusche von sich. Er beantwortete den Anruf und wandte sich dann wieder Brantley zu. „Das wäre super. Ich sehe Sie dann um sechs am Diner." Mack drehte sich zu seinem Wagen um, hielt aber noch einmal inne, ehe er die Tür öffnete. „Ein guter Rat noch: Tragen Sie etwas, in dem Sie sich wohlfühlen."

„Wieso hat eigentlich jeder etwas an meiner Kleidung auszusetzen?", fragte Brantley. Sie sollte eigentlich der letzte Schrei in diesem Stil sein.

„Weil sie Ihnen nicht entspricht." Mack neigte seinen Hut und stieg in seinen Streifenwagen. Er begann, die Einfahrt hinunterzufahren, hielt aber noch einmal an. „Vergessen Sie nicht anzurufen, falls das Vieh nicht weggetrieben wird", rief er durchs Autofenster, und Brantley winkte mit seinem Hut und behielt ihn auch danach noch in der Hand.

Nachdem Mack fort war, ging Brantley ins Haus, warf seinen Hut auf einen der Stühle und wanderte durch die Küche. Er nahm sich etwas Wasser und spähte aus dem Fenster. Es waren nur noch ein paar dunkle Gestalten auf der einen Seite seiner Weide zu sehen und Männer mit Quads, die sie umkreisten. Andy trieb, wie versprochen, sein Vieh weg. Wenigstens war diese Art von Aufregung jetzt vorbei.

Brantley bereitete sich ein leichtes Mittagessen zu und aß es vor dem Fernseher. Danach döste er eine Weile auf dem Sofa ein, und als er schließlich wieder wach wurde, wusste er nicht, was zur Hölle er mit sich anfangen sollte. Er war zu Tode gelangweilt. In den Filmen schienen die Leute im Westen immer so beschäftigt zu sein. Es gab immer Dinge, die erledigt werden mussten und nie genug Zeit, um alles zu schaffen. Es war Brantley nicht in den Sinn gekommen, dass er hier nichts zu tun haben und über so viel freie Zeit verfügen würde, dass er sich selber auf die Nerven ging. In einer Woche hatte er alles ausgepackt und die kleinen Pflichten ums Haus herum erledigt. Vielleicht sollte er die Scheune untersuchen und sauber machen. Er hoffte, irgendwann einmal Tiere zu haben, um sie damit zu füllen, aber zuerst musste er Leute finden, die ihm dabei halfen. Aber die Chancen, gute Leute zu finden, waren vermutlich zusammen mit Renae gestorben. Wer würde schon auf einer Ranch arbeiten wollen, auf der jemand ermordet worden war? Diese ganze Situation war zum Kotzen.

Er war ein wandelnder Schmutzfleck. Brantley hatte den Nachmittag damit verbracht, die Scheune sauber zu machen. Er hatte alten Dreck und Gott weiß was noch alles in eine Schubkarre geschaufelt, die er erst mal reparieren musste, ehe er sie befüllen und den Unrat davonkarren konnte. Er hatte Glück gehabt. Als er mit dieser kleinen Arbeit begann, hatte er bemerkt, dass ihm die nötigen Werkzeuge fehlten, aber irgendwer hatte ein paar Sachen in der alten Sattelkammer zurückgelassen und so war er in der Lage gewesen, den Unrat wegzuschaufeln und unten den Fuß- und oben den Heuboden auszufegen. Also war das Gebäude momentan sehr sauber und er war total verdreckt.

Brantley räumte die Werkzeuge weg, sah auf die Uhr und eilte ins Haus. Er musste rasch duschen und sich umziehen, sonst würde er zu spät zum Abendessen kommen.

Es wurde wirklich knapp. Er musste sich ziemlich beeilen, aber er fuhr zwei Minuten vor der Zeit durch die Stadt und parkte vor dem Diner. Er wusste nicht, was für einen Wagen Mack fuhr, wenn er nicht im Dienst war, also war er nicht sicher, ob er bereits eingetroffen war. Brantley betrat das Diner und blieb im Eingangsbereich stehen, während das gesamte Lokal verstummte. Er schluckte, sah alle Blicke auf sich gerichtet, aber schon bald begannen die Leute wieder zu reden. Er hegte keinen Zweifel daran, dass er – und die Spekulation darüber, ob er Renae ermordet hatte oder nicht – das Gesprächsthema war.

„Entschuldigen Sie mal", sagte ein großer Mann, als er auf Brantleys Standort zuschlenderte. „Wie können Sie Ihr Gesicht hier zeigen? Sie sollten im Gefängnis sitzen." Er öffnete die Lippen und enthüllte eine Reihe abgebrochener Zähne. Brantley vermutete, dass er sie bei Kneipenschlägereien oder ähnlichem eingebüßt hatte.

„Das reicht jetzt, Cal", sagte Mack von irgendwo hinter ihm.

Brantley kannte die Stimme inzwischen ziemlich gut und er war in seinem ganzen Leben noch nie so froh gewesen, sie zu hören.

„Sheriff … er …", begann Cal.

„Mr. Calderone ist hier, um mit mir zu Abend zu essen", sagte Mack und nahm Cal damit schlagartig den Wind aus den Segeln.

„Aber ..."

„Mr. Calderone war in der Stadt, als Renae ermordet wurde und es gibt Zeugen, die das bestätigen. Also lass ihn in Ruhe." Mack trat näher und behauptete seinen Standpunkt. „Menschen sind so lange unschuldig, bis ihre Schuld bewiesen ist. So lautet das Gesetz und du wirst dein Spatzenhirn nicht dazu benutzen, um etwas anderes zu denken. Und jetzt geh zurück zu deinem Abendessen." Er machte eine Geste mit der Hand und Cal drehte sich auf dem Absatz um und setzte sich hin.

„Danke."

Mack nickte und ging voraus zu einem leeren Tisch. „In diesem Lokal sucht man sich selbst seinen Platz. Marlene platziert die Leute nur samstags, wenn es so aussieht, als ob die ganze Stadt zum Abendessen hierherkommt."

„Ich habe zwar kein Begrüßungskomitee erwartet, aber ...", begann er.

„Cal ist so dumm wie zehn Meter Feldweg und er handelt immer erst und denkt anschließend." Mack wandte sich zu dem riesigen Mann um und sie starrten einander an. Mack wartete, bis Cal den Blick abwandte und drehte sich dann wieder um. „Die meisten Leute wollen nur etwas, worüber sie reden können und dass jemand ermordet wurde, ist hier in der Gegend das Ereignis des Jahres."

„Das nehme ich an. Ich wünschte nur, jemand anders stünde im Mittelpunkt der Geschichte."

„Es wird sich schnell herumsprechen, dass Sie es nicht getan haben, und dann werden sie anfangen zu spekulieren, wer es war. Das liegt in der Natur einer Kleinstadt." Mack beugte sich über den Tisch. „Und manchmal fördert die Gerüchteküche ein Körnchen Wahrheit zutage, das tatsächlich hilfreich sein kann."

„Okay." Brantley hielt inne, als ihre Bedienung, ihrem Aussehen nach ein Mädchen aus der Highschool, an ihren Tisch trat.

„Wie geht's dir, Mandy?", fragte Mack. „Das hier ist Brantley Calderone. Er ist neu in der Stadt."

Sie wandte sich ihm vorsichtig zu. „Was kann ich Ihnen bringen? Der Hackbraten ist ziemlich gut, genau wie die Pastete."

„Ich nehme die Pastete", sagte Brantley.

„Ich auch. Mit einem Kaffee und Salat", sagte Mack.

„Das klingt gut", fügte Brantley hinzu und Mandy warf Mack ein Lächeln zu, bevor sie den Tisch verließ. „Kennen Sie jeden in der Stadt? Nach allem, was passiert ist, will ich eine Alarmanlage im Haus installieren lassen. Ich habe das Equipment, brauche aber etwas Hilfe beim Installieren."

„Ich bin hier aufgewachsen und kenne ein paar Leute, die Ihnen dabei behilflich sein können. Jeder in dieser Stadt ist irgendwie mit jedem verbunden. Meine Mutter war eine Lakota Sioux und mein Vater ist Andys Cousin. Der Hitzkopf, dem Sie bereits begegnet sind. Wir waren die armen Verwandten. Dad hat Vieh gehütet und Mom, na ja, sie ist nach meiner Geburt nicht mehr lange geblieben. Dad hatte sich in sie verliebt, sie haben geheiratet und bekamen mich, aber Dad hat gesagt, er wäre nicht das gewesen, was sie gebraucht hat. Ich war zwei, als Mom fortging. Sie war mental angeschlagen und sehr unglücklich." Mack musste bemerkt haben, dass er abschweifte. „Ich werde jemanden organisieren, der bei der Installation hilft."

„Danke." Dann kehrte Brantley zum vorherigen Thema zurück. „Ist sie zurück in die Reservation gegangen?"

„Ja, aber sie hat sich nur wenige Wochen später das Leben genommen. Ihr Bruder rief meinen Vater an und sagte es ihm. Deswegen trage ich meine Haare länger, ihr zu Ehren."

„Lebt Ihr Vater noch?"

„Ja." Mack lächelte. „Er sitzt jetzt im Rollstuhl, aber das hält ihn nicht wirklich auf."

Brantley überschlug im Kopf die Zahlen. „Ihr Dad kann noch nicht so alt sein."

„Ist er auch nicht. Vor über einem Jahr ist er vom Pferd gefallen und wurde niedergetrampelt. Dabei wurde sein Rücken verletzt, sodass er seine Beine nicht mehr gebrauchen kann. Dad lebt bei mir und die Nachbarn sehen nach ihm, wenn ich nicht da bin. Im Moment versucht er etwas zu finden, mit dem er ein bisschen Extrageld verdienen kann. Der Himmel weiß, was ihm einfallen wird." Macks nachsichtiges Lächeln sagte Brantley, dass die zwei sich sehr nahe standen. „Ich nehme an, Sie werden ihn irgendwann treffen. Dad liebt es, mit neuen Leuten zu reden."

Mandy brachte ihre Getränke und zog sich hastig wieder zurück. Brantley tat sein Bestes, um das zu ignorieren.

„Also, wieso Gesetzeshüter?", fragte er und löffelte ein wenig Zucker in den starken Kaffee.

„Nach dem College bin ich dem Sheriffdepartment in Sioux Falls beigetreten und hatte vor, in eine größere Stadt und zu einem größeren Department zu wechseln, nachdem ich erst einmal ein paar Erfahrungen gesammelt hatte. Ich war ungefähr fünf Jahre in Sioux Falls. Aber nach Dads Unfall zog ich hierher, trat dem örtlichen Sheriffbüro bei und habe mich dann als Sheriff beworben, als der letzte Sheriff in einen Skandal verwickelt wurde und zurücktreten musste." Mack nippte an seinem Kaffeebecher und Brantley beobachtete ihn, ein vertrautes Flattern im Bauch. Er wusste, was das zu bedeuten hatte. Er hatte Mack schon die letzten Tage über bewundert, aber jetzt, da er sich mit ihm unterhalten konnte, erkannte er, dass die Blicke, die Mack ihm ab und zu zuwarf, nichts damit zu tun hatten, dass er darauf wartete, dass Brantley ihm Neuigkeiten über den Fall enthüllte. Sie deuteten Interesse an, oder schienen es wenigstens zu tun.

Brantley hatte geglaubt, dass er den Gedanken an jede Art von Beziehung aufgeben müsste, wenn er erst mal hier herausgezogen war, und das war für ihn mehr als okay gewesen. Sie endeten sowieso immer in einer Katastrophe, also warum sich überhaupt die Mühe machen? Sein Ziel war es gewesen, sich ein neues Leben aufzubauen, eines, das näher am Land war. Er blinzelte ein paar Mal und rief sich selbst zur Ordnung, weil es derart lächerlich war. Er musste die Zeichen falsch gedeutet haben.

Ihr Essen kam und Brantley arrangierte die Teller so, dass er das heiße Gericht zuerst essen konnte. Als er seine Salatschüssel verschob, stieß er dabei seine Gabel vom Tisch und als er sich hinunterbeugte, um sie aufzuheben, explodierte das Fenster neben ihm.

3

„ALLE AUF den Boden und unten bleiben", rief Mack. „Seid ruhig und bleibt in Deckung." Er musste horchen und abwarten, um zu sehen, ob noch mehr Schüsse fallen würden. Seine Hauptsorge war, für die Sicherheit aller zu sorgen. Auf seinem Weg zur Eingangstür behielt er den Kopf unten und spähte über die Straße. Er sah nichts.

„Mandy", sagte er und drehte sich zu der Stelle um, wo sie zusammengekauert neben dem Tresen hockte. „Ruf die Polizei und sag ihnen, dass ich bereits vor Ort bin und sofort Unterstützung benötige."

Sie eilte hinter den Tresen und ein paar Sekunden später hörte Mack sie am Telefon.

„Es muss von dem Dach auf der anderen Straßenseite gekommen sein", sagte Brantley.

Mack drehte sich um und warf Brantley einen finsteren Blick zu, weil er ihm gefolgt war. Gleichzeitig war er beeindruckt, weil der Bursche sich nicht ängstlich zusammenkauerte. „Woher wissen Sie das?"

„Der Schusswinkel", erwiderte Brantley, mit einem Beben in der Stimme, das Mack nur noch wütender machte. „Sind sie immer noch da draußen?"

„Das bezweifele ich. Ich vermute, sie haben einen Schuss abgegeben und sind abgehauen."

Sirenen ertönten und Fahrzeuge fuhren vor dem Diner vor. Mack blieb weiterhin in Deckung. „Zeb, es kam wahrscheinlich vom Dach gegenüber", rief er, als er sah, wie Zeb ausstieg und hinter seinem Wagen in Deckung ging.

Zeb stieg wieder in sein Auto und fuhr davon, noch bevor Mack ihm sagen konnte, er solle vorsichtig sein. Glücklicherweise fielen keine weiteren Schüsse und Zeb kam zurück. „Da ist niemand. Wer auch immer das gewesen ist, er ist entkommen. Aber dieses Mal haben sie Patronenhülsen zurückgelassen."

„In Ordnung. Lass uns alle hier raus und sicher zu ihren Autos bringen. Die Leute sollen wiederkommen, um ihre Rechnungen zu bezahlen." Mack wandte sich an die Besitzerin, Marlene, die mit Mitte Fünfzig schon so ziemlich alles gesehen hatte. „Willst du, dass wir jemanden besorgen, der das Fenster vernagelt?"

„Das kann Henry machen", sagte sie.

„Okay. Dann lass uns alle sicher hier rausbringen, und dann können wir versuchen, herauszufinden, was zum Teufel passiert ist." Er stand auf und half den Leuten vorsichtig dabei, durch das entstandene Durcheinander zu ihren Fahrzeugen zu gelangen. Es dauerte eine Weile, aber sie sprachen mit jedem Gast, um herauszufinden, was sie gesehen hatten. Anschließend brachten sie alle auf den Heimweg.

Mack ließ Brantley in der entferntesten Nische zurück, barg die Kugel und fügte sie den übrigen Beweismitteln hinzu. Wenigstens hatten sie dieses Mal die Kugel und die Hülse.

„Sieht aus, als stamme sie aus einem Jagdgewehr", sagte Zeb.

„Als gäbe es in dieser Gegend nicht eine Million davon", grummelte Mack. Aber wenigstens konnten sie jetzt die abgefeuerten Patronen vergleichen, falls sie ein verdächtiges Gewehr finden sollten. „Du kannst jetzt auffegen, wenn du willst, Marlene, und Henry kann das Fenster vernageln." Sie hatten Fotos von allem gemacht und Mack hatte alles, was er von diesem Tatort bekommen konnte.

„Was passiert nur in dieser Stadt?", fragte Marlene. „Erst ein Mord und nun wird durch mein Fenster geschossen und jeder hätte verletzt werden können." Ihre Frustration konnte sich mit Macks messen. „Ich weiß, das hier ist nicht dein Fehler, aber du musst der Sache auf den Grund gehen. Es wir höllisch schwer werden, die Leute nach all dem wieder hier herein zu bekommen." Sie drehte sich um, fing an sauber zu machen und schwang ihren Besen dabei mit mehr Kraft als nötig. „Wenn du den Mistkerl erwischt hast, der das hier getan hat, dann würde ich gerne den ersten Schuss auf ihn abgeben. Vielleicht wird ihm eine Ladung Schrot in den Hintern eine Lehre sein."

Mack war sich da nicht so sicher. Dieser Kerl war entweder auf einer Art Mission oder er hatte entschieden, dass ihm jemand in dieser Stadt Unrecht zugefügt hatte und nun versuchte, es ihm heimzuzahlen. Mack musste irgendwie in den Kopf dieses Burschen gelangen und herausfinden, was zum Teufel er wollte. Das war der einzige Weg, um dieser Sache auf den Grund zu gehen.

„Glaubst du, dass diese Schießerei etwas mit Renaes Tod zu tun hat?", fragte Brantley, als Mack sich der Nische näherte, in die er sich, weit weg von den Fenstern, gekauert hatte.

„Ich weiß es nicht. Aber mein Bauchgefühl sagt mir, dass das zusammenhängt."

„Sheriff", sagte Zeb, als er zurück ins Diner eilte. „Das musst du dir ansehen."

Mack wandte sich zum Gehen und Brantley folgte ihm dichtauf.

„Denken Sie, ich kann jetzt nach Hause gehen?", fragte Brantley.

„Ähm. Da liegt das Problem", erklärte Zeb. „Eine Reihe von Leuten sagen, sie glauben zwei Schüsse gehört zu haben, aber nur einer hat das Fenster zerbrochen."

„Hast du die andere Kugel gefunden?", fragte Mack und Zeb deutete über den Parkplatz auf Brantleys funkelnagelneuen Truck, der nun eine zerbrochene Heckscheibe hatte.

„Die Kugel ging durchs Heckfenster und hat Teile des Armaturenbretts zertrümmert. Wir werden ihn zum Revier schleppen müssen, um mehr Licht zu haben, damit wir das Ding rausholen können. Aber sie hat das Innenleben ganz anständig zerfetzt."

„Können wir ihn nicht langsam hinüberfahren?", fragte Mack. „Es ist doch nur ein Block."

„Der Schaden ist groß genug, um die gesamte Elektrik kurzzuschließen. Ein Abschleppwagen ist das beste, um ihn zu transportieren."

„In Ordnung. Ruf einen Abschleppwagen und schleppt ihn zum Revier. Dann macht euch an die Arbeit und holt die Kugel raus. Ich werde Brantley nach Hause bringen." Wenn es schon dicke kam, dann aber richtig. Wenigstens bestand nach dieser Zurschaustellung von Gewalt kein Zweifel mehr daran, wer das Ziel des Angriffs gewesen war. Zu Anfang hatte Mack befürchtet, dass er selbst es gewesen wäre, aber das hier hatte ganz klar Brantley gegolten.

Es würde eine lange Nacht werden.

Mack ging zu seinem Wagen und wartete darauf, dass Brantley auf der Beifahrerseite einstieg. „Gibt es jemanden, der zu Hause bei Ihnen sein wird?"

„Nur ich", antwortete Brantley leise und Sorge und Angst waren klar herauszuhören.

„Dann werde ich Sie mit zu mir nehmen. Sie sollten nicht allein sein und schon gar nicht so weit dort draußen. Wer zum Teufel auch immer hinter Ihnen her ist, weiß um Ihre Bewegungen und wird wissen, dass Sie alleine sind." Mack ließ den Wagen an und fuhr vom Parkplatz. Er fuhr ein paar Blocks weit und bog dann in seine Einfahrt ein.

Drinnen waren die Lichter an und helle Quadrate ergossen sich über den Rasen. „Hier werden Sie sicher sein, umgeben von anderen Menschen." Mack stellte den Motor ab, stieg aus und sah sich prüfend um, ehe er zum Haus ging. Er öffnete die Tür und das Rudel strömte an ihm vorbei und umringte Brantley schnüffelnd und jaulend. „Ist schon gut. Sie wollen bloß sehen, ob Sie irgendwelche Leckerchen dabeihaben. Der Labrador ist Leo, der Beagle ist Rex und das hier ist Lulu." Mack nahm den Pudelmischling hoch und sie wand sich vor Aufregung in seinen Armen. „Sie sind alle Aufmerksamkeits-Junkies." Er deutete hinein. „Kommen Sie rein und sie werden Ihnen folgen."

Brantley sah überwältigt aus. „Ich habe nie Hunde gehabt."

„Warum nicht?", fragte Mack, während er darauf wartete, dass Brantley an ihm vorbeiging und dann die Tür hinter ihm schloss.

„Ich habe in der Stadt gelebt. Eine Menge Leute halten dort Hunde, aber ich hielt das für unfair. Hunde brauchen Platz, und in einer Wohnung eingepfercht zu sein, ist nicht fair. Jedenfalls habe ich das gedacht."

Mack nickte und rief dann: „Dad!"

Die Badezimmertür öffnete sich und sein Vater rollte heraus und den Flur entlang ins Wohnzimmer. „Habe gehört, es hätte einige Aufregung im Diner gegeben."

Mack setzte Lulu wieder runter. „Ja. Dad, das ist Brantley Calderone. Er ist neu in der Stadt. Sein Truck wurde zerschossen, zusammen mit dem Fenster im Diner, also wird er heute Nacht hier bleiben."

„Schön, Sie kennenzulernen", sagte Macks Dad und schüttelte Brantley die Hand. „Nennen Sie mich Lew." Er wandte sich an Mack. „Musst du zurück aufs Revier?", fragte er und Mack nickte.

„Ich habe eine Menge Arbeit vor mir, wenn ich versuchen will, diesem Schlamassel auf den Grund zu gehen." Mack rieb sich den Nacken. „Warte nicht auf mich. Es wird wahrscheinlich spät werden." Mack wandte sich an Brantley. „Dad wird sich um Sie kümmern, genau wie diese Burschen hier." Zeit war von entscheidender Wichtigkeit und er musste sich an die Arbeit machen.

Mack schritt zur Tür und hielt inne, die Hand auf dem Türknopf. Brantley sah so verloren aus, sogar mit Lulu, die um seine Beine herumhüpfte. Mack hatte nie daran gedacht, wieder einen Freund zu haben oder irgendwen in sein Leben zu lassen. Jedenfalls nicht ernsthaft seit er wieder zurück war. Aber Brantley rührte sein Herz. Mack wollte verdammt sein, wenn er wusste, wieso. Vielleicht war es die Furcht in seinen großen, blauen Augen oder die Tatsache, dass Brantley immer noch eine innere Stärke und Zuversicht innewohnte, die die meisten Männer während der ganzen Aufregung der letzten paar Tage verloren hätten. Eines war sicher: Mack wollte, dass Brantley in Sicherheit war, ganz egal, ob es nun sein Job war oder nicht. Das war wichtig.

Für einen winzigen Moment begegnete er Brantleys Blick und sie teilten einen Augenblick der Verbundenheit, den Mack bis in seine Eingeweide spüren konnte. Macks Bauch flatterte unter dem vertrauten Gefühl von Interesse und Brantley wandte sich ab.

Mack öffnete die Tür, damit er zurück an die Arbeit eilen konnte.

STUNDEN SPÄTER schleppte Mack sich nach Hause. Die Ermittlung hatte sie keinen Deut weitergebracht. Die Kugel war aus Brantleys Truck geborgen worden, aber das Ding war völlig zerquetscht. Der Aufprall hatte sie kurz und klein gemacht. Immerhin, der Schütze hatte niemanden ernsthaft verletzt … dieses Mal.

Er öffnete die Tür und trat leise ein, in Erwartung des Rudels, das sich um seine Beine versammelte. Nichts geschah. Das Haus war still. Sein Dad saß mit einer Decke in seinem Lieblingssessel, den Kopf zurückgelehnt und die Augen geschlossen.

„Möchtest du, dass ich dir beim Zubettgehen helfe?", fragte Mack. Sein Dad schlief oft in seinem Stuhl, wenn er besorgt war.

„In einer Minute. Ich habe mich eine Weile mit dem jungen Mann unterhalten. Er ist was ganz besonderes. Der hier hat wirklich Mumm."

„Inwiefern?"

„Es gibt viele Arten von Mut. Du hast ihn unter Beschuss. Er hat den Abend damit verbracht, mit mir zu reden und mir Tipps zu geben, wie ich mein Geld anlegen soll. Hat mir einen kompletten Plan zusammengestellt und gesagt, wo das Geld sein sollte und wann ich es transferieren soll und wohin. Der Bursche ist wirklich clever. Irgendwann ist dann ein Auto vorbeigefahren – du kennst doch die alte Klapperkiste, die Mrs. Abbot fährt? Macht einen Heidenlärm. Er war kurz angespannt und ist dann gleich wieder zur Sache gekommen. Die Nerven so stabil wie nur was. Manchmal ist das wahrer Mut, nach so einem Zwischenfall weiterzumachen, ohne zusammenzubrechen."

„Ich mag ihn auch, Dad", sagte Mack zu seiner eigenen Überraschung. „Und jetzt lass uns dich in den Stuhl und ins Bett bringen." Mack beobachtete ihn, um sicherzustellen, dass sein Dad keine Hilfe brauchte, um in seinen Rollstuhl zu kommen, und schob ihn dann leise den Flur entlang zu seinem Zimmer. Sein Dad rollte hinein und schloss die Tür.

Mack drehte sich um, um in sein eigenes Zimmer zu gehen, blieb aber vor der teilweise geöffneten Gästezimmertür stehen. Er spähte hinein. Es gab nur wenig Licht, aber ein leises Schnarchen drang an seine Ohren. Er wusste, das war Lulu. Manchmal konnte dieses kleine Mädchen Tote aufwecken. Sie hatte sich neben Brantleys Beinen zusammengerollt, mit Rex auf ihrer anderen Seite. Sie hoben die Köpfe und legten sie dann wieder auf ihre Pfoten. Leo tat nicht mal das. Macks Hunde schienen sich in Brantley verliebt zu haben oder wenn nicht das, dann wussten sie jedenfalls, dass er sie brauchte. „Nacht, Leute", flüsterte Mack.

„Mack?", fragte Brantley verschlafen und bewegte sich, wobei das Bett leise quietschte. Mack hatte das reparieren wollen. Eines von einer Million Dingen, die er erledigen musste, sollte er denn je dazu kommen.

„Ich bin gerade zurückgekommen, schlafen Sie weiter."

Brantley setzte sich auf und Mack machte einen Schritt rückwärts. „Haben Sie irgendetwas herausgefunden?"

„Nur sehr wenig. Der Kerl ist ein Geist. Er scheint, von den Kugeln mal abgesehen, nur sehr wenig zu hinterlassen. Niemand hat irgendwas gesehen.

Sie haben nur die Schüsse gehört." Er trat vom Türrahmen zurück, um in sein eigenes Zimmer zu gehen, als Brantley aus dem Bett stieg. Mack zwang sich, seinen Blick auf den glänzenden Messingtürknopf zu richten. Er musste überall hinsehen, nur nicht auf die Haut mit dem Hauch von Goldschimmer. „Er ist einfach verschwunden."

„Das kann er nicht."

„Ich habe Leute positioniert, um das Gebäude zu beobachten, von dem aus er geschossen hat, und wenn es hell wird, werden wir hinübergehen und nachsehen, ob wir irgendetwas übersehen haben." Mack ließ den Türknauf los und drehte sich um.

Brantley stand im Türrahmen und das Flurlicht betonte den goldenen Ton seiner Haut. Er war schlank, anmutig und vielleicht etwas zu blass von den vielen Jahren, die er drinnen verbracht hatte. Mack hielt seinen Kopf gerade noch davon ab, sich nach vorn zu neigen, um der Linie von seiner Hüfte hinunter in die Jogginghose, die sein Dad ihm aus seiner Kommode geliehen haben musste, zu folgen. Sie war Brantley ein wenig zu groß und verdammt noch mal, er hatte genau das getan, von dem er vorgehabt hatte, es nicht zu tun. Er konnte einfach nicht anders. Hitze stieg in ihm auf und er schluckte hart, um seinen Mund wieder zu befeuchten.

„Aber Sie werden ihn schnappen?", fragte Brantley.

Lulu kam in den Flur getapst und schaute zu Brantley hoch, als wollte sie ihn fragen, wieso er verrückt genug war, zu dieser nachtschlafenden Zeit auf zu sein. Dann schlenderte sie ins Wohnzimmer.

„Das werde ich. Aber das hier entpuppt sich als ein größeres Rätsel, als ich angenommen hatte." Und er war so verdammt müde, dass er kaum denken konnte. Seine Aufmerksamkeit richtete sich auch weiterhin auf Brantley und die Tatsache, dass Brantley seinen Blick erwiderte, ließ schlagartig Hitze in ihm auflodern.

„Ich bin gut bei Rätseln und solchen Sachen", sagte Brantley. „Das hat das Entschlüsseln der Finanzdaten, mit denen ich gearbeitet habe, vorausgesetzt. Jede Firma und Branche war ein Rätsel. Es gab Dinge, die in ihrem Zentrum lagen, Bröckchen von Informationen, die erstaunliche Resultate hervorbringen konnten."

„Tja, ich bin nur ein Gesetzeshüter und das hier macht mich ratlos. Wer auch immer das hier tut, scheint hinter Ihnen her zu sein." Verdammt, Mack wäre gerne hinter ihm her, aber auf eine völlig andere Art und Weise. Er trat näher und Brantley blieb, wo er war. Das war gar keine gute Idee, und dennoch wurde er von Brantley angezogen wie ein Magnet. Es war schon eine ganze Weile her, seit er mit jemandem zusammen gewesen war, und selbst da hatte er nicht diese Art von Anziehung verspürt. Aber Brantley war in einen Fall verwickelt, eine polizeiliche Ermittlung. Er war höchstwahrscheinlich das auserkorene Opfer und Mack hatte ihn zu sich nach Hause gebracht, um ihm einen sicheren Ort zu bieten und das hieß auch einen Platz, der sicher *vor* ihm war. „Brauchen Sie noch irgendetwas?", brachte er krächzend hervor.

„Ich wollte mir etwas Wasser holen."

„Kommen Sie mit." Mack führte ihn in die Küche. „Ich habe auch Saft und Tee, wenn Sie wollen."

„Kein Koffein", sagte Brantley, als er sich an den Küchentisch setzte.

Mack holte zwei Gläser, goss Orangensaft hinein und nahm Brantley gegenüber Platz. „Ich werde diesen Kerl finden", sagte Mack. „Ich hasse ungelöste Fälle, und ich hatte noch keinen, seit ich dem Department beigetreten bin. Die Leute hier werden mich nicht wiederwählen, wenn ich meinen Job nicht erledige. Und das hier ist von so großem, öffentlichen Interesse, wie ein Fall nur sein kann."

„Es ist mein Leben, hinter dem sie her sind."

„Das weiß ich. Ich sage ja nur, dass wir dasselbe Ziel haben, und ich bin stolz darauf, meine Fälle zu lösen. Ich werde alles tun, was ich kann. Das müssen Sie wissen." Mack kippte seinen Saft hinunter, als wäre es ein großer Schuss Gin.

Lulu kam herein und Brantley beugte sich hinunter und nahm sie hoch.

„Wie ich sehe, haben Sie schon ein paar Freunde gefunden."

„Ich glaube schon. Sie waren alle sehr freundlich."

„Sie lieben Aufmerksamkeit und ich bin zu selten zu Hause."

Lulu zappelte und Brantley setzte sie wieder runter. Sie schlenderte herüber und Mack nahm sie auf den Schoß. Dort machte sie es sich bequem und legte ihren Kopf auf sein Bein. Er streichelte ihr Fell und versuchte, sich zu entspannen. Es war schwer, wenn Brantley so dicht bei ihm saß, halb nackt, und seine Hitze ihn anzog. Er wollte nachgeben, widerstand aber der Versuchung.

„Weiß die Stadt … über Sie Bescheid?", fragte Brantley. „Ich sehe die Art und Weise, wie Sie mich anschauen." Brantley unterbrach den Blickkontakt, von dem Mack nicht mal gemerkt hatte, dass es ihn gab, und dann zog sich seine Haut unter dem frostigen Hauch des Verlusts zusammen.

„Keine Ahnung", antwortete Mack. „Ich bin ein ehrlicher Mensch und ich lüge nicht, also habe ich nie irgendwem gesagt, ich wäre … hetero, glaube ich. Aber ich habe auch niemandem das Gegenteil erzählt. In dieser Stadt hatte ich nie Gelegenheit dazu. Nachdem ich zurückgekommen war, habe ich mich an die Arbeit gemacht und mich um Dad gekümmert. Es gab niemanden, der meine Aufmerksamkeit erregt hätte, also ist das Thema nie wirklich aufgekommen." Mack war nie die Art von Mann gewesen, der sein Herz auf der Zunge trug, aber er wollte Brantley. Verflucht, wieso wollte er immer das, was er nicht haben konnte?

„Ich wollte Ihren Charakter nicht infrage stellen." Brantley trank die Hälfte seines Safts und Mack wünschte sich, dass ein Tropfen, nur einer, danebengehen und liebkosend seinen Weg über Brantleys Hals und Brust finden würde. Dann hätte Mack einen Grund, ihm mit seinem Finger zu folgen. „In New York hatte ich mich zwar geoutet, habe aber zurückgezogen gelebt. Meine Arbeit hat den größten Teil meiner Zeit beansprucht und ich hatte nie Glück mit Männern. Zuerst waren sie immer interessiert, aber so gut wie jedes Mal ging es dabei nur um mein Bankkonto." Brantley seufzte. „Ich hatte einen Freund, Johnny. Nachdem wir ungefähr einen Monat miteinander ausgegangen waren, wollte er, dass ich sein Geld für ihn investiere und ihn reich mache. Er dachte, ich hätte ein goldenes Händchen und könnte aus seinen paar tausend Dollar über Nacht Millionen machen." Brantley trank seinen Saft aus und stellte das Glas ab. „Kurz nachdem ich ihn enttäuschen musste, verließ er mich." Er stand auf und trug sein Glas zur Spüle. „Ein einfaches Leben war alles, was ich wollte, als ich hierher kam. Ich will diesen ganzen Stress und die Hektik der Stadt nicht. Ich hoffte, einen Platz zu finden und mir vielleicht ein paar Pferde anzuschaffen, damit ich reiten lernen kann. Davon habe ich als Kind immer geträumt. Mehr als alles andere auf der Welt wollte ich ein Pony, aber in einer Wohnung in Manhattan gab es keinen Platz für ein Pony. Ich dachte, ich könnte die Ranch aufbauen. Mir war klar, dass ich dafür ein paar Leute einstellen müsste und dann könnte ich vielleicht einen eigenen Betrieb haben."

„Was ist mit jemandem, mit dem Sie das teilen können?", fragte Mack.

„Darüber habe ich nicht nachgedacht. Ich nahm an, wenn es mir in New York nicht gelungen war, jemanden zu finden, dann wäre die Sache sowieso vom Tisch, also habe ich nicht groß darüber nachgedacht."

„Das sollten Sie", sagte Mack und beobachtete Brantleys Rücken, als dieser seufzend Luft holte.

„Was ich tun sollte, ist, ins Bett zu gehen." Brantley wandte der Spüle den Rücken zu, um ihn anzusehen. „Das hier ist ... alles ist ..."

Ohne nachzudenken, kämpfte Mack sich auf die Beine und glitt auf Brantley zu, ohne seine Füße zu heben. Jedenfalls spürte er nicht, wie sie sich hoben. Alles, was er fühlte und sah, war, dass Brantley näherkam. Brantley wich zurück bis zur Spüle und Mack blieb stehen, bot Brantley einen Ausweg. Er würde niemanden zu etwas zwingen, aber sein ganzes Sein pochte und drängte ihn vorwärts. „Du solltest jetzt gehen, wenn es das ist, was du willst", hauchte Mack.

„Ich weiß, das sollte ich, aber ich glaube nicht, dass ich es kann." Brantley hob eine Hand und Mack ergriff sie und brachte sie in ihrer ersten wirklichen Berührung zusammen, die so viel mehr versprach.

Brantley machte einen Schritt nach vorn, neigte sich ihm zu und packte Macks Hand fester, als befürchte er, dass dieser davonlaufen könnte. Ihre Blicke vertieften sich prüfend und jeder suchte in dem des anderen das, was er am meisten brauchte. Brantley atmete tief ein, während er sich nach vorn drängte, und Mack zog ihn noch dichter an sich. Das fluoreszierende Licht über ihren Köpfen summte leise, als Brantley die Entfernung zwischen ihnen überbrückte. Brust an Brust schob er Mack rückwärts, bis die Arbeitsplatte sich leicht gegen Macks untere Rückenpartie presste. Brantleys moschusartiger Geruch, schwer von Schlaf und Erregung, stieg in Macks Nase und verstärkte sich noch, als Brantley noch näher kam. Macks Lippen öffneten sich und er neigte den Kopf und bereitete sich auf das vor, was hoffentlich als nächstes kommen würde. Er fürchtete sich zu blinzeln, aus Angst, es würde die Verbindung zwischen ihnen unterbrechen und Brantley würde seine Meinung ändern und entscheiden, dass jetzt der geeignete Zeitpunkt wäre, in sein Zimmer zurückzukehren.

Mack löste seinen Griff und ließ seine Hände um Brantleys Taille gleiten, zog ihn sogar noch dichter an sich und schob seine Finger unter den Bund von Brantleys Jogginghose, wobei ihn die weiche, warme Haut nur noch mehr erregte. Er wollte alles und er wollte es verflucht noch mal sofort. Seine Hose war ihm zu verdammt eng, und er brauchte irgendeine Art von Abhilfe und das Allerschlimmste war, dass er noch nicht mal eine Kostprobe von Brantley bekommen hatte und schon bereit für einen Nachschlag war. Er überbrückte die kurze Entfernung zu Brantley und eroberte seine Lippen mit einem harten Kuss. Mack hatte nicht gleich so heftig sein wollen, aber er verlor langsam die Kontrolle. Glücklicherweise erwiderte Brantley sein drängendes Vorgehen mit gleicher Münze. Er strich mit seiner Zunge über Macks, in einem Akt, der weniger etwas mit einem Duell, als vielmehr mit der Tatsache zu tun hatte, dass die beiden von demselben inneren Verlangen angetrieben wurden, das scheinbar keiner von ihnen kontrollieren konnte. Mack schmeckte den Hauch von Orangensaft, der immer noch auf Brantleys Lippen lag, aber das hielt nicht lange an. Bald kam der reiche, erdige Geschmack von Brantley durch und Mack war süchtig und wollte mehr.

Schwindelig von Brantleys moschusartigem Duft zog er ihn fester an sich und die Hitze von Brantleys Brust durchdrang sein Hemd, während Mack sich die Konturen von Brantleys Rücken einprägte. „Himmel, ich will dich", flüsterte Mack, als sie gerade so weit voneinander abließen, dass Mack noch immer die Hitze von Brantleys Lippen spüren konnte. Er wagte es, seine Hände tiefer wandern zu lassen. Sie glitten über den Stoff, um Brantleys festen, runden Po zu umfassen.

„Ich … Es ist dein Zuhause … dein Dad ist zu Hause …", stotterte Brantley, obwohl er sich selbst mit einem weiteren Kuss unterbrach. Wenn Brantley so auf Leidenschaft reagierte, dann könnte es sein, dass Mack sich mit der Zeit nach diesem unzusammenhängenden Gestammel sehnen würde.

Er konnte fühlen, wie tief die Jogginghose auf Brantleys Hüfte saß. Es wäre ein leichtes, sie über den harten Ständer nach unten zu schieben, der sich in Macks Hüfte drückte, und sich zu nehmen, was er wollte. Brantley war ganz sicher willig und auch wenn das tiefe Knurren, das seiner Kehle entstieg, noch kein Hinweis darauf gewesen wäre, was er wollte, so war die Hitze, die seine Haut abstrahlte, ganz sicher Einladung genug.

„Mack … ich …"

„Verdammt, schmeckst du fantastisch", murmelte Mack und ließ seine Hände zu Brantleys Brust wandern, bereit zu testen, ob dessen Nippel genauso empfindlich waren, wie es der Rest von Brantley zu sein schien. Aus dem Gästezimmer erklang Geheul, gefolgt von Gebell und dem rasenden Klicken von Krallen auf dem Fußboden, das an der Küche vorbei zur Vordertür sauste. Leo knurrte, während er neben der Haustür in Stellung ging. Rex ging auf dem Stuhl in Position und heulte, den Kopf zurückgelegt, während Lulu ihre eigene Art von Alarm hinzufügte.

„Was ist los?", fragte Mack, als er sich dem vorderen Fenster näherte. Er zog die Gardine beiseite und griff, während er die Tür öffnete, nach seiner Pistole. „Behalte die Hunde drinnen, Brantley."

Brantley rannte herbei, nahm Lulu auf den Arm und hielt Rex am Halsband fest.

Mack schob Leo beiseite und trat in die Nacht hinaus, gerade noch rechtzeitig, um eine einsame Gestalt in dunkler Kleidung die Straße hinunterrennen zu sehen. Mack schaltete die Außenbeleuchtung ein und ließ leise die Tür hinter sich zufallen.

Jetzt waren die einzigen Geräusche, die an seine Ohren drangen, das Zirpen der Insekten und das gelegentliche Brummen eines Autos von der nächstgelegenen Straße. Abgesehen davon, war die Nacht still.

Mack dachte daran, den Kerl zu verfolgen, aber das machte wenig Sinn. Er ging wieder hinein, ließ die Außenbeleuchtung aber an und schloss die Tür. Er war sich zu diesem Zeitpunkt nicht sicher, was er davon halten sollte. „Ist schon gut, Leute, das habt ihr gut gemacht." Mack streichelte alle drei Hunde, und nun, da es wieder ruhig geworden war, beruhigten auch sie sich wieder.

„Mack", rief sein Vater.

„Alles in Ordnung, Dad. Geh wieder schlafen." Mack versuchte, ein Gähnen zu unterdrücken und versagte kläglich. Es war schon längst überfällig, etwas Schlaf zu finden. Er legte seine Waffe weg und gähnte noch einmal ausgiebig.

„Ich sehe dich dann morgen früh." Brantley drehte sich in Richtung Flur um, der zu den Schlafzimmern führte.

Rex und Leo sahen ihn an und trotteten dann hinter Brantley her.

Mack wollte eigentlich sauer sein, aber Tatsache war, dass es schön wäre, für eine Nacht mal etwas Platz in seinem eigenen Bett zu haben und Brantley schien sie zu brauchen. Die Hunde wussten es immer. Er setzte Lulu runter und sie schaute zu ihm auf. Mack verschloss alle Türen und machte sich dann den Flur entlang auf den Weg zu seinem Schlafzimmer.

Die Versuchung schlief gleich gegenüber, aber Brantley hatte seine Entscheidung getroffen und Mack würde sich daran halten. Lulu folgte ihm in sein Zimmer, hüpfte aufs Bett und legte sich in die Mitte. Mack ging in sein Badezimmer und machte sich bettfertig, bevor er sich auszog und unter die Decke kroch. „Rutsch rüber, du kleiner Gauner", knurrte Mack und Lulu knurrte zurück, bevor sie zur Seite rutschte und sie es sich bequem machten.

DER MORGEN kam viel zu früh, aber glücklicherweise verlief der Rest der Nacht ruhig, und er bekam ein paar Stunden Schlaf, ehe er sich aus dem Bett quälte, anzog und das Haus verließ. Er war noch nicht richtig wach, als er sich mit Zeb und seinem anderen Deputy, Ronnie Carvey, an dem Haus auf der gegenüberliegenden Straßenseite traf. „Teilt euch auf und sucht alles ab. Dieser Kerl kann nicht einfach spurlos verschwinden. Er hat seine Patronenhülsen fallen und liegen lassen, also kann er Fehler machen und wir müssen herausfinden, was er sonst noch getan hat."

Mack stand unten vor dem Gebäude, schaute nach oben und fragte sich, wie zum Teufel der Kerl dort hinaufgekommen war. Hatte er seine eigene Leiter mitgebracht? „Zeb? Wie bist du letzte Nacht da rauf gekommen?"

„Der Müllcontainer stand direkt neben dem Gebäude."

„Also ist er bewegt worden. Wer hat das getan? Frag die Burschen, die letzte Nacht hier gewesen sind."

„Ich habe ihn bewegt, nachdem ich wieder unten war. Ich wollte nicht, dass sonst noch jemand dort hinaufkommt", erklärte Zeb. „Ich habe Handschuhe benutzt und ich bin froh darüber. Das Ding ist ekelig und stinkt zum Himmel. Glaubst du, wir können sie dazu bringen, ihn mit dem Schlauch auszuspritzen oder etwas in der Art, wenn wir fertig sind?"

„Lass uns das eigentliche Ziel nicht aus den Augen verlieren, in Ordnung? Rekapitulieren wir noch mal, was wir wissen. Er ist von irgendwo hergekommen und hat höchstwahrscheinlich einen Wagen oder einen Truck hier hinten geparkt."

„Da war ein leerer Platz, genau hier", sagte Zeb und schritt die Stelle ab. „Ansonsten war alles vollgeparkt. Es macht also Sinn, dass er hier geparkt hat und dann aufs Dach gestiegen ist."

„Warum?", fragte Mack, erwartete aber keine Antwort.

„Wenn der Schütze hinter diesem neuen Kerl her ist, dann musste er ihn verfolgen, um zu wissen, wo er war", sagte Ronnie. „Ich nehme an, der Schuss war nicht zufällig."

„Das war er nicht", sagte Mack, während er sich weiterhin umsah. „Besorg eine Leiter, damit wir nach oben klettern und sehen können, was wir hier haben." Er durchstreifte weiterhin das Terrain und versuchte sich vorzustellen, was hier geschehen war. Die Chancen, dabei etwas Neues herauszufinden, standen schlecht, aber sie mussten jeden Beweis finden, den sie von diesem Tatort kriegen konnten. Mack war nicht gerade glücklich darüber, dass dieser Kerl all das hier direkt vor seiner Nase abzog.

Fünf Minuten später kam Zeb mit einer Leiter zurück, die er sich wahrscheinlich von einem der Geschäftsinhaber geborgt hatte und Mack stieg auf das Dach und bedeutete Zeb, ihm zu folgen. Er passte genau auf, wo er hintrat und fand ganz leicht die Beweismittelmarkierungen, wo zuvor die Patronenhülsen gelegen hatten. Mack hatte einen guten Blick auf das Diner. „Er muss ein Zielfernrohr benutzt haben. Man kann das Diner sehen, aber du brauchst mehr Einzelheiten, um einen präzisen Schuss abgeben zu können."

„Glaubst du, der Kerl ist ein Scharfschütze?", fragte Zeb.

„Nicht unbedingt. Ein Jäger mit einem guten Gewehr hätte diesen Schuss abgeben können. Aber es könnte gut sein, dass hier ein Profi am Werk war." Mack war klar, dass das eine Vermutung war, und noch nicht mal eine untermauerte. Und wieder einmal stand er mit nichts da. Mack ging zurück zur Leiter und kletterte nach unten. „Lass uns ins Büro zurückfahren." Er musste noch einmal alles durchgehen, was er hatte und prüfen, ob er irgendein Körnchen an Information übersehen hatte.

„Hast du irgendetwas gefunden?", fragte Brantley, als Mack am Abend nach Hause kam und Mack musste das verneinen. Der ganze Tag war beinahe sinnlos gewesen, und er war keinen Deut dichter dran, herauszufinden, wer hinter all dem steckte.

„Es ist mir gelungen, jemanden zu finden, der deinen Truck repariert. Es wird eine Weile dauern, weil die Elektrik ziemlich im Eimer ist."

„Ist schon gut. Ich habe meine Versicherung angerufen und sie haben gesagt, sie kümmern sich darum", sagte Brantley. „Ich hatte gehofft, dass mich jemand hinaus zur Ranch fahren könnte."

„Du kannst hierbleiben", sagte Mack. „Du wirst beobachtet oder wurdest es zumindest gestern Abend. Woher hätte irgendjemand sonst wissen können, dass du im Diner warst? Also würde ich dich gerne dort rausfahren, damit du alles holen kannst, was du brauchst und nach dem Rechten sehen kannst, aber ich möchte, dass du hierbleibst. Du wirst hier einfach sicherer sein – stimmt's, Dad?", fragte Mack.

„Ja, Junge. Du musst dich schützen, und der beste Weg ist, zuzulassen, dass Mack versucht, auf dich aufzupassen."

„Ich will niemandem zur Last fallen."

„Und ich will nicht, dass dieses Arschloch Erfolg hat und dich umbringt", sagte Mack.

Brantley wandte sich zu ihm um. „Ich glaube nicht, dass das sein Ziel ist. Ich hatte heute jede Menge Zeit, um darüber nachzudenken und wenn er mich umbringen wollte, dann hatte er bereits Gelegenheit dazu. Er hat Renae umgebracht und er war dabei nicht sehr viel näher dran als gestern Abend. Vorausgesetzt, es ist derselbe Kerl. Und ich wette, er ist es."

„Das macht Sinn."

„Die eigentliche Frage ist also, was will er wirklich? Wenn er mich gestern Abend nicht umbringen wollte, was für eine Art von Nachricht hat er dann geschickt oder was hoffte er, damit zu erreichen? Ich möchte darauf wetten, dass er mich verscheuchen will. Er war zweifellos hinter mir her und er hat meinen Truck zerschossen und niemandes sonst. Der Schuss durch das Fenster des Restaurants ging dicht an meinem Kopf vorbei. Er hatte freies Schussfeld, um mich zu treffen, tat es aber nicht."

„Okay. Wenn das stimmt, warum dann? Was könnten sie wollen?"

„Die einfachste Antwort darauf wäre die Ranch. Das Land. Ich habe Wasser und ein paar meiner Nachbarn nicht", sagte Brantley.

„Du denkst an Andy, nicht wahr?", sagte Mack.

„Ich weiß, er ist dein Cousin und dass du ihn wahrscheinlich nicht damit in Verbindung bringen möchtest, aber ja. Er ist ein ziemlicher Idiot, er braucht das Wasser, das ich habe, und wenn ich weg bin, kann er sein Vieh dort grasen lassen, bis jemand anderes das Anwesen entweder gekauft hat oder ich ihm das Land überlasse, damit ich fortgehen kann."

„Wir haben keine Beweise", erinnerte ihn Mack.

„Nö", stimmte Brantley zu und schwieg.

„Wieso bringst du ihn nicht zur Ranch, Sohn, damit er einige seiner Sachen holen kann? Ich bin sicher, dass Brantley außerdem gerne nachsehen möchte, ob dort draußen alles in Ordnung ist. Nimm Leo und Rex mit. Sie werden sich über ein bisschen Auslauf freuen und du weißt, dass sie gegebenenfalls Alarm schlagen werden."

„Ist gut." Er nahm Lulu auf den Arm, setzte sie seinem Vater auf den Schoß und rief dann die anderen zwei, die angeschossen kamen, als er ‚Gassi' rief. „Würdest du sie raus in den Truck bringen? Ich muss mich noch umziehen. Bin in zwei Minuten draußen." Mack eilte in sein Zimmer und zog sich in Rekordzeit um. Dann joggte er nach draußen und fand Brantley in der Fahrerkabine seines alten Trucks sitzend vor. Leo saß hinten und Rex hatte sich, mit hechelnder Zunge, auf Brantleys Schoß niedergelassen, und alle warteten sie auf ihn.

Das war vielleicht ein Anblick. Brantley sah gut aus in seinem Truck. Verdammt, Mack fand, dass Brantley überall gut aussehen würde – in seinem Truck, auf seinem Sofa, in seinem Bett. Letzte Nacht hatte er in seiner Küche verdammt gut ausgesehen und sich auch so angefühlt. Mack wollte das wiederholen, soviel war sicher, vielleicht unter Hinzufügung von – nein, sagen wir dem Entfernen von – sehr viel mehr Kleidung.

Mack riss seine Gedanken von Brantley los und von der Vorstellung, wie er wohl nackt aussah, und stieg in den Truck. Er ließ den leistungsstarken Motor an und setzte aus seiner Einfahrt zurück.

„Ich frage mich die ganze Zeit über, was ich wohl vorfinden werde", sagte Brantley und streichelte Rex, während sie weiterfuhren.

Mack musste zugeben, dass er es nicht wusste. Wenn der Vorfall mitten in der Nacht ein Indiz war, dann wusste der Schütze, dass Brantley sich in seinem Haus aufhielt. Mack würde ganz besonders auf der Hut sein müssen. „Ich denke, es wird alles in Ordnung sein. Wenn sie die Ranch wollen, dann wollen sie sie höchstwahrscheinlich intakt."

Brantley nickte und biss sich auf die Unterlippe.

Mack hatte ihn beruhigen wollen, war sich allerdings selbst nicht sicher. Was, wenn ihr Schütze frustriert war und sich langsam hochschaukelte? Macks Erfahrung sagte ihm, dass dies das normale Verhaltensmuster von Leuten war, die gewillt waren, auf Gewalt zurückzugreifen, um zu bekommen, was sie wollten.

Er nahm die Abzweigung, die aus der Stadt hinausführte und gab Gas. Es herrschte wenig Verkehr und Mack heizte über die Landstraßen. Er überschritt das Tempolimit nicht zu viel, weil er kein schlechtes Beispiel abgeben wollte, aber Brantleys Besorgnis füllte die Kabine. Die Hunde spürten sie. Leo legte seinen Kopf auf Brantleys Arm. Als sie sich der Kreuzung näherten, trat Mack auf die Bremse, um die Geschwindigkeit zu verringern, aber nichts geschah. Er trat fester auf das Bremspedal, aber sie griff überhaupt nicht. „Scheiße, die Bremsen sind kaputt." Er schaltete in den zweiten Gang runter und der Truck wurde langsamer. Mack hoffte inständig, dass niemand aus der Seitenstraße kommen würde, denn er wäre niemals in der Lage, rechtzeitig anzuhalten. „Halt die Hunde fest", sagte er, als er noch weiter runterschaltete. Der Motor reagierte und der Truck ruckelte, während er rasch langsamer wurde und kreischend Widerstand bot, als sie noch langsamer wurden.

Der Truck rollte über die Kreuzung und ein Wagen kreuzte direkt hinter ihnen ihren Weg. Bremsen quietschten und Mack schaffte es, den Truck an den Straßenrand zu lenken. Als er zum Halten kam, kuppelte Mack aus und zog ruckartig die Handbremse an, ehe er aus dem Fahrzeug sprang. „Geht es allen gut?", rief er, als er zu dem anderen Auto eilte.

„Was zum Teufel machen Sie da?", sagte Taylor Hopper, als er aus seinem Auto stieg. „Sie haben uns beinahe umgebracht." Er drehte sich zu ihm um. „Sheriff?"

Macks Herzschlag hämmerte in seinen Ohren und sein Verstand schrie ihn an, er hätte um ein Haar jemanden verletzt, den zu beschützen er geschworen hatte. „Ja. Meine Bremsen haben völlig versagt. Ich wollte nur sicherstellen, dass es allen gut geht."

„Uns geht's gut. Erschrocken, aber gut."

Sein Herz beruhigte sich etwas. „Ist Isaak bei Ihnen im Auto?"

Taylor nickte. „Genau wie Anne."

„Aber sie sind beide okay?"

„Ja. Wir sind nicht zusammengestoßen. Es hat ihnen nur einen gehörigen Schrecken eingejagt. Ich habe Sie gesehen und konnte genug abbremsen, um Sie nicht zu rammen, aber ein paar Sekunden lang hat es ziemlich eng ausgesehen."

„Das tut mir leid." Mack warf einen Blick durchs Fenster, entschuldigte sich bei Anne und winkte Isaak in seinem Kindersitz zu. Der Kleine winkte mit einer Hand zurück, den Daumen der anderen Hand im Mund.

„Brauchen Sie Hilfe oder eine Mitfahrgelegenheit?", fragte Taylor.

„Ich rufe jemanden an und besorge mir eine. Danke. Wir sind ein wenig überfüllt mit den Hunden." Mack trat zurück und Taylor stieg wieder in seinen Wagen und fuhr langsam weiter. Mack zückte sein Handy und rief im Büro an. „Gloria, ich brauche einen Wagen draußen an der Route 21 nahe Wilson. Schick sofort jemand mit Sirenen los!"

„Sofort", sagte sie und legte auf.

Mack ging zu seinem Truck zurück, öffnete die Tür und stieg wieder ein. Dann kurbelte er die Fenster runter, um ein bisschen frische Luft in die Kabine zu lassen.

„Ist jemand unterwegs?", fragte Brantley.

„Na und ob. Ich wette, der Mistkerl hat letzte Nacht meine Bremsschläuche durchgeschnitten." Mack schlug mit der flachen Hand aufs Lenkrad. „Einer der Deputies wird gleich hier sein. Ich hoffe inständig, es ist Zeb. Er kennt sich besser mit Autos aus als sonst jemand in der Truppe." Er hätte präziser sein sollen, aber seine Männer hatten viele Überstunden gemacht und wenn Zeb frei hatte, wollte er ihn nicht behelligen. Mack hatte das Gefühl, dass dieser Fall eine Menge Ressourcen in Anspruch nehmen würde.

„Das will ich hoffen." Brantley fummelte an seinem Sitz herum. „Ich hoffe, dass draußen auf der Ranch nichts passiert ist."

„Ich will ja nicht gefühllos klingen, aber wenn es zum Schlimmsten gekommen wäre, gäbe es dann sehr viel, was du nicht ersetzen könntest?"

„Es gibt Gemälde und solche Sachen, aber das meiste ist auf meinem Computer, und für den habe ich Sicherungen." Brantley überlegte ein paar Sekunden lang. „Es ist mein Zuhause. Ich weiß, ich bin erst seit einer Woche dort, aber es ist trotzdem mein Zuhause."

„Ich wollte nicht herzlos klingen. Ich verstehe die Gefühle in Zusammenhang mit Zuhause." Er verstand auch, was es bedeutete, sich als Opfer zu fühlen und dieser Schütze tat ganz bestimmt sein Bestes, um diese Nachricht zu vermitteln. Mack wollte ganz bestimmt nicht noch dazu beitragen. „Es tut mir leid."

„Das muss es nicht. Es gibt Dinge im Haus, die ich nicht verlieren will. Hauptsächlich die Kunst und so. Alles ist versichert, aber ich genieße sie und es ist ja nicht so, als könnte ich sie ersetzen. Woran denkst du?"

„Ich weiß nicht. Ich will einfach nur nicht, dass du verletzt wirst." Er räusperte sich. „Ich will nie, dass irgendein Unschuldiger in meinem Bezirk zu Schaden kommt", stellte er klar, um seine wachsenden Gefühle zu kaschieren.

„Lass uns hinfahren und sehen, was passiert ist." Brantley drückte Rex fester an sich und der Beagle leckte Brantley übers Gesicht.

Eine Sirene ertönte und wurde mit jeder Sekunde lauter. Zeb hielt hinter ihm an und stieg aus. „Was ist passiert?"

„Die Bremsen haben versagt. Ich glaube, der Bremsschlauch wurde durchgeschnitten. Es war gerade noch genug Bremsflüssigkeit übrig, um damit aus der Stadt zu kommen und dann haben sie versagt. Ich glaube, es ist letzte Nacht passiert. Kannst du dir das mal anschauen und sehen, ob du ihn soweit reparieren kannst, dass man ihn zurück in die Stadt bringen kann?"

Zeb klappte die Motorhaube hoch und spähte hinein. „Das ist es gewesen. Aber die Bremsflüssigkeit ist weg. Ich rufe einen Abschleppwagen und wenn er in der Stadt ist, kann ich ihn reparieren, kein Problem." Er trat zurück und schloss die Motorhaube. Nachdem er einen Abschleppwagen gerufen hatte, quetschten sie sich alle in Zebs Streifenwagen und fuhren zu Brantley.

Die Ranch sah aus wie immer, aber Mack war vorsichtig. „Lass mich zuerst drinnen nachsehen. Gib mir deine Schlüssel." Er stieg aus und ging zur Vordertür. Dann benutzte er Brantleys Schlüssel, um sie aufzuschließen. Er ging von Raum zu Raum und fand nichts und niemanden. Er winkte Brantley herbei und der erschien mit den Hunden und Zeb.

Leo und Rex gingen auf Erkundungstour und ließen sich schließlich auf Brantleys Sofa nieder.

„Brauchst du Hilfe?", fragte Mack, während er sich ein Gemälde an der Wand ansah.

„Alles klar, gib mir ein paar Minuten", sagte Brantley aus dem anderen Zimmer und kam nach ein paar Minuten heraus. „Das ist mein Lieblingsstück", sagte er und stand dabei so dicht neben Mack, dass dieser die Wärme seiner Schulter spüren konnte.

„Das habe ich schon mal gesehen. Als ich auf dem College war, hatte einer der Burschen dort einen Druck davon. Ich habe Pop Art schon immer gemocht und Warhol war einer meiner Lieblinge." Mack beugte sich vor. „Ist es ein signierter Druck?"

„Nein. Es ist ein Original."

„Gütiger Himmel. Du nimmst mich doch auf den Arm", sprudelte es aus Mack heraus, als er sich zu Brantley umdrehte.

„Nein, sie sind alle Originale." Brantley deutete durch den Raum. „Ich habe nicht extravagant gelebt, wenn ich also Geld ausgegeben habe, dann für die hier."

Mack hatte die Kunstwerke im Raum nicht weiter beachtet, aber jetzt, da er wusste, dass sie keine bloße Dekoration darstellten, stieß er einen Pfiff aus. „Die sind ... einmalig."

„Davon gehe ich mal aus."

„Wie hast du sie hierhin bekommen?", fragte Mack.

„Ich habe für jedes einzelne von ihnen eine spezielle Hülle anfertigen lassen."

„Wenn du dir Sorgen machst, dann schlage ich vor, du packst sie in die Hüllen und wir finden einen sicheren Ort für sie, bis deine Alarmanlage eintrifft und wir sie installiert kriegen." Er konnte nicht darüber hinwegkommen, dass so viele wertvolle Kunstwerke einfach an der Wand hingen. Es haute ihn einfach um. Sie hingen einfach offen rum. „Leg los."

„Jetzt?"

„Wenn du dir Sorgen um sie machst, dann kümmere dich darum. Ich muss ein paar Anrufe machen."

Brantley stellte seine Tasche ab. „Ich habe sie im Schlafzimmer." Er eilte davon und kehrte mit etwas zurück, das wie große Briefumschläge mit Henkeln aussah. Er legte sie auf den Fußboden und holte den Rest. Dann öffnete er die erste Hülle, steckte das Gemälde in einen weißen Seidenbeutel und dann in die eigentliche Hülle.

Mack ging aus dem Weg und sah Brantley bei der Arbeit zu, während er telefonierte. Als Brantley sich vorbeugte, musste er sich abwenden, denn dieses prächtige Hinterteil wedelte vor ihm hin und her wie ein rotes Tuch vor einem Stier.

Brantley wiederholte den Prozess bei jedem, wenn auch weniger berühmten Bild und die Hunde beobachteten sie von ihrem erhöhten Aussichtspunkt auf dem Sofa aus. „Und was machen wir jetzt?"

Mack beendete gerade sein Gespräch. „Danke." Er steckte sein Handy zurück in die Tasche. „Der Truck steht in der Garage des Sheriffbüros. Jetzt müssen wir die Kunstwerke in den Kofferraum schaffen." Er hoffte, dass dort genug Platz war. „Ich habe einen Freund bei der Bank angerufen. Sie haben einen zweiten Tresor innerhalb des Haupttresorraums. Früher einmal haben sie dort das Gold aus den Black Hills aufgehoben, bevor es weiter nach Osten ging. Deswegen haben sie diese Extrasicherung eingebaut und die meiste Zeit über steht er leer. Sie werden ihn dir vermieten."

„Oh Gott, das würde mir eine schwere Last von der Seele nehmen." Brantley und Zeb trugen die Hüllen raus zum Wagen, und nachdem sie einige von Zebs Ausrüstungsgegenständen auf den Boden vor den Rücksitzen geräumt hatten, packten sie alle Bilder in den Kofferraum und schlossen ihn vorsichtig.

Brantley holte seine Tasche und Mack sammelte die Hunde ein. Als sie sich schließlich auf den Weg machten, war das Auto voll bis unters Dach. Zeb fuhr sie zur Bank, wo Brantley und der Bankdirektor die Kunstwerke in den Safe schafften. Anschließend fuhr Zeb sie nach Hause. Brantley ging mit seiner Tasche und den Hunden hinein, und Mack stieg in seinen Streifenwagen, um für eine Weile ins Büro zu fahren. Er wollte bleiben und Brantley beschützen, aber der beste Weg, das zu tun, war herauszufinden, wer hinter all dem hier steckte und vielleicht könnte er einige Fortschritte machen, wenn er nicht von jeder von Brantleys Bewegungen abgelenkt wurde.

4

BRANTLEY WARTETE auf die nächste Hiobsbotschaft. Er verbrachte den folgenden Tag mit Lew, aber so langsam fiel ihm die Decke auf den Kopf. Er wünschte, er hätte daran gedacht, seinen Laptop mitzubringen, aber er hatte ihn in dem ganzen Tohuwabohu während des Verpackens und sicheren Einlagerns seiner Kunstwerke vergessen. Mit ihm hätte er etwas zu tun gehabt.

„Was halten Sie von einem kleinen Ausflug, Lew? Ich brauche meinen Computer und wir könnten zur Ranch rausfahren. Es würde nicht lange dauern."

„Für mich klingt das gut. Diese Wände rücken langsam immer näher." Lew fuhr mit seinem Rollstuhl zur Küchentür. „Worauf warten Sie noch? Ich habe meine Schlüssel und der Wagen steht in der Garage."

„In Ordnung." Er hatte nicht erwartet, dass Lew so aufgeregt sein würde.

„Mack glaubt, dass ich hilflos bin und ständig Betreuung bräuchte." Lew zog die Tür auf und rollte sich selbst aus dem Haus und die Rampe hinunter, die neben der Garagenwand entlangführte.

Nachdem er die Tür abgeschlossen hatte, beeilte sich Brantley, um mit ihm Schritt zu halten. Scheinbar hatte er den Ball ins Rollen gebracht und nun nahm er Fahrt auf, und als alle Hunde hinter ihm herrannten und in den Wagen sprangen, sobald Lew die Tür aufgemacht hatte, entstand ein richtiger Tumult.

Brantley fragte sich, ob er Lew ins Auto helfen müsste, aber der kam ganz leicht selbst zurecht, und alles, was Brantley zu tun blieb, war den Rollstuhl zusammenzuklappen und ihn auf dem Rücksitz zu verstauen. Dann stieg er auf der Beifahrerseite ein und schloss die Tür. Lew öffnete das Garagentor mit einer Fernbedienung und setzte zurück, wobei er alle Funktionen mit einer Handsteuerung bediente.

Gütiger Himmel, Lew fuhr wie eine gesengte Sau, mit einem Hund in jedem rückwärtigen Fenster und Lulu auf dem Schoß, die mit heraushängenden Zungen alles beobachteten. „Ich war seit Jahren nicht mehr draußen auf dem Richardson Anwesen, Ihrer Ranch", sagte Lew, während er fuhr. „Das war normalerweise immer ein sehr geschäftiger Ort. Claire Richardson war eine der führenden Pferdeexperten in diesem Staat. Alle brachten ihre Problempferde immer zu ihr, und sie hat mit ihnen gearbeitet und ihre Probleme gelöst. Bart war durch und durch Rinderzüchter. Er hat die Ranch von seinem Vater geerbt und über die Jahre immer weiter ausgebaut. Meine Familie war eng mit der ihren befreundet."

„Was ist passiert?"

„Sie wurden älter. Claire kam nicht länger mit den Pferden klar und Bart hatte vor ein paar Jahren einen Schlaganfall. Sie blieben bis zu ihrem Tod auf der Ranch, aber zu dem Zeitpunkt gab es nur noch sie beide und eine leere Ranch. Für eine Weile hatten sie ihr Land an Erickson verpachtet."

„Das erklärt, wieso er es mir so schwergemacht hat. Ich bin Andy begegnet, als ich die Polizei gerufen habe, weil fremdes Vieh auf meinem Land graste – es war seins."

„Er wollte ihnen ihr Anwesen abkaufen, hatte aber nie genug Geld. Er ist nicht gerade der beste Geschäftsmann und seine Frau gibt gerne Geld aus. Soweit ich weiß, ist ihr Haus voll mit Zeug, das sie nicht brauchen und das seine Frau im Fernsehen gekauft hat." Lew fand das eindeutig lustig.

Als sie auf den Hof fuhren und alles noch genauso aussah, wie er es am gestrigen Abend verlassen hatte, atmete Brantley erleichtert auf. „Ich sause nur kurz rein und hole, was ich brauche. Bin gleich wieder da."

„Helfen Sie mir beim Aussteigen und ich rolle eine Weile hier herum", sagte Lew. „Ich will mir alles ansehen."

Brantley öffnete die Tür und ließ die Hunde raus. Jaulend und mit glücklichem Gebell schossen sie davon. Er holte Lews Rollstuhl heraus und half ihm hinein. „Brauchen Sie sonst noch was?"

„Gehen Sie Ihre Sachen holen", sagte Lew, als er herumwirbelte und auf die Scheune zufuhr. „Ich bin in der Nähe."

Brantley sah ihm ein paar Sekunden lang nach und ging dann rauf zum Haus. Die Hunde wuselten um seine Beine, folgten ihm nach drinnen und sausten davon, sobald sie das Haus betreten hatten. Wieder durchstöberten sie alles, während Brantley in sein Büro ging, sich seine Tasche schnappte und seinen Laptop samt Kabel zusammen mit seinen Aufzeichnungen darin verstaute.

„Kommt Leute, Zeit zu gehen." Er pfiff nach den Hunden und schloss hinter ihnen die Tür ab. Er verließ gerade die Veranda, als ein Truck in seine Einfahrt einbog. Brantley spannte sich ganz automatisch an und fragte sich, was zur Hölle Andy Erickson von ihm wollen könnte. Er war versucht, Mack anzurufen und ihn zu bitten, auf die Ranch zu kommen, aber er war sich nicht sicher, ob er wütend sein würde, weil Brantley seinen Dad hier herausgebracht hatte. Außerdem sollte er wohl in der Lage sein, seine Angelegenheiten selbst zu regeln.

„Das haben Sie getan!", schnauzte Andy, sobald er aus seinem Truck gestiegen war.

Brantley zuckte zusammen und wich zurück, als er die Tür zuknallte und Andy mit vor Wut funkelnden Augen auf ihn zukam. Leo stand neben ihm und ein tiefes Knurren entstieg seiner Kehle. Das Geräusch musste Andy zu denken gegeben haben, denn er hielt in seinem Vorstoß inne.

„Sie müssen sich ansehen, was zum Teufel Sie angerichtet haben." Er deutete auf seinen Truck.

„Ich bin in der Stadt beim Sheriff gewesen. Was auch immer Sie also denken, das ich getan haben soll, Sie labern Unsinn. Und jetzt verschwinden Sie verflucht noch mal von meinem Land. Ich hatte genug Drohungen und Anschläge auf mein Leben, dass es für mein ganzes Leben ausreicht. Also entweder verschwinden Sie jetzt oder ich trete Ihnen ordentlich in den Hintern!"

Leo bellte, um sein Argument zu unterstreichen und Brantley tätschelte seinen Kopf.

„Sehen Sie", sagte Andy und deutete erneut mit der Hand.

Brantley folgte ihm zu seinem Truck, warf einen Blick auf die Ladefläche und wandte sich augenblicklich ab, bemüht, sich nicht auf die Schuhe zu kotzen. „Was zur Hölle ist das?"

„Das ist einer meiner Stiere. Er ist verdurstet, weil ich nicht genug Wasser habe, und Sie Ihr Wasser nicht nutzen. Ich habe meine Herde von Ihrem Land getrieben und das war mehr, als einige von ihnen aushalten konnten. Ich habe noch fünf andere, die genauso aussehen."

„Und Sie geben mir die Schuld, weil Sie sich wie ein Arsch aufgeführt haben, anstatt einfach um das zu bitten, was Sie brauchen." Brantley funkelte ihn wütend an. „Ich habe keine Ahnung, was in Ihrem verbohrten Schädel vor sich geht, aber das hier ist nicht meine Schuld. Ich verbrauche nichts von dem Wasser und es fließt durch Ihr Land. Wenn Sie also nicht genug haben, dann nur, weil Sie nicht früh genug vorausgeplant und getan haben, was hätte getan werden müssen, ehe es derart trocken wurde. Also schieben Sie mir nicht die Schuld in die Schuhe." Brantley drehte sich um, als Lew auf ihn zugerollt kam.

„Was machst du da?", rief Lew, als er sie erreichte.

Andy ließ die Heckklappe seines Trucks herunter und Lew stoppte.

„Wieso bringst du das hierher?"

„Es ist seine Schuld", wiederholte Andy.

„Bist du jetzt völlig übergeschnappt?", schäumte Lew. „Und jetzt schaff um Himmels willen das arme Ding zurück auf deine Ranch und begrab es."

„Aber wenn er helfen würde ...", sagte Andy noch sehr viel klagender.

„Dann bitte ihn wie ein zivilisierter Mensch. Du bedrohst hier nicht einfach jemanden oder nimmst dir, was dir nicht gehört und legst ihm Kuhleichen vor die Haustür. Das ist verrückt und bescheuert. Und jetzt schaff das Ding fort und gib ihm ein anständiges Begräbnis."

Brantley fing langsam an zu glauben, dass die Leute in dieser Stadt verrückt waren.

„Was soll ich denn jetzt machen?", fragte Andy.

„Ich schlage vor, du pumpst Wasser aus dem Fluss in verschiedene Tränken. Es wird keine große Mühe machen, das zu bewerkstelligen und dein Vieh wird das Wasser bekommen, das es braucht."

„Ich habe nicht das Geld, um irgendetwas zu unternehmen. Ich habe versucht, nach Wasser zu bohren, aber nichts gefunden. Ich habe alles ausgegeben, was ich hatte, und wenn ich kein Wasser für die Herde bekomme, dann werde ich meine Ranch und meine Lebensgrundlage verlieren." Andy klappte die Heckklappe zu, öffnete die Autotür und wandte sich an Brantley. „Ich erwarte nicht, dass Sie irgendetwas davon verstehen. Was bedeutet einem Kerl aus New York schon das Leben eines Mannes in South Dakota?"

„Es bedeutet genauso viel wie das jedes anderen. Was ich nicht verstehe, ist, warum Sie glauben, sich wie ein kompletter Idiot aufzuführen, wird Ihnen das einbringen, was Sie brauchen. Wenn Sie in so großer Not sind, dann weiden Sie Ihr Vieh einen Monat lang auf meinem Land, damit sich Ihre Weide erholen kann. Aber Sie müssen sie unter Kontrolle halten und dafür sorgen, dass ich nicht irgendwann nach Hause komme und sie auf meiner Veranda vorfinde oder etwas in der Art."

„Natürlich nicht." Andy lächelte zum ersten Mal, und Erleichterung stand ihm ins Gesicht geschrieben. „Was wollen Sie dafür?"

„Keine Ahnung."

„Wie wär's mit etwas Rindfleisch für seine Kühltruhe, wenn du das nächste Mal für dich selbst schlachtest?", sagte Lew. „Das wäre eine nette, nachbarschaftliche Geste."

Andy nickte mit Nachdruck. „Geht klar. Auf jeden Fall." Er ließ den Motor an, kehrte um und fuhr davon, während Brantley glaubte, dass gleich seine Beine unter ihm nachgeben würden.

„Ich hätte ihn noch viel länger zappeln lassen", sagte Lew. „Sie sind ein viel zu netter Mensch."

„Er hätte einfach fragen sollen, anstatt sich wie ein Vollidiot zu benehmen, aber soll sein Vieh darunter leiden? Sie hatten keine Wahl, und wenn sie eine gehabt hätten, bin ich sicher, dass sie ihre Hufe nicht gehoben hätten." Er hielt eine Hand hoch. „Bitte, bitte, ich will mit einem Arschloch nach Hause gehen."

„Da haben Sie wohl recht, aber irgendwie bezweifele ich, dass die Rinder mit ihren Hufen abgestimmt hätten. Vielleicht hätten sie ihre Wahl durch Kacken kundgetan."

„In diesem Fall hat jemand kacken als ‚ich will mit einem Arschloch nach Hause gehen' missverstanden." Zum ersten Mal seit Tagen lächelte Brantley und Lew sah aus, als würde er gleich aus seinem Rollstuhl kippen.

„Sie müssen damit aufhören", sagte Lew, hustend vor Lachen. „Und wir sollten zurückfahren."

Die Hunde waren verstummt und umkreisten ihre Beine. Ein kalter Schauer lief Brantley über den Rücken, so frostig wie der tiefste Winter. Er sah sich um und versuchte herauszufinden, woher es kam, aber er hatte keine Ahnung. Alles, was er wusste, war, dass er das plötzliche und überwältigende Gefühl hatte, beobachtet zu werden, und es jagte ihm Angst ein. Es war ja nicht gerade so, als gäbe es hier jede Menge Möglichkeiten, um sich zu verstecken – das Land war größtenteils flach und offen, aber das trug noch dazu bei, dass Brantley sich wie auf dem Präsentierteller fühlte. Er zog die hintere Autotür auf und die Hunde sprangen in den Wagen. Als Lew ebenfalls eingestiegen war, verstaute er den Rollstuhl im Kofferraum und eilte um den Wagen herum zum Beifahrersitz.

„Lasst uns von hier verschwinden", sagte Brantley. „Einfach losfahren und zurück in die Stadt."

Lulu kletterte von der Rückbank auf seinen Schoß und er hielt sie wie einen Schild.

„Was ist damit, im Haus nach dem Rechten zu sehen …"

Er wandte sich Lew zu. „Fahren Sie einfach." Brantley hielt weiterhin Ausschau und die Anzahl der dunklen Ecken vervielfältigte sich direkt vor seinen Augen.

Lew ließ den Motor an und versuchte sich erneut als Rennfahrer. Brantley behielt den Rückspiegel im Auge und stellte sicher, dass sie nicht verfolgt wurden, nicht, dass es nicht leicht zu erahnen gewesen wäre, wohin sie fahren würden, aber es erschien ihm dennoch klug. Er sah niemanden und entspannte sich erst, als sie wieder bei Mack waren. Obwohl sich das auch nicht als besonders sicherer Ort erwiesen hatte, wenn der Vorfall mit Macks Truck als Anhaltspunkt gelten konnte, aber er fühlte sich dort sicherer als allein draußen auf der Ranch.

Nachdem sie in die Garage gefahren waren und er Lew ins Haus geholfen hatte, verbrachte Brantley den Rest des Tages an seinem Computer, umringt von den Hunden. Lew machte irgendwann ein Nickerchen in seinem Stuhl und Brantley machte es sich an seinem Zufluchtsort gemütlich, bis Mack um die Abendessenszeit herum nach Hause kam. Er war nicht gerade guter Dinge.

„Du hättest warten sollen, bis ich dich hätte rausfahren können, um das zu holen, was du wolltest", knurrte Mack, als er herausfand, wo sie gewesen waren.

„Es war alles in Ordnung, Mackenzie", sagte Lew. „Ich musste mal raus und er hat seine Sachen geholt. Es ist alles glattgegangen. Wenn Erickson nicht rübergekommen wäre, dann wäre die ganze Sache öde Routine gewesen. Also reg dich ab."

„Jemand ist hinter ihm her, Dad. Er will das Wasser auf Brantleys Land so sehr, wer weiß, wozu er noch fähig ist."

„Tja, jetzt hat er es, also wenn er es ist, sollte er jetzt von ihm ablassen."

Mack wirbelte zu ihm herum. „Was soll das heißen?"

„Er kam mit einer toten Kuh auf der Ladefläche rüber. Sein Vieh stirbt, also habe ich ihm gesagt, er darf es einen Monat lang auf meinem Land grasen lassen. Ich dachte mir, das wäre eine Geste der guten Nachbarschaft und ich hoffe, dass er mich jetzt in Ruhe lassen wird, falls er hinter dem Ganzen steckt." Brantley war zwiegespalten, was Andy Erickson betraf. „Ich nutze das Land nicht und es liegt brach, also werde ich ihm ein bisschen helfen, auch wenn der Kerl ein Arschloch ist."

„Es ist dein Land."

„Ja, das ist es, und Andy Erickson wird auf meinem Land zu Besuch sein, also wird es nicht mehr so leer oder unbeobachtet sein wie bisher."

„Was?", fragte Mack und sein Gesichtsausdruck wurde weicher. „Da ist doch etwas, was du mir nicht sagst."

Brantleys Blick ging in Richtung Küche und Mack nickte. Er packte seine Waffe weg und als er davonging, folgte Brantley ihm. „Ich hätte schwören können, dass ich beobachtet wurde, als ich dort draußen war. Die Hunde haben es auch gespürt. Irgendwann haben sie sich um uns zusammengerottet und sind ganz nah bei uns geblieben. Bis dahin sind sie umhergerannt, und diesmal kann es nicht Erickson gewesen sein, außer er könnte sich unheimlich schnell bewegen."

„Ich will deine Intuition ja nicht mies machen, aber wir haben ziemlich oft das Gefühl, beobachtet zu werden, auch wenn dem nicht so ist. Wenn man sich verwundbar fühlt oder Angst hat …"

„Ich weiß. Aber ich dachte mir, ich sollte es dir erzählen."

„Was mich angeht, so ist Erickson noch nicht aus dem Schneider. Ich habe mit ihm über seine Alibis für beide Vorfälle gesprochen und sie sind beide bestenfalls lückenhaft. Er verbirgt irgendetwas, und ich werde herausfinden, was das ist. Außerdem hat Erickson Militärerfahrung. Er hat vier Jahre in der Armee gedient und er ist Jäger. Ich habe nicht genügend Beweise für eine richterliche Anordnung, um seine Waffen zu beschlagnahmen, aber er hat die Fähigkeiten, nach denen wir suchen."

„Ich wette, es gibt auch noch andere, auf die diese Beschreibung zutrifft."

„Ja, die gibt es. Ich habe mir jeden in der Stadt genau angesehen und versucht, so die Anzahl der Verdächtigen einzuschränken und das braucht Zeit.

Der Person nach zu urteilen, die ich gesehen habe, habe ich die Frauen, die in unser Profil passen, eliminiert."

„Wir stellen einen Haufen Vermutungen an. Zum Beispiel, dass all diese Vorfälle zusammenhängen. Was, wenn sie das nicht tun?"

„Meine Bremsschläuche wurden zerschnitten. Die Bremsen haben nicht von allein versagt. Ich glaube, sie wollten uns damit sagen, dass sie dich überall erwischen können, sogar hier. Ich habe diese Art von Persönlichkeit schon vorher gesehen. Nur war der Verdächtige letztes Mal nicht so gut trainiert."

„Wirst du um Hilfe bitten müssen?", fragte Brantley.

„Es ist ja nicht so, als könnte ich das FBI mit einem Telefonanruf hinzuziehen. Im Großen und Ganzen ist das hier ein kleiner Fall in einer kleinen Stadt. Trotzdem ist es für Hartwick eine Riesensache und ich muss den Fall bald lösen, aber mir schwirrt der Kopf. Es gibt nicht genug Spuren, die man verfolgen könnte und ich brauche einfach mehr Informationen. Aber um die zu kriegen, muss ich warten, bis wieder etwas passiert und das bringt dich und andere Menschen in Gefahr. Aber ich habe keine Ahnung, was er als Nächstes tun wird."

„Was hältst du davon, wenn wir uns zusammensetzen und darüber reden? Manchmal gibt es einem einen Denkanstoß, wenn man über die Dinge spricht", schlug Brantley vor.

Mack zog sich einen Stuhl heran, hielt aber inne, als sein Handy klingelte. „Was gibt's, Julie?", fragte Mack. „Oh … in Ordnung … bleib im Haus und verschließ die Türen. Ich bin unterwegs." Mack legte auf und raste zur Haustür. „Julie sagt, sie hat einen Fremden auf ihrem Land gesehen und er schien auf dem Weg zu dir gewesen zu sein." Er blieb stehen, um seine Waffe einzustecken. „Und wo willst du jetzt hin?"

„Mit dir", sagte Brantley und eilte hinter ihm her.

„Du musst hierbleiben, Brantley."

Er schüttelte den Kopf und folgte Mack nach draußen. „Mit Streiten verschwenden wir nur Zeit." Er zog die Tür von Macks Streifenwagen auf und stieg ein. Mack setzte sich auf den Fahrersitz und ließ den Motor an.

„Der einzige Grund, wieso ich dich nicht rausschmeiße, ist der, dass es Zeit kosten würde." Mack schoss aus der Einfahrt und raste mit einer Geschwindigkeit durch die Stadt, die sie fast abheben ließ. Brantley klammerte sich an den „Ach du Scheiße"-Griff, während Mack sämtliche Geschwindigkeitsbegrenzungen überschritt. Als sie schließlich die Ranch seiner Nachbarn erreichten, fragte Brantley sich, ob der sich unterwegs in die Hosen gemacht hatte.

Sobald der Wagen zum Stehen kam, sprang Mack heraus.

Als Brantley gerade ausstieg, kam Julie ihnen entgegen und deutete auf die Scheune. „Er ist darum herumgegangen und dann weiter geradeaus in diese Richtung." Julie deutete auf sein Land.

„Hast du einen Blick auf ihn werfen können?", fragte Mack.

„Ungefähr dreißig und er trug eine Art Tarnanzug. Ich bin nicht sicher, ob es ein Jäger war oder etwas in der Art."

Die Tarnklamottenbeschreibung ließ Brantleys Herz rasen und Eis durch seine Adern fließen.

„Bleibt hier", befahl Mack und forderte Verstärkung an. „Hast du mich verstanden?", fragte Mack, als ob Brantley ein Kind wäre, und Brantley nickte zustimmend mit zusammengebissenen Zähnen. „Geht einfach rein", fügte Mack weniger wütend hinzu und Brantley gesellte sich zu Julie auf der Veranda, während Mack sich auf den Weg machte.

„Ich habe da eine Idee", sagte Julie, als sie ihm bedeutete, reinzugehen. Sie verschloss die Tür hinter ihnen und ging weiter durchs Haus in die Küche, wo Nathan sein Abendessen aus Cheeseburger und Pommes verdrückte. Sie bedeutete ihm, sich hinzusetzen und er tat es.

„Mr. Brantley", sagte Nathan fröhlich. „Ich kann jetzt richtig gut Fahrrad fahren. Darf ich es ihm zeigen?" Er glitt von seinem Stuhl.

„Du musst erst dein Abendessen aufessen und Mr. Mack hat uns gebeten, im Haus zu bleiben." Julies Ruhe war geradezu schockierend, da Brantley zitterte wie Espenlaub. Gottlob konnten die anderen nicht sehen, wie seine Beine unter dem Tisch bebten.

„Aber Mom", jammerte Nathan. „Du hast gesagt, wenn ich brav bin, darf ich auf meinem Fahrrad fahren." Er drehte sich wieder zum Tisch um.

„Ich habe noch einen Landstreicher gesehen, genau wie vor vier Wochen. Mack versucht, ihn zu finden. Wir müssen drinnen bleiben, wo es sicher ist."

„Was ist mit den Pferden und den Rindern?"

„Die können auf sich selbst aufpassen", sagte Julie. „Und jetzt iss dein Abendessen." Sie tippte auf den Tisch und Nathan kehrte zu seinem Teller zurück und benahm sich dabei, als wäre jeder Bissen eine schwere Bürde.

„Hatten Sie hier draußen früher schon Landstreicher?", fragte Brantley, als Julie ein Glas mit Tee vor ihn hinstellte.

„Ein paar Mal. Kerle kommen hier raus in den Westen, um zu entkommen oder um allein zu sein und am Ende leben sie alle von der Hand in den Mund. Manche von ihnen versuchen, auf eigene Faust vom Land zu leben. Vor einigen Jahren, während der großen Rezession, geschah so was öfter. Wenn die Menschen verzweifelt sind, dann tun sie alles, um zu überleben. Ein Mann hat ein Tier aus unserer Herde geschossen und dann versucht, es wegzuschaffen.

Ich glaube, er hatte vor, es klein zu schneiden, aber das sind ziemlich große Tiere."

Brantley nickte.

„Ich nehme an, der Kerl glaubte, es würde sich auf magische Weise in Steaks und Hamburger verwandeln, wenn er es erst mal getötet hatte. Mack hat ihn ganz leicht erwischt und er hat eine Weile in der Stadt gearbeitet, um für den Schaden aufzukommen, den er angerichtet hatte, und ist dann weitergezogen."

Brantley war nicht sicher, ob er sich entspannen konnte oder nicht. Er sagte sich, dass Mack wusste, was er tat. Sirenen erklangen und wurden lauter und dann sausten sie an der Ranch vorbei. Er fühlte sich besser, in dem Wissen, dass Mack Rückendeckung haben würde, aber er hasste diese ganze Geschichte.

„Warum sind Sie hier rausgekommen?", fragte Julie.

„Ich wollte mein Leben ändern", antwortete Brantley. „Ich weiß, ich hätte, keine Ahnung, vielleicht an einen Strand ziehen können oder so, aber ich hatte die stille Hoffnung, dem Land näherzukommen." Er trank etwas Tee und stellte das Glas wieder hin. „Ich frage mich dauernd, ob ich das Richtige getan habe."

Julie nickte, während sie durch die kleine Küche ging. „Das hier kann ein ziemlich hartes Leben sein, und manchmal für nur wenig Lohn."

„Das nehme ich an", stimmte Brantley mit stetig wachsender Besorgnis zu.

„Man kann ein Stück Land bearbeiten, jahrelang sein Herz und seinen Schweiß reinstecken, manchmal jahrzehntelang, und dann, nach ein paar kurzen, mageren Jahren, kann einem alles genommen werden." Sie rührte in etwas auf dem Herd herum. „Hier draußen ist das eine der Gegebenheiten des Lebens. Wissen Sie noch, als die vor ein paar Jahren diese Banken und General Motors gerettet haben? Weil die zu groß waren, um den Bach runterzugehen oder so ein Mist?"

„Mom, schlimmes Wort", schalt Nathan.

„Niemand kommt, um dem kleinen Mann zu helfen." Während sie sprach, arbeitete sie weiter.

Brantley saß schweigend da und fragte sich, ob sie aus persönlicher Erfahrung sprach oder im Allgemeinen. Er wollte seine Nase nicht in ihre Angelegenheiten stecken.

„Kann ich Lego spielen?", fragte Nathan.

„Sicher, Schatz." Julie drehe den Herd ab, kam an den Tisch und hob ihr Glas. „Ich bin sicher, Mack wird das klären und diesen Kerl erwischen."

„Ich auch."

Julie hielt abwesend ihr Glas mit Eistee in der Hand, ohne zu trinken. „Ich hörte, was Ihnen im Diner passiert ist. Hat wirklich jemand auf Sie geschossen?"

„Sieht so aus. Mack versucht immer noch, alle Teile zusammenzufügen. Diese ganze Sache ist wirklich beunruhigend. Er hat mich bei sich einquartiert, bis das hier geklärt ist. Ich wünschte, ich wüsste, wie lange das dauern wird oder was dieser Mann vorhat."

„Das tun wir alle", sagte Julie. „Ich habe Nathan normalerweise immer draußen spielen lassen, während ich in der Scheune gearbeitet habe. Jetzt behalte ich ihn ständig in meiner Nähe. Das erschwert meine Arbeit, aber ich will nicht, dass ihm was geschieht. Ich will genauso sehr wie Sie, dass alles wieder normal wird."

„Ich wette, es wird helfen, wenn Ihr Ehemann wieder zuhause ist", sagte Brantley.

„Im Moment mache ich unsere beiden Jobs gleichzeitig. Aber Denny hat alles auf Vordermann gebracht, ehe er weggegangen ist. Er wird einiges aufholen müssen, denn ich habe auch nur zwei Hände."

„Haben Sie Leute, die Ihnen helfen?"

„Im Moment nicht. Ich hatte welche, aber es ist gerade ziemlich eng." Sie sah aus, als würde sie gleich in Tränen ausbrechen, und Brantley wusste nicht, ob er sie trösten sollte oder nicht. „Irgendwie weiß ich, dass wir es überstehen werden."

„Ich habe mich gefragt, ob Sie vielleicht Reitstunden geben", fragte Brantley. „Ich wollte schon immer reiten lernen. Es steht auf meiner To-do-Liste."

„Ja, obwohl ich nicht oft Unterricht gebe. Eine Menge von den Kindern hier draußen können es schon. Das gehört dazu, wenn man auf einer Ranch aufwächst. Aber ich würde es Ihnen gerne beibringen."

„Selbstverständlich würde ich Sie für Ihre Mühe bezahlen", sagte Brantley.

Ein heftiges Klopfen erklang von hinten und Nathan rannte durchs Haus. „Ich mach auf."

„Nein", sagte Julie scharf und Nathan kam schlitternd auf seinen bestrumpften Füßen zum Stehen. „Geh zurück und spiel."

Er blieb, wo er war und wartete, bis Julie zurückkehrte, mit Mack im Schlepptau.

„Sheriff Mack", schrie Nathan und rannte zu ihm, während Brantley nervös aufstand.

„Hey, Kumpel." Mack drückte ihn. „Bist du bei deiner Mom auch artig gewesen?"

„Ja", antwortete Nathan sehr schnell, und Mack griff in seine Tasche und gab ihm etwas.

„Steck das in dein Sparschwein, für deinen nächsten Besuch in der Stadt."

Nathan nickte und eilte aus dem Zimmer, dabei hielt er das, was auch immer Mack ihm gegeben hatte, fest umklammert.

„Wir haben den Mann erwischt, der dein Land überquert hat. Er entspricht deiner Beschreibung."

„Ist er der Schütze?", fragte Brantley.

„Wir bringen ihn zurück aufs Revier, und ich werde ihn befragen, aber ich glaube nicht. Er sagte, er hätte schon eine ganze Weile keine Arbeit mehr. Er war auf dem Weg zu deiner Ranch, weil er gehört hat, dass sie von einem Städter gekauft wurde, und er hoffte, dass du vielleicht Hilfe brauchen könntest", erklärte Mack. „Wir werden noch weiter mit ihm reden. Der Kerl ist halb verhungert, und so wie er aussieht, lebt er schon eine ganze Weile auf der Straße."

„Wenn du davon überzeugt bist, dass er es nicht war, dann sorge doch bitte dafür, dass er etwas zu essen bekommt und hilf ihm irgendwie." Brantley näherte sich Mack.

„Hier draußen gibt es nicht besonders viele soziale Einrichtungen."

„Ist es so, wie wir angenommen haben?", fragte Brantley. „Ist er ein Veteran?"

„Ich würde sagen, ja", erwiderte Mack.

„Dann will ich mit ihm sprechen, wenn du mit ihm fertig bist", sagte Brantley.

Mack sah ihn an, als wäre er verrückt geworden, aber Brantley hatte seine Gründe. „Wenn es das ist, was du willst", sagte Mack. „Ich muss zurück in die Stadt."

Brantley wusste, das war sein Stichwort; auch für ihn war es an der Zeit, zu gehen. Er trank seinen Tee aus und dankte Julie für ihre Gastfreundschaft. Anschließend verabschiedete er sich auch von Nathan und folgte Mack hinaus zu seinem Streifenwagen.

„Hast du dich nett mit Julie unterhalten?", fragte Mack, als sie im Wagen saßen.

„Sie wird mir das Reiten beibringen." Er fragte sich, ob er auch seine anderen Eindrücke mitteilen sollte. Denn sie waren eben nur das und keine Fakten – sie mochte ihm manche Dinge angedeutet haben, die nicht allgemein bekannt sein dürften, aber es war nicht an ihm, etwas zu sagen. Er dachte daran, es Mack zu erzählen, denn er nahm an, dass der es für sich behalten würde, entschied sich aber dann dagegen, solange sie nicht relevant für den Fall wurden.

„Das ist sehr nett von ihr", sagte Mack in einem irgendwie abgelenkten Tonfall. „Weißt du, was ich hasse?", fragte er wenige Sekunden später. „Nachforschungen wie diese richten bei den Menschen mehr Schaden an, als du jemals erwartest."

„Wie das?"

„Die Menschen haben Geheimnisse, und manchmal sind die das Herzstück des Verbrechens. Meistens sind sie das nicht, aber wenn wir ein Verbrechen untersuchen, werden die Geheimnisse aller ans Licht gebracht."

„Das nehme ich an", stimmte Brantley zu. „Eines der schwierigsten Dinge in deinem Job ist es, sich darüber klar zu werden, wie man mit diesen anderen Geheimnissen umgeht."

„Die Dinge, die nichts mit dem Fall zu tun haben, behalte ich zumeist für mich. Wenn sie nicht gegen das Gesetz verstoßen haben, dann geht es mich wirklich nichts an, und niemand ist perfekt."

Sie fuhren auch noch den Rest des Weges bis zu Macks Haus.

„Ich werde heute Abend erst spät nach Hause kommen. Ich habe eine Menge zu erledigen."

„In Ordnung", sagte Brantley und streckte seinen Arm aus, um Macks Hand zu ergreifen. „Ich weiß, dass du versuchst zu helfen."

„Am Glücklichsten werde ich sein, wenn das hier vorbei ist und du wieder in dein normales Leben zurückkehren kannst."

Brantley seufzte, während der Wagen im Leerlauf lief. „Wenn du die Wahrheit wissen willst: Ich weiß nicht, wie das Leben aussehen wird, in das ich zurückkehren werde. Hier herauszukommen war eine Art spontaner Einfall."

„Warum? War es eine schlimme Trennung?"

„Das könnte man sagen. Ich hatte eine Art Partner, aber nicht im romantischen Sinn. Ich konnte nicht alles alleine machen, als ich den Fond verwaltete, für den ich verantwortlich war. Es ist einfach zu viel Arbeit und mein Partner hat ein paar Sachen gemacht, die nicht richtig waren und hat dann versucht, sie mir in die Schuhe zu schieben. Ich habe Wind davon bekommen und ihn aufgehalten, bevor es richtig schlimm wurde und Leute ihr Geld verloren hätten, aber am Ende hatte er Ärger mit der Börsenaufsichtsbehörde. Ein Nebeneffekt war, dass mein Ruf dabei den Bach runterging. Und in diesem Geschäft ist dein Ruf alles. Niemand hätte mich mehr mit der Kneifzange angefasst. Es war egal, dass ich – wortwörtlich – Milliarden von Dollar für meine Kunden gemacht hatte." Brantley ballte die Hand, die nicht gerade Macks hielt, zur Faust.

„Wurden irgendwelche Anklagen gegen dich erhoben?"

„Ja. Aber sie wurden fallen gelassen, weil ich, durch reines Glück und die Tatsache, dass ich zum Zeitpunkt der Transaktion mit einer Freundin zusammen war, und sie das nachweisen konnte, in der Lage war, meine Unschuld zu beweisen. Das Arschloch hat mein Konto gehackt und es benutzt, um die Transaktion durchzuführen. Er hat damit geprahlt, als sie ihn geschnappt hatten."

„Also deswegen bist du ausgestiegen?"

„Ja. Und die meisten Menschen, die ich für meine Freunde gehalten habe, sind in Panik geraten. Sie mussten sich um ihren eigenen Ruf Sorgen machen, und das Letzte, was sie wollten, war, ihn durch eine Verbindung zu mir zu beschmutzen. Und so fand ich mich außerhalb einer Branche wieder, die ich einmal beherrscht hatte." Brantley zuckte mit den Schultern und wandte den Blick ab. „Ich brauchte einen Tapetenwechsel, musste in eine völlig andere Umgebung, also habe ich angefangen, mich hier draußen umzusehen."

„Und bist mitten in etwas gelandet, was wir nicht erklären können."

„Ja, genau. Ich glaube immer noch, dass es um das Land geht. Das ist das einzige, was irgendjemand hier draußen von mir wollen könnte. Ich gehöre nicht zur Stadt und ich habe hier draußen keine Vergangenheit."

„Ich habe die Leute überprüft, deren Namen du mir gegeben hast und soweit wir es sagen können, war keiner von ihnen in dieser Gegend. Also glaube ich, dass du vermutlich recht hast. Aber wieso? Wegen des Wassers? Es ist ja nicht so, als würdest du etwas davon verbrauchen, also führt der Fluss, wenn er dein Land verlässt, mehr Wasser als gewöhnlich und hält die Ranches stromabwärts am Leben."

„Hast du überprüft, wer sonst noch Interesse daran hatte, die Ranch zu erwerben, bevor ich sie gekauft habe? Vielleicht hat das Grundbuchamt Aufzeichnungen darüber, wem Renae sie gezeigt hat."

„Ich habe ihren Terminkalender überprüft und da waren einige Leute, hauptsächlich Ortsansässige, und ich habe sie ausgeschlossen. Das ist es, was mich so ratlos macht. Die üblichen Dinge bringen hierbei keinerlei Ergebnisse."

„Dann müssen wir eben etwas anderes versuchen. Wenn ich versuche, ein paar Fakten über eine bestimmte Firma auszugraben, dann stelle ich ein paar Vermutungen an und sehe, ob ihr Verhalten dazu passt. Das bringt manchmal Ergebnisse. Also lass uns mal annehmen, irgendjemand will die Ranch wegen des Wassers – wer würde sie am meisten wollen? Wir kümmern uns jetzt nicht um Alibis oder sonst was. Stell einfach eine Liste potenzieller Käufer auf und dann können wir sie einen nach dem anderen ausschließen."

Brantley hörte auf, das Garagentor anzustarren, richtete seinen Blick auf Mack und erkannte, dass dieser ihn ebenso intensiv ansah. Er war verdammt versucht, sich vorzubeugen und diese vollen Lippen in Besitz zu nehmen. Beim bloßen Gedanken daran war Brantley hart. Er wollte Mack so sehr. Seine Hände erwärmten sich allein durch seine Berührung und Hitze strahlte von seinem Arm in seine Brust aus, ehe sie sich auch im Rest seines Körpers ausbreitete. War es Lust oder war es mehr? Im Moment war er sich nicht sicher und es war auch ziemlich egal.

„Ich werde sehen, was ich ausgraben kann und wir reden darüber, wenn ich nach Hause komme. Hat dich jemand direkt angesprochen?", fragte Mack.

„Nicht, dass ich verkaufen würde, aber nein. Ich will es nicht loswerden. Es ist ein tolles Stück Land."

„Woher weißt du das?"

„Weil ich glaube, dass irgendwer es unbedingt haben will und wenn das stimmt, dann muss es einen echten Wert haben. In meinem ehemaligen Beruf lernt man, dass etwas nur dann wertvoll oder kostbar ist, wenn jemand anders es unbedingt haben will. Wie es aussieht, will jemand meine Ranch so unbedingt haben, dass er dafür tötet. Renae hat mir die Ranch verkauft und sie haben sie getötet und auf mich geschossen. Außerdem haben sie deine Bremsschläuche durchgeschnitten. Ich glaube, das meiste davon soll mir Angst einjagen. Wenn ich die Stadt verlasse und die Ranch zum Verkauf anbiete, dann setzen sie darauf, dass ich sie billig hergebe, nur um sie loszuwerden."

„Okay", sagte Mack. „Aber wir sind trotzdem noch nicht dichter dran, herauszufinden, wer es sein könnte." Er seufzte leise. „Lass mich eine Liste mit Leuten aufstellen, die vielleicht ein Interesse daran gehabt haben könnten, und noch mal Renaes Terminkalender durchgehen, um nach weiteren Hinweisen zu suchen. Wir können das noch mal durchgehen, wenn ich heute Abend heimkomme."

Brantley ließ Macks Hand los und stieg aus dem Auto. Er ging gleich hinein, während Mack davonfuhr.

„Wie lief es bei Julie? War er es?", fragte Lew.

„Mack glaubt es nicht. Die ganze Sache ist frustrierend."

„Warte es ab. Menschen machen Fehler und auch dieser Kerl wird einen machen."

„Aber hoffentlich noch, bevor ich tot bin", motzte Brantley und wünschte, er hätte das nicht getan. Mack tat sein Bestes und diese Situation war nicht seine Schuld. Sie war die Schuld dieses Hurensohns, der Renae umgebracht hatte. Brantley hoffte inständig, dass er die Chance bekommen würde, diesem Mistkerl ins Gesicht zu sehen und ihm eine zu verpassen. „Haben Sie schon was gegessen? Möchten Sie mir dabei helfen, etwas zuzubereiten?"

„Ich habe darauf gewartet, dass Sie und Mack zurückkommen." Lew rollte sich selbst in die Küche und Brantley folgte ihm. Die meisten Dinge waren auf Lews niedrigere Höhe eingestellt. „Ich habe etwas Chili gekocht, also müssen wir es bloß aufwärmen."

„Danke, Lew", sagte Brantley. „Ich weiß, diese ganze Sache ist eine Last und es tut mir leid. Ich habe vor, Sie so bald wie möglich wieder in Ruhe zu lassen."

„Als ob Sie eine Last wären. Meistens sitze ich den ganzen Tag allein hier rum, abgesehen vom Rudel, und die reden nicht viel. Sie sind keine Bürde oder so." Lew holte zwei Teller und Schüsseln und stellte sie auf den Tisch. „Haben Sie schon was von Ihrem Truck gehört?"

„Sie sagen, dass es noch eine weitere Woche dauern wird. Eine Menge der Ersatzteile müssen offensichtlich bestellt werden." Er hatte daran gedacht, sich einfach einen neuen Truck zu kaufen und zu sagen ‚zum Teufel damit', aber Geld auszugeben, nur um des Geldausgebens willen, war nach Brantleys Auffassung Verschwendung. Er tat eine Menge Dinge, aber er verschwendete niemals Geld, wenn es sich vermeiden ließ.

„Sie können mein Auto nehmen, wenn Sie eins brauchen. Sie können es auch ganz normal fahren, ohne die Handsteuerung zu benutzen", sagte Lew, während er die erste Schüssel in die Mikrowelle stellte.

„Ich weiß das Angebot zu schätzen." Er hoffte, dass sein Truck bald fertig sein würde, aber es erwärmte sein Herz, dass Lew ihm seinen Wagen angeboten hatte. Die meisten seiner Freunde in New York hätten das nicht getan.

„Haben Sie schon viele Leute in der Stadt getroffen?"

„Na lassen Sie uns mal sehen. Sie wissen, ich bin Erickson begegnet, und er war mehr oder weniger ein Wichser."

„Ja, aber ich wette, das ändert sich jetzt schlagartig. Sie retten seinen Hintern und das vergisst er besser nicht."

„Ich habe meine Nachbarin Julie und ihren Sohn Nathan kennengelernt. Das sind gute Menschen und sie wird mir das Reiten beibringen. Den Nachbarn auf der anderen Seite bin ich noch nicht begegnet."

„Nördlich von Ihnen wären das Cal und Martha Younger", sagte Lew.

„Cal …", sagte Brantley und versuchte sich zu erinnern, wo er den Namen schon mal gehört hatte. „Riesiger Kerl mit einem Gesicht, das aussieht, als wäre er in zu viele Schlägereien geraten?"

„Oh, Sie sind ihm schon begegnet. Er ist kein schöner Anblick und macht gerne viel Lärm um nichts, aber er ist ein verdammt guter Rancher."

Brantley schluckte. „Er war im Diner, als Mack mich dorthin gebracht hat." Er fand nicht, dass es nötig wäre, ihre kleine Auseinandersetzung zu erwähnen. „Ich hoffe, dass die Leute ihre Meinung ändern, wenn sie erkennen, dass ich niemanden umgebracht habe. Ich nehme an, es macht einen auch nicht gerade besonders beliebt, wenn durch ein Restaurantfenster auf einen geschossen wird."

„Die Leute werden es einsehen. Es braucht nur etwas Zeit. Das wäre sogar ohne diese hässliche Geschichte der Fall. Die Menschen in dieser Gegend sind gute Leute und sie kümmern sich um ihre Nachbarn. Wir haben hier allerdings nicht viele Fremde, und es wird einige Zeit dauern, bis sie mit Ihnen warm werden. Sie sind ein netter Kerl und das werden sie schon noch herausfinden, wenn sie Sie erst mal besser kennen." Die Mikrowelle piepte und Lew holte vorsichtig die dampfende Schüssel mit Chili heraus und stellte sie auf die Arbeitsplatte. Er stellte die zweite hinein und fing an, sie aufzuwärmen. „Ich habe Kaffee, aber falls Sie etwas anderes möchten, bedienen Sie sich."

Als die zweite Schüssel heiß war, brachte Brantley die Cracker an den Tisch, zusammen mit den Servietten. Dann stellte er die Schüsseln auf den Tisch und wartete darauf, dass Lew seinen Platz einnahm. „Das sieht wirklich gut aus."

„Jeder bereitet Chili anders zu. In Wisconsin tun sie Makkaroni rein. Das mag ich nicht. Und die Texaner werden Ihnen erzählen, dass ins Chili keine Bohnen gehören, aber ich mag sie."

„Ich auch." Brantley nahm einen Bissen und der Geschmack explodierte in seinem Mund. Lews Chili war scharf, mit jeder Menge Zwiebeln, Hitze und einer gehörigen Portion Fleisch. Er aß viele Cracker und trank literweise Wasser.

Nachdem sie ihre Schüsseln geleert hatten, holte Lew eine Schale mit Obst aus dem Kühlschrank und sie beide verdrückten die kühlen Früchte, um das Feuer in ihren Mündern zu ersticken.

„Das ist vielleicht ein Chili."

„Zu scharf?", fragte Lew.

„Nein. Nur sehr geballt." Brantley grinste und hatte das Gefühl, irgendeine Art von Test bestanden zu haben. Sie tranken ihren Kaffee aus und Brantley kümmerte sich ums Geschirr. Er sah aus dem Fenster, während der Wind durch die Bäume fegte, und er an der tief montierten Spüle stand, die Hände im Abwaschwasser, und überlegte, wie lange es her war, dass er Teil einer Familie gewesen war, so wie jetzt. Na ja, das hier war nicht seine Familie, aber es war schön, vorübergehend dazuzugehören.

„Wo sind Ihre Leute? Ihre Familie?", fragte Lew aus dem anderen Zimmer.

„Das ist ein einziger Schlamassel." Brantley war froh darüber, im anderen Raum zu sein, so musste er Lews Gesichtsausdruck nicht sehen. „Mein Vater ist Lehrer an einem theologischen College in Virginia. Er hilft dabei, die Peitsche aus Feuer und Schwefel zu schwingen. Meine Mom ist eine ergebene Ehefrau, was bedeutet, dass sie mit allem einverstanden ist, was mein Vater sagt, genau wie eine der Wackelkopffiguren, die man in Autos findet. Sie haben mich und meine beiden Schwestern nach bestem Wissen und Gewissen aufgezogen, aber sie waren nicht darauf vorbereitet, als ich ihnen sagte, dass ich schwul bin." Er hielt den Atem an. Er war nicht sicher, ob Lew über Mack Bescheid wusste oder nicht.

„Große Sache", sagte Lew. „Mack hat es mir erzählt, als er achtzehn war. Er ist mein Sohn und ich bin stolz auf ihn, ganz egal was er tut."

Brantley nahm das als Hinweis, dass Lew ihn ebenfalls akzeptierte. „Meine Familie und ich haben uns in einer Teller-werfenden, schreienden und „Du wirst in der Hölle schmoren" Art und Weise darauf geeinigt, dass es das Beste wäre, wenn ich nicht länger bleiben würde. Also ging ich fort aufs College und habe sie so ziemlich hinter mir gelassen. Ich wusste schon immer, dass schwul sein etwas ist, was mein Vater niemals verstehen oder akzeptieren würde." Er spülte die Schüsseln ab und stellte sie zum Abtropfen in den Geschirrkorb.

„Dann war er kein richtiger Vater", sagte Lew, als er in die Küche rollte. „Eltern sollten ihre Kinder akzeptieren und unterstützen. Schwul zu sein, ist Teil deiner selbst und du kannst es nicht ändern, also ist es einfach nur bescheuert, dich wegen etwas so Blödsinnigem abzulehnen."

„Ich habe gegen die tiefsten Glaubensgrundsätze meines Vaters verstoßen, und anstatt sie zu ändern, verstieß er mich. Das habe ich schon vor langem akzeptiert. Ich höre ab und zu von meiner jüngeren Schwester. Sie ist jetzt in ihrem ersten Jahr auf dem College und fängt wirklich an, selber zu denken und aus Dads Schatten zu treten. Meine Mutter wird das nie und meine ältere Schwester ist genau wie sie." Brantley spülte das Geschirr und die Gläser ab, ehe er das Wasser abließ und anschließend die Spüle und seine Hände abtrocknete.

„Jeder Mann wäre stolz darauf, einen Sohn wie Sie zu haben." Lew tätschelte kurz seinen Arm, verließ dann erneut die Küche und ließ Brantley sprachlos zurück. Die Menschen überraschten ihn nur selten, aber Lew hatte gerade, ohne mit der Wimper zu zucken, akzeptiert, was seine gesamte Familie abgelehnt hatte.

„Wissen Sie, ich wusste bereits über Sie Bescheid", sagte Lew aus dem anderen Zimmer. „Ich habe den Blick bemerkt, mit dem Sie Mack ansehen."

Brantley schluckte hart. „Ich denke oft an ihn. Man muss ein starker Mann sein, um seinen Irrtum zuzugeben und Mack hat nicht nur das getan, sondern auch noch viel mehr, als jeder andere getan hätte. Er hat versucht, für meine Sicherheit zu sorgen."

Lew kam zurück in die Küche. „Sie wissen schon, dass Mack Sie genauso ansieht, wie Sie ihn ansehen. Mack ist schon seit einer ganzen Weile allein und das ist eine Schande. Er hat so viel zu bieten und ich will, dass er glücklich ist." Lew kehrte ins Wohnzimmer zurück und als Brantley sich ihm anschloss, wechselte er gerade in seinen Sessel hinüber. „So viele Jahre lang hat es nur ihn und mich gegeben."

„Mack hat gesagt, dass seine Mutter fortging, als er noch klein war", sagte Brantley, und Lew nickte und ließ sich mit einem Seufzer in seinen Sessel plumpsen.

„Seine Mutter war hinreißend. Ihr Name war Liliana und ich nannte sie Lily, weil sie mich immer an eine einzelne wunderschöne Blume erinnerte. Ich habe sie umworben und nachdem wir geheiratet hatten, sind wir näher zu meiner Familie gezogen. Wir hätten im Reservat leben können, aber ich konnte hier Arbeit bekommen und dort gab es keine Jobs. Ich denke, das war mein erster Fehler. Lily von ihren Leuten wegzubringen und dem Leben, das sie kannte, war zu viel für sie. Aber Lily hat sich nie beschwert. Sie und ich waren glücklich und verliebt. Nach zwei Jahren wurde sie schwanger und dann war da die Begeisterung über die bevorstehende Geburt und alles war gut. Aber nachdem Mack geboren worden war, machte Lily schwere depressive Phasen durch. Sie hat tagelang nur im Bett gelegen und brauchte Hilfe, die ich ihr nicht geben konnte."

„Wochenbettdepression kann eine schreckliche Sache sein", sagte Brantley.

„Ich glaube, für Lily war sie es. Sie kümmerte sich um Mack und war eine gute Mutter, aber sie war einsam und schließlich kam sie zu mir und sagte, dass sie nach Hause gehen wollte. Ich fragte sie, ob sie jemanden zum Reden bräuchte. Ich habe einen Termin bei einem Arzt gemacht, aber sie ist nicht hingegangen und ließ Mack bei einem Nachbarn zurück, bevor sie zurück ins Reservat ging."

„Hat sie Mack danach noch mal gesehen?"

„Nein. Einige Wochen später erhielt ich einen Anruf ihres Bruders. Lily hatte sich das Leben genommen." Lew wischte sich mit dem Ärmel über die Augen. „Also gab es seitdem immer nur Mack und mich. Ich habe ihn großgezogen und versucht, ihm beides zu sein, Vater und Mutter. Es war nicht leicht."

„Haben Sie je mit Mack über sie gesprochen?"

„Nein. Er erinnert sich nicht an sie. Ich habe versucht, seinen Blick nach vorn zu lenken, nicht in die Vergangenheit. Ich habe hier ein paar Bilder von Lily, aber ich habe sie nie gerahmt und aufgehängt. Es bestand keine Notwendigkeit dafür. Ich habe Macks Fragen immer offen und ehrlich beantwortet, aber sie war fort und wir mussten unsere Leben leben. Lily würde nicht mehr zurückkommen."

Es war klar, dass Lew seine Frau immer noch vermisste. „Das ist immer noch hart für Sie, nicht wahr?"

„Sollte man nicht meinen, nach all diesen Jahren, aber das ist es. Freunde haben mich ermuntert, wieder mit jemandem auszugehen, und ein paar Mal habe ich das auch getan, aber es hat sich nicht richtig angefühlt. Und es fiel mir schwer, wieder jemandem zu vertrauen, also ist nie was passiert." Lew stellte den Fernsehsessel aufrecht. „Manchmal, wenn ich schlafe, sehe ich sie in meinen Träumen." Lew lächelte, schaltete den Fernseher ein und signalisierte damit, dass der herzerweichende Seelenstriptease jetzt beendet war.

Brantley holte seinen Computer und setzte sich hin, mit seinem Laptop auf dem Schoß, während Lew fernsah und in seinem Stuhl döste. Als der Abend voranschritt, sagte Lew gute Nacht und ging ins Bett. Brantley beschäftigte sich anderweitig, während er auf Mack wartete, der erst gegen zehn nach Hause kam.

„Schläft Dad schon?", fragte Mack leise, als er durch die Tür kam.

„Ja", antwortete Brantley, als er vom Bildschirm hochschaute, umgeben von Hunden, die sich um ihn herum zusammengerollt hatten. Sie sprangen auf und umkreisten Mack, um getätschelt und gekrault zu werden. Dann lief Lulu den Flur hinunter, höchstwahrscheinlich auf dem Weg in Lews Zimmer, und die anderen ließen sich wieder auf dem Sofa nieder.

„Was für eine Nacht. Die Jungs und ich sind alles noch mal durchgegangen und wir sind kein Stück weitergekommen. Ich habe sie auf ein paar Sachen angesetzt, aber uns gehen langsam die Hinweise aus." Er packte seine Waffe weg und nahm Gürtel und Hut ab. Dann öffnete er ein paar Hemdknöpfe. „Ich weiß, dass wir ein paar Dinge durchgehen wollten, aber ich bin so müde, dass ich kaum noch geradeaus denken kann." Mack warf sich neben Brantley aufs Sofa.

„Ich habe mir ein paar Sachen überlegt", sagte Brantley. „Da ist Andy Erickson, der mein Land wegen des Wassers haben will. Aber du sagst, er hätte ein Alibi." Und er hasste den Gedanken, dass er tatsächlich dem Kerl half, der für den ganzen Ärger verantwortlich war. Das wäre ganz großer Mist.

„Du hast gesagt, dass du neulich nachts einen Mann vor dem Haus gesehen hast, das schließt Julie aus."

Mack nickte. „Richtig. Julie hat keine militärische Ausbildung, aber sie ist Jägerin. Erickson hat auch eine Militärausbildung. Sein Alibi ist ein bisschen schwach, aber er hat eins. Was das anbelangt, kann ich ihn noch ein bisschen bedrängen, aber er sagt, dass er bei seiner Frau war und sie leugnet das nicht. Ich muss ihn mir noch etwas genauer ansehen. Irgendetwas stört mich."

„Und ich habe herausgefunden, dass der Neandertaler im Restaurant mein anderer Nachbar ist. Hast du mal nachgeprüft, ob Cal Younger ein Alibi hat?"

„Habe ich und er hat keins. Cal sagt, er wäre zu Hause gewesen, als Renae ermordet wurde und er war im Restaurant, als durchs Fenster geschossen wurde, also haben die Vorfälle entweder nichts miteinander zu tun oder Cal ist aus dem Schneider."

„Damit wären meine Nachbarn abgehakt, ebenso wie die meisten Leute, die ich getroffen habe, seit ich hier bin."

„Das Clark Anwesen liegt auf der dir gegenüberliegenden Straßenseite, aber sie haben Wasser und sind groß genug, dass sie, wenn sie dein Land hätten haben wollen, sich den Kauf auch hätten leisten können, also bezweifele ich, dass sie es sind."

„Dann muss es da noch jemand anderen geben oder wir übersehen etwas. Ich kenne die Leute hier nicht gut genug, um einen Haufen Fragen zu stellen."

„Ich werde morgen allen einen Besuch abstatten. Es ist an der Zeit, etwas auf den Busch zu klopfen und zu sehen was runterfällt." Mack gähnte und stand ächzend auf. Dann verließ er das Zimmer und schlurfte den Flur hinunter, fast ohne dabei die Füße zu heben. Brantley sah ihm nach und Enttäuschung breitete sich in ihm aus wie verschütteter Teer. Den Großteil des Tages über hatte er sich darauf gefreut, dass Mack nach Hause kam. Mack einfach nur zu sehen, ließ sein Herz schon schneller schlagen. Vielleicht hatte er nicht dieselbe Wirkung auf Mack. Brantley schaltete den Fernseher aus – er hatte das laufende Programm sowieso ignoriert - und löschte die Lichter, bevor er ins Gästezimmer ging. Dort setzte er sich auf die Bettkante und lauschte dem Geräusch des fließenden Wassers im Bad.

Er würde es Mack nicht vorwerfen, wenn der zu müde war oder ihre Küsse vom Abend zuvor vergessen hatte. Brantley durfte nicht vergessen, dass nur, weil er etwas dabei empfunden hatte, es nicht bedeuten musste, dass Mack dasselbe gefühlt hatte. Diesen Fehler hatte er in der Vergangenheit schon mehr als einmal gemacht. Zuerst fiel ihm Johnny ein. Brantley hatte gedacht, es gäbe eine Verbindung zwischen ihnen, aber alles, was Johnny gewollt hatte, war, Kapital aus ihm zu schlagen. Brantley glaubte nicht, dass Mack das wollte, aber er hatte sich auch schon früher geirrt und die ganze Unsicherheit, die ihn heimgesucht hatte, nachdem Johnny ihn fallen gelassen hatte, drohte sich wieder einen Weg an die Oberfläche zu bahnen. Vielleicht war er einfach nicht dazu bestimmt, einen festen Freund zu haben.

Brantley war so tief in Gedanken versunken, dass er gar nicht mitbekommen hatte, dass das Wasser nicht mehr lief oder dass sich die

Badezimmertür geöffnet hatte. Aber er konnte nicht umhin, die breiten Schultern und die leicht kupferfarbene Haut zu bemerken, als Mack in seiner Tür stand.

„Es geht mir schon viel besser", flüsterte Mack und machte einen Schritt ins Zimmer. „Dachtest du, ich hätte dich vergessen?"

Brantley weigerte sich, seine Befürchtung einzugestehen.

Leo sauste an Mack vorbei, sprang aufs Bett und ließ sich am Fußende nieder, mit Rex dicht auf den Fersen.

„Runter vom Bett, Jungs", sagte Mack, und sie sprangen herunter und sahen dabei aus, als hätte man ihnen Futter und Wasser verweigert. „Geht ins Wohnzimmer zum Schlafen." Nachdem sie fort waren, schloss Mack die Tür. Sein siedendheißer Blick richtete sich auf Brantley. Er pirschte sich an ihn heran, wobei das Handtuch um seine Hüfte leicht hin und her schwang und eine Beule an der wichtigsten Stelle zeigte.

Brantley schaute auf und ließ seinen Blick über Macks schlanke Taille und hinauf zu seinem festen Bauch gleiten, der sich bei jedem Atemzug leicht zusammenzog. Er streckte seine Hand aus und fuhr mit dem Finger an einer pinkfarbenen Linie über Macks Hüfte entlang. „Da wurde ich zum ersten Mal angeschossen. Die Kugel hat mich nur gestreift, aber es tat höllisch weh."

„Und das hier?", fragte Brantley und fuhr mit der Hand an Macks Seite hinauf zu einer langen Narbe auf seiner Schulter. „Noch eine Kugel?"

„Ja. Das gehört zum Beruf und dem Leben." Mack verstummte. „Eine Menge Leute können damit nicht umgehen."

Brantley nickte. Die Tiefe des Schmerzes in Macks Stimme sprach von persönlichen Erfahrungen. „Ich kann mit so ziemlich allem umgehen", sagte Brantley. Die Narben machten ganz klar, wie gefährlich Macks Arbeit sein konnte, aber es schien, als könne hier draußen jeder in Gefahr sein und es war Macks Job, dafür zu sorgen, dass alle sicher waren. Brantley beugte sich vor, berührte mit seinen Lippen Macks Bauch und küsste sich an einer Linie seines Waschbrettbauchs entlang. Mack umfasste Brantleys Wangen mit seinen großen, heißen Händen und bog seinen Kopf aufwärts, bis ihre Blicke sich mit der Intensität von Laserstrahlen begegneten. „Ich weiß, dass du das kannst." Er beugte sich herab und presste ihre Lippen aufeinander.

Als Mack den Kuss vertiefte und ihn zurück auf die weiche Matratze drückte, wurde es sehr warm im Raum. Die Matratze wiegte ihn, als Mack mehr von seinem Gewicht auf ihr abstützte. Er roch nach Seife und Shampoo, gemischt mit Moschus und Verlangen. Brantley hielt Mack fest und fuhr mit seinen Händen über dessen kräftigen Rücken, bis er den Rand des Handtuchs erreichte. Er zog und hatte das lose Frotteetuch in der Hand. Brantley ließ es zu Boden fallen und strich mit seinen Händen über Macks festen Hintern. „Ich will dich, Mack."

„Und ich will dich." Mack saugte an Brantleys Ohr. „Ich werde dich ausziehen, damit ich dich endlich in deiner ganzen, verführerischen Pracht betrachten kann. Und dann werde ich dich dazu bringen, für mich zu keuchen und zu beben."

„Daran hege ich nicht den geringsten Zweifel." Brantley war sowieso schon ziemlich zittrig und während Mack schon nackt war, war er immer noch völlig bekleidet. Auch wenn er so eine Ahnung hatte, dass das nicht mehr lange der Fall sein würde.

„Lass uns dieses Hemd ausziehen", knurrte Mack, zog am Saum, zerrte es über seinen Kopf und von seinen Armen.

Verdammt, es fühlte sich so richtig und unglaublich an, als Macks Brust mit seiner in Kontakt kam. Haut auf Haut. Am liebsten hätte er sich gewunden, nur um sich an ihm reiben zu können. Zum Teufel, Brantley tat es trotzdem, bis Mack ihn festhielt und seinen Gürtel und seine Hose öffnete und sie ihm von den Beinen zerrte.

Mack stand neben dem Bett und starrte ihn mit eindringlichem Blick an. Brantley wand sich erneut, in der Hoffnung, dass Mack gefiel, was er sah. Mack hob ihn schwungvoll hoch und positionierte ihn so, dass er mit dem Kopf auf dem Kissen lag.

„Ich fühle mich wie ein Teenager", sagte Brantley.

„Wieso?"

„Ich schwöre, ich könnte kommen, während ich dich nur ansehe."

Mack stieg wieder aufs Bett und Brantley nutzte die Nähe zu ihm, um seine Finger um Macks Schaft zu schließen – dick, heiß und lang. Er streichelte ihn und Mack erbebte über ihm. Verdammt, war das berauschend – ein starker Mann wie Mack zitterte für ihn.

„Du musst mich zu Atem kommen lassen, weil an etwas anderes zu denken, ganz sicher nicht funktioniert. Du hast alles andere aus meinem Kopf vertrieben, außer dir", sagte Mack und nahm seinen Mund mit einem Kuss in Besitz, der alles andere aus Brantleys Kopf vertrieb. Schießereien, Autobremsen, Angst, Sorge – das alles verflüchtigte sich, als hätte es nie existiert und Brantley klammerte sich an Mack. Er strich mit seinen Beinen an Macks rauen entlang und ihre Brustkörbe füllten sich mit Luft und pressten sich gegeneinander. Brantley stieß mit seiner Hüfte aufwärts und drückte Macks Hüften so gegen seine, nur um einen Hauch von Reibung zu spüren.

„Liebling", hauchte Mack in sein Ohr. „Lass dir einfach Zeit. Wir haben die ganze Nacht."

„Haben wir? Was, wenn wieder jemand kommt, um deinen Truck zu sabotieren oder durchs Fenster zu schießen?"

„Dann hören wir auf. Aber es müsste schon etwas in der Art sein, um mich in diesem Augenblick dazu zu bringen, von dir abzulassen." Mack fuhr mit dem Finger an Brantleys Unterkiefer entlang. „Lass einfach los." Sein Finger glitt Brantleys Hals und Kehle hinab und Brantley streckte sich, um ihm besseren Zugriff zu gewähren. Mack beugte sich vor und leckte unterhalb seines Kiefers entlang und über seinen Hals.

„Verdammt", hauchte Brantley und schloss seine Hände, die sich ins Laken krallten, zu Fäusten, als Mack an seiner Brust saugte und einen seiner Nippel zwischen seinen gierigen Lippen einklemmte. Brantley schob seine Brust vor, auf der verzweifelten Suche nach mehr. Er brauchte alles, und zwar sofort. Er wusste nicht, was er mit seinen Händen anfangen sollte, und am Ende ließ er sie wieder aufs Bett sinken, während Mack mit ihm machte, was er wollte. „Guter Gott!", stöhnte Brantley. Er hatte Angst, zu laut zu sein, aber Mack wartete keinen Moment länger. Er ließ seine Lippen über Brantleys Schaft gleiten und umhüllte ihn mit sengend heißer Feuchtigkeit, die Blitze durch seine Adern zucken ließ.

„So ist es richtig, Liebling", sagte Mack, als er von ihm abließ, um Luft zu holen. „Du schmeckst wie süßer Nektar." Mack warf ihm ein Lächeln zu und sog ihn anschließend wieder tief in seinen Mund.

Brantley hatte bisher blind an die Decke gestarrt, aber nun hob er den Kopf – er musste unbedingt sehen, wie sein Schwanz zwischen Macks Lippen glitt. Himmel, das musste der heißeste Anblick sein, der sich ihm seit Langem geboten hatte und die Art und Weise, wie Mack mit seinen Händen über Brantleys Bauch strich und um seinen Schwanz herum summte, jagte kleine Stromstöße der Lust durch seinen Körper und reichte fast aus, um ihn über die Klippe zu treiben.

„Ich kann es nicht lange aushalten …", flehte er, in dem verzweifelten Verlangen, ihn zu halten und noch ein bisschen länger durchzuhalten.

Glücklicherweise ließ Mack von ihm ab und Brantley fiel zurück aufs Bett.

„Du …", stöhnte er, während er nach Atem rang, „warst derjenige … der gesagt hat, … wir hätten … die ganze Nacht."

„Die haben wir ja auch, aber ich wollte dir eine Kostprobe geben und ich konnte nicht widerstehen, einen Vorgeschmack auf dich zu erhaschen." Mack setzte sich zurück und rollte Brantley auf den Bauch. Dann streckte er sich auf ihm aus, wobei sein Schwanz sich gegen Brantleys Hintern presste.

Brantley drückte sich nach hinten, gegen ihn, und stöhnte, als Mack an seinem Nacken saugte und dann an seinem Rücken abwärts glitt. Er japste kurz, als Mack ihn in eine seiner Pobacken biss. „Was machst du da?", fragte er lächelnd, fast schon bereit, zu glucksen. Das Geräusch erstarb in seiner Kehle, als Mack seine Pobacken auseinanderzog und sein Gesicht zwischen ihnen vergrub und an seinem Anus leckte, was Brantley in den Orbit katapultierte. „Mann ...“

„Hat dich noch nie jemand gerimmt?“, fragte Mack und blies danach über die feuchte Haut, was Brantley beinahe die Schädeldecke wegblies.

„Nein.“ Er wimmerte wie ein kleines Baby, wollte mehr, war aber zu ängstlich, um darum zu bitten. Mack schien zu verstehen und saugte an seinen Pobacken. Brantley hatte sich nie für einen Po-Fetischisten gehalten. Ihm gefiel Analsex und all das, auch wenn er davon nie hin und weg gewesen war, aber was auch immer Mack da mit ihm anstellte, ließ ihn sich fragen, ob er in all diesen Jahren nicht doch etwas versäumt hatte.

„Ich weiß, ich kann manchmal ein bisschen aufdringlich und fordernd sein, wenn ich also etwas tue, was dir nicht gefällt, dann sag es mir einfach“, sagte Mack.

„Ich ... ah ... ich ...“ Brantley gab auf. Das einzige, was ihm nicht gefiel, war die Tatsache, dass er auf den Kissenbezug schaute anstatt auf Macks Stattlichkeit.

Mack löste sich von ihm und Brantley vergrub seine Arme unter dem Kissen, streckte sich lang aus und fragte sich, welche wunderbare Empfindung wohl als nächstes kommen würde. „Du siehst so aus, als wärst du schon bereit für mich“, flüsterte Mack, während seine Wärme ihn umgab und er direkt über ihm schwebte.

„Das bin ich, aber ist das fair?“ Brantley rollte sich langsam herum.

Mack stützte sich über ihm mit seinen starken Armen ab und ließ sich dann herabsinken, bedeckte Brantley, und jagte Hitzewellen durch seinen Körper. „Es ist mehr als fair, Süßer.“ Er streichelte Brantleys Wange. „Hast du eine Ahnung, was du mit mir machst?“

„Ich?“ Brantley klammerte sich an Mack, für den Fall, dass dieser seine Meinung ändern und sich zurückziehen würde. „Ich bin nicht derjenige, der hier muskelbepackt ist. Ich bin der magere Streber. Ich habe mein Leben drinnen verbracht, deswegen bin ich blass und käsig.“ Brantley wand sich unter ihm hervor und setzte sich auf. „Du bist derjenige, der überall braun gebrannt und warm ist, mit Augen, so tief wie die Nacht und Haaren, durch die ich mit meinen Händen fahren möchte, weil ich mich frage, wie es sich wohl anfühlen mag, wenn sich diese seidigen Strähnen um meinen Schwanz wickeln.“ Brantley presste sich eine Hand auf den Mund, als ihm klar wurde, dass er diese Worte tatsächlich laut ausgesprochen hatte. Eine geile kleine Fantasie war eine Sache, aber es tatsächlich laut auszusprechen, war etwas ganz anderes. Er errötete wie ein Teenager und wandte sich von Mack ab.

„Ist es das, was du wirklich willst?“, fragte Mack. „Du stehst auf meine Haare?“

„Ja, tue ich. Aber ich wollte das nicht sagen. Es ist total peinlich. Vergiss es einfach, okay?" Er wäre am liebsten unters Bett gekrochen und hätte sich dort für immer versteckt. Verflucht, vielleicht würde sich der Boden auftun und ihn verschlingen.

„Liebling, wir alle haben Fantasien. Gerade jetzt frage ich mich, wie es sich wohl anfühlen würde, so tief in dich zu gleiten, dass du mich noch tagelang spürst", flüsterte Mack gerade laut genug, damit Brantley ihn hören konnte. Das jagte einen Schauder durch seinen Körper und seine Augen konnten einen Moment lang nicht klar sehen.

„Himmel, Mack."

„Ist das in Ordnung?" Mack spreizte seine Beine und ließ sich zwischen ihnen nieder.

„Ich kann nicht glauben, dass du mich willst", hauchte Brantley.

„Ich kenne den Grund für diese Unsicherheit nicht, aber ich habe vor, mein Bestes zu tun, um sie für immer aus deinem Gedächtnis zu tilgen." Mack beugte sich weiter vor. „Siehst du, du hast da diese reizende kleine Linie, die von deiner Hüfte …" Mack folgte ihr mit einer Fingerspitze und Brantley war sich nicht sicher, ob er kichern oder stöhnen sollte.

„Ich bin ein absonderlicher Kerl, der seine Tage hinter einem Computer verbringt."

„Du bist anbetungswürdig."

Brantley hätte niemals zugegeben, dass es ihn erregte, als anbetungswürdig oder niedlich beschrieben zu werden, aber wenn es von Mack kam, dann war das definitiv der Fall. Mit anbetungswürdig konnte er leben, wenn sich lebendig und wie der Mittelpunkt des Universums zu fühlen, zum Paket dazu gehörten. Mack gab ihm auf jeden Fall das Gefühl.

„Hast du dir dich je mit einem Dorfpolizisten vorgestellt?", fragte Mack.

„Ich habe mir mich schon seit langer Zeit mit niemandem mehr vorgestellt", gestand Brantley und fragte sich, ob er sein Bild von sich selbst revidieren musste. Es war noch zu früh, um sie sich beide als Paar vorstellen zu können. Normalerweise liefen die Dinge in der romantischen Abteilung nicht besonders gut und er hatte Angst.

„Das verstehe ich." Mack zeichnete mit seinem Finger kleine Kreise um Brantleys Bauchnabel.

Brantley hielt den Atem an, als Mack sich langsam vom Bett erhob und hinüber zum Nachttisch langte. Er zog die Schublade auf und holte eine Flasche und ein Päckchen hervor, ehe er sie wieder zuschob. „Hast du immer Kondome hier?"

„Nein. Ich nehme an, das war ein "die Hoffnung stirbt zuletzt"-Ding." Mack wandte seine Aufmerksamkeit wieder ihm zu und benutzte rasch seine

Lippen, um Brantley das alles vergessen zu lassen. „Ich will dich, Liebling. Ich will in dir sein, bei dir. Bitte sag mir, wenn es zu schnell geht."

„Zu schnell?", fragte Brantley und zog Mack hinunter in einen Kuss. Jetzt war er dran, Macks Lippen zu erobern. Es war ihm nicht in den Sinn gekommen, dass Mack auf dieselbe Weise verletzt worden sein könnte wie er, und dass es auch nur ein Quäntchen Unsicherheit in ihm geben könnte. „Nein. Ist es nicht."

„Mir wurde gesagt, ich ginge zu aggressiv vor –", begann Mack, aber Brantley unterbrach ihn mit einem fordernden Kuss.

Jetzt war nicht die Zeit für lange Erklärungen. Brantley verstand Aggressionen. Er war nicht der Manager eines Hedgefonds geworden, indem er sich zurücklehnte und den Dingen ihren Lauf ließ. Er kannte Aggression, weil er sie ebenfalls in sich hatte, sie zeigte sich nur auf eine andere Art. Für ihn war körperliche Aggressivität – kontrolliert und nicht gedacht, um zu verletzen, sondern um Vergnügen zu bereiten – die geilste Sache, die er sich vorstellen konnte. Als Mack sich also jetzt vorbereitete, in Position brachte und sich mit gezügelter Kraft in ihn schob, begegnete Brantley seinem stahlharten Blick mit einem seiner eigenen.

„Fuck …", stöhnte Mack, und Brantley bog seinen Rücken durch, als Mack in ihn eindrang und langsam tiefer glitt. Das Dehnen und Brennen war überwältigend, ließ aber rasch nach. Was Brantleys Blick unscharf werden ließ und seine Haut zum Prickeln brachte, war das warme Gefühl der Vollkommenheit, das sich auf ihn herabsenkte. Es hielt nicht lange an, denn die Hitze, die Mack verströmte, war einfach zu stark, um ignoriert zu werden, aber er liebte diese Zufriedenheit, solange sie anhielt.

„Verdammt", stöhnte Brantley, als Mack innehielt, so als hätte er Angst davor, sich zu bewegen. Als Mack es dann schließlich doch tat, stöhnte er. Sie bewegten sich gemeinsam, langsam und bewusst. Wie Mack vorhin gesagt hatte, sie hatten die ganze Nacht, und er schien entschlossen, sich Zeit zu lassen, Verlangen und Lust langsam zu steigern und das Feuer Schritt für Schritt zu schüren, bis es zu einem flammenden Inferno wurde, von dem Brantley befürchtete, dass es ihn völlig verzehren würde.

Die Zeit stand still. Die Stunden und Minuten außerhalb ihrer kleinen Blase hatten keinerlei Bedeutung, während Brantley Mack festhielt, ihn vorwärtsdrängte und alles haben wollte, was er zu geben hatte – bis er sich nicht länger zurückhalten konnte und vor Erlösung an Macks Schulter aufschrie, während Mack ihm dichtauf folgte.

Brantley keuchte, legte sich zurück und schloss die Augen, ließ diese Erfahrung auf sich einwirken. Mack zog sich langsam zurück und kümmerte sich um das Notwendige. Dann schloss er sich Brantley auf dem Bett an und zog ihn fest an sich. Sie waren allein, hinter verschlossenen Türen, und ein paar Sekunden lang konnte Brantley sich vorstellen, dass sie in Sicherheit waren und die Welt sie nicht erreichen konnte, aber das war natürlich nur eine Illusion. Die Gefahr, die ihn verfolgte, würde sich erneut zeigen und sie mussten bereit sein.

5

SPÄT AM kommenden Morgen fuhr Mack davon, um ein paar Leute zu besuchen. Es gab zu viel, was er nicht wusste, und er war entschlossen, sich ein paar Antworten zu holen. Er summte vor sich hin, während er fuhr, etwas, das er schon sehr lange nicht mehr getan hatte. Glücklich zu sein war eine tolle Sache, aber er wusste, dass es flüchtig sein konnte, erst recht, wenn er dieser verdammten Sache nicht auf den Grund ging. Sein Summen erstarb, als er die Einfahrt erreichte, nach der er gesucht hatte, und einbog.

„Cal", rief Mack, nachdem er geparkt hatte und aus seinem Streifenwagen gestiegen war.

„Was machst du hier draußen? Ich habe nichts getan", sagte Cal hastig, während er auf ihn zuhinkte.

„Bist du sicher?"

„Geht es um die Sache in Maggies Wirtshaus? Van der Veen hat angefangen. Ich habe mich nur verteidigt." Cal stemmte die Hände in die Hüften, um sich aufzuplustern und bedrohlich zu wirken. Es funktionierte nicht.

„Zu uns hat niemand etwas gesagt, also muss sich, was auch immer passiert ist, wieder eingerenkt haben." Mack trat näher. „Wann wirst du endlich erwachsen?" Er sah sich um. Vielleicht verbrachte Cal zu viel Zeit in Kneipen und nicht genug Zeit damit, sich um seinen Betrieb zu kümmern.

„Ich habe keine Probleme", behauptete er.

„Diese Ranch schon, und das weißt du. Was zur Hölle ist passiert?"

„Martha hat mich verlassen und ist zu ihren Schwestern gezogen." Cal sank in sich zusammen wie ein Luftballon. „Das Schlimmste daran ist, dass ich nicht getan habe, was sie glaubt, das ich getan hätte." Er klang eher nach einem verletzten kleinen Jungen als nach einem Mann, der einen fünfzig Kilo Futtersack warf, als wäre das nichts.

„Was glaubt sie denn, was du getan hast?", fragte Mack.

„Irgendwer hat ihr erzählt, ich hätte eine Affäre mit dieser Maklerin, die ermordet wurde. Ich habe Martha nie betrogen und ich weiß auch, wer etwas gesagt hat. Erickson versucht mir den ganzen Mist in die Schuhe zu schieben, um von sich abzulenken."

„Andy Erickson hat sich mit Renae Montgomery getroffen?", fragte Mack und die Räder in seinem Kopf fingen an zu rattern. Das änderte alles und würde Erickson definitiv ein Motiv für einen Mord geben.

„Ja. Ich habe sie vor zwei Wochen zusammen gesehen. Sie sind in seinem Truck aus der Stadt gefahren. Ich habe neben ihnen angehalten und sah, wie sie versuchte, sich zu verstecken. Aber ich wusste, dass sie es war und Erickson hat ausgesehen, als hätte man ihn mit der Hand in der Keksdose erwischt. Marlene aus dem Diner hat sie auch zusammen gesehen und sie hat gesagt, dass sie zu nah beieinander und zu albern waren, um bloß Freunde zu sein. Dann hat Erickson Martha erzählt, dass Renae und ich uns treffen würden und Martha ist weg zu ihren Schwestern gezogen."

„Und du bist ins Roadhouse gegangen, hast zu viel gesoffen und bist in eine Prügelei geraten?" Mack schüttelte den Kopf und kam wieder auf den ursprünglichen Grund seines Besuchs zu sprechen. „Ich will mit dir darüber sprechen, wo du letzten Montagnachmittag gewesen bist."

„Als dieses unruhestiftende Miststück ermordet wurde? Ich war hier und habe gearbeitet. Genau wie Art Wenzel. Er hat das Viehfutter geliefert." Cal wurde lebhaft. „Warte, ich kann's beweisen." Er zog die Tür seines Trucks auf und kramte in einigen Papieren, die auf dem Beifahrersitz lagen. „Art trägt immer den Lieferzeitpunkt auf seinen Rechnungen ein. Er sagt, er braucht das für seine Aufzeichnungen. Ich weiß nicht, wieso, aber … Hier ist es!" Cal kehrte zurück, drückte Mack das Papier in die Hand und deutete auf die Uhrzeit über Arts Gekrakel. „Um vier Uhr sind wir mit dem Entladen fertig gewesen und es hat über eine Stunde gedauert. Nachdem wir fertig waren, ist Art noch auf einen Eistee geblieben. Ich habe ihm ein Bier angeboten, aber er hat gesagt, er müsse noch fahren. Du kannst das mit ihm abklären, aber ich war hier und habe gearbeitet und ich habe sie nicht erschossen. Wieso sollte ich?"

Mack steckte die Rechnung in eine Plastiktüte und beschriftete sie. „Ich gebe dir das zurück, wenn ich fertig bin." Die Rechnung bestätigte, dass Cal während Renaes wahrscheinlichem Todeszeitpunkt hier auf seiner Ranch gewesen war und auch noch einige Zeit danach. Nicht, dass er Cal tatsächlich des Mordes verdächtigte, aber es war gut, ihn offiziell von der Liste der Verdächtigen streichen zu können und nun hatte er eine weitere bedeutsame Spur. „Ruf Martha an und sag ihr, was passiert ist, Cal."

„Sie will nicht mit mir reden."

„Dann bring sie dazu, dir zuzuhören. Ich schlage vor, du räumst diesen Ort anständig auf, besorgst ein paar Blumen und fährst dann rüber, um sie zu besuchen. Wenn du Martha liebst, dann zeig es ihr."

„Aber was, wenn sie mir nicht glaubt?"

„Hat Renae sich je an dich rangemacht?"

Er schüttelte den Kopf. „Sie hat noch nicht mal mit mir geredet, es sei denn, um mich zu fragen, wo jemand anders war."

„Dann steckt vielleicht noch etwas anderes als Renae dahinter. Rede mit Martha und finde es heraus. Vielleicht ist sie nicht glücklich und wenn dem so ist, dann musst du das wissen, damit du es wieder in Ordnung bringen kannst. Denk vielleicht lieber mal an sie als ständig daran, ins Wirtshaus zu gehen." Mack klopfte Cal auf die Schulter. „Sie verdient einen Vollzeit-Ehemann, dem sie wichtiger ist als ein Bier oder seine Kumpel." Mack stieg wieder in seinen Wagen. Er fuhr los und sah, wie Cal wieder an die Arbeit ging. Er hoffte wirklich, dass Cal etwas unternahm, denn er würde auf gar keinen Fall jemals jemanden finden, der so gut war wie Martha.

Mack verließ die Ranch und näherte sich erneut Brantleys Anwesen. Er fuhr vor dem Haus vor, um sicherzugehen, dass alles in Ordnung war, und nahm dann den Schleichweg zur Erickson Ranch.

„Mack", sagte Erickson, als er aus dem Haus kam.

„Das ist kein Freundschaftsbesuch", sagte Mack knapp. „Ich muss mit dir reden."

„Ich bin im Moment sehr beschäftigt."

„Dann machen wir es auf die harte Tour und ich nehme dich zur Befragung mit aufs Revier." Mack hatte das Getue satt. „Du hast mich belogen und ich bin entschlossen, der Sache auf den Grund zu gehen." Er öffnete sein Pistolenholster, bereit, jeden Moment nach seiner Waffe zu greifen.

Erickson nickte und ging hinüber zum nächstgelegenen Gatter. Mack folgte ihm und hielt dabei einen Sicherheitsabstand ein.

„Wieso hast du mir nichts von dir und Renae erzählt? War das eine einmalige Sache oder habt ihr das Spielchen schon eine Weile getrieben?"

„Ich habe die Schlampe eines Nachts in der Kneipe getroffen. Ich hatte zu viel getrunken und am Ende habe ich sie gefickt. Es war dämlich und sie hat versucht, mich damit zu erpressen. Ich sagte ihr, sie solle es ruhig erzählen, und ich wollte Grace ohnehin davon erzählen, aber dann fand ich heraus, dass sie tot ist. Ich war so erleichtert und ich nahm an, dass sie dieselbe Nummer bei jemand anderem abgezogen hatte, die sie auch mit mir abziehen wollte und dass sie das umgebracht hat."

„Wo bist du Montagnachmittag gewesen?"

„Wie ich dir bereits gesagt habe, ich war hier und habe gearbeitet, habe versucht, Wasser zum Vieh zu kriegen, damit sie mir verflucht noch mal nicht unter den Händen wegsterben. Grace war zu Hause und sie weiß, wo ich gewesen bin und dass mein Truck sich nicht von der Stelle bewegt hat."

„Es wäre ein ganz schöner Marsch gewesen, aber du hättest rübergehen und sie töten können."

„Fein. Wenn du mir nicht glaubst, dann kannst du meine Waffen überprüfen. Ich habe nichts zu verbergen. Sie ist diesen ganzen Ärger nicht wert gewesen", sagte Erickson und Mack hätte ihm am liebsten eine geklebt.

„Sie war ein Mensch wie jeder andere auch und sie hatte vielleicht gern ihren Spaß, aber sie hat es genauso wenig verdient dafür zu sterben wie du. Vielleicht sollten wir gehen und Grace nach ihrer Meinung fragen?" Die Geheimnisse dieser Leute waren ein Haufen Scheiße – zu viele Geheimnisse.

„Nein. Ich hole die Waffen." Erickson ging ins Haus und Mack spannte sich an, war bereit, ihn von jetzt auf gleich außer Gefecht zu setzen. Andy kam wieder raus, mit einem Gewehr und einer Schrotflinte, beide in Etuis. Er übergab sie Mack, der in die Hüllen hineinsah, um sie zu überprüfen.

„Das ist alles?"

„Ja, Grace hasst die Dinger und lässt mich nur zwei für die Jagd behalten. Und sie müssen unter Verschluss sein. Sie hat eine Todesangst davor, dass unser Junge sie in die Finger kriegt. Du weißt, was mit ihrem Bruder passiert ist?"

„Das war wirklich sehr bedauerlich." Mack verstand. Grace' Bruder hatte sich mit acht selbst umgebracht, als er mit einer Waffe ihres Vaters gespielt hatte. Es war die ultimative Lehrstunde über die sichere Verwahrung von Waffen für die gesamte Gegend gewesen. „Er war in meiner Klasse." Mack gab Andy die Schrotflinte zurück. Sie hatte das falsche Kaliber. Die andere Waffe legte er in seinen Kofferraum. „Ich werde die hier überprüfen und es wäre besser, sie passen nicht. Und solltest du dich dazu entschließen, zu verreisen, dann werde ich hinter dir her sein." Er hatte nur Indizienbeweise, aber sie häuften sich.

„Ich habe weder sie noch sonst jemanden umgebracht", sagte Andy noch einmal mit Nachdruck. „Ich weiß, dass ich manchmal ziemlich aufbrausend sein kann, aber ich laufe nicht herum und erschieße Leute."

„Hoffen wir mal nicht", erwiderte Mack. Er wollte Andy ein bisschen aus dem Gleichgewicht bringen. „Wir bleiben in Verbindung." Er stieg wieder in sein Auto und fuhr aus der Einfahrt heraus und weiter in Richtung Stadt. Er würde diese Feuerwaffe untersuchen müssen und sehen, ob die Kugeln denen ähnelten, die sie geborgen hatten. Es war nicht so genau, als wenn er sein eigenes Kriminallabor hätte, aber wenn er es selber machte, dann müsste er wenigstens nicht wochenlang auf das Ergebnis warten.

Irgendwie hatte er das Gefühl, dass er der Sache näherkam. Selbst wenn Andy unschuldig war, dann hätte er wenigstens einen weiteren Verdächtigen von der Liste gestrichen und konnte weitermachen. Das war der Teil der Polizeiarbeit, von der er gerne annahm, dass er darin am besten war – er war beharrlich. Er ging Schritt für Schritt vor und suchte nicht nach einfachen

Antworten oder erwartete, dass ihm die Dinge einfach in den Schoß fielen. Fälle zu klären, verlangte Zielstrebigkeit, und davon hatte er jede Menge.

Auf seinem Weg ins Büro fuhr er kurz zu Hause vorbei, hielt vor dem Haus und eilte hinein. Sein Dad saß an seinem üblichen Platz vor dem Fernseher und machte ein Nickerchen und Brantley saß auf dem Sofa, mit seinem Computer auf dem Schoß.

„Da lächelt aber jemand. Bedeutet das, du hast etwas herausgefunden?", fragte Brantley.

Mack beugte sich zu ihm und atmete tief ein, nur um eine Nase voll von Brantleys erdigem Geruch zu erhaschen. Nach letzter Nacht fiel es ihm schwer, sich zu konzentrieren. Seine Gedanken kehrten immer wieder zu Brantley und dessen ausdrucksstarken Augen und warmem Lächeln zurück. Von seinen anderen Körperteilen mal ganz zu schweigen, die er aus Furcht, sich völlig zu blamieren, aus seinen Gedanken verbannen musste. „Das habe ich. Jedenfalls hoffe ich das. Dieser Fall entwickelt tatsächlich mehr Wendungen, als ich erwartet hatte." Er setzte sich neben Brantley. „Andy hatte ein Verhältnis mit Renae. Das ist es, was er verheimlicht hat. Er sagt, er hätte sie nicht getötet und dass seine Frau seine Geschichte zumindest teilweise bezeugen kann."

„Weiß sie es?"

„Andy sagt Nein, und es ist an ihm, es ihr zu sagen. Ich neige dazu, ihm zu glauben, aber ich werde der Sache trotzdem noch weiter nachgehen."

„Was ist mit meinem anderen Nachbarn?"

„Es scheint so, als hätte Andy versucht, ihn den Wölfen zum Fraß vorzuwerfen und ich muss sein Alibi noch überprüfen, aber ich glaube, er ist es auch nicht gewesen."

„Also sind wir wieder da, wo wir angefangen haben."

„Vielleicht. Wenn Renae ein Verhältnis mit Andy gehabt hat, dann frage ich mich, mit wem sie noch den Matratzentango getanzt hat. Ich werde ihren Terminkalender durchgehen." Mack machte eine Pause. Da gab es noch etwas, was er Brantley erzählen wollte. „William Turner, der Landstreicher, den wir erwischt haben, als er dein Land passiert hat – es hat sich herausgestellt, dass er nur ein Mann ist, der vom Pech verfolgt wurde. Wir haben seinetwegen Kontakt zu einer der lokalen Kirchengemeinden aufgenommen und sie nehmen ihn unter ihre Fittiche und versuchen ihm dabei zu helfen, wieder auf die Beine zu kommen."

Das brachte ihm ein Lächeln ein. „Gut." Brantley schaute auf seinen Bildschirm und dann wieder zurück zu ihm. „Könntest du vielleicht Hilfe brauchen?", fragte er und stellte seinen Computer beiseite. „Ich bin es so leid, die ganze Zeit hier herumzusitzen. Nicht, dass Lew keine angenehme Gesellschaft wäre."

Sein Dad schnarchte noch etwas lauter, als wolle er Brantleys Aussage bekräftigen. „In Ordnung. Du bist derjenige, der von sich behauptet, er würde Rätsel mögen, dann wirst du ja vielleicht aus ihrem Terminkalender schlau. Sie scheint einen Code gehabt zu haben, den sie auf einige der Einträge angewendet hat."

„Okay." Brantley schloss seinen Computer und verstaute ihn wieder in seiner Tasche. Er sammelte auch das Stromkabel ein. „Sag deinem Dad, wo wir hingehen und dann lass uns losziehen." Er war bereits auf dem Weg zur Tür.

Mack lachte leise vor sich hin. Brantley musste sich wirklich gelangweilt haben. Mack weckte seinen Dad nur ungern, tat es aber dennoch und erklärte ihm, wo sie hingehen würden. Sein Vater nickte und scheuchte sie davon. Als Mack die Tür abschloss, schnarchte er schon fast wieder und sie machten sich auf den Weg zum Revier.

Das Büro war ruhig, nun da alle diensthabenden Deputies draußen auf Streife waren. Das Gebäude war vor ungefähr fünfzig Jahren errichtet worden und so sah es auch aus. Die meisten der Schreibtische waren aus dem grauen Metall der sechziger Jahre, aber sie erfüllten ihren Zweck und der Etat erlaubte es nicht, sie gegen neue auszutauschen. Mack scherzte immer gerne, dass es Antiquitäten wären, wenn sie sie noch viel länger behalten würden und dass er sie dann verkaufen könnte, um neue anzuschaffen. „Nimm Platz und ich hole den Terminkalender."

Mack machte sich am Spind mit den Beweisstücken zu schaffen, holte ein Buch mit rotem Einband heraus und kam an den Schreibtisch zurück. Brantley hatte bereits seinen Computer hochgefahren und Mack half ihm dabei, sich ins Internet einzuloggen. „Okay. Einige der Einträge sind ziemlich klar, mit Namen, Adressen und Uhrzeiten. Ich nehme an, das waren Besichtigungstermine und es ist mir gelungen, sie mit den jüngsten Verkäufen abzugleichen. Aber da sind diese anderen Einträge, die nur aus Initialen bestehen. Ich dachte, das wären die Männer, mit denen sie zusammen gewesen ist, aber jetzt bin ich mir da nicht mehr so sicher."

Brantley sah sich das Ganze an und arbeitete sich durch ein paar Seiten. „Vielleicht waren die Namen der Männer nicht von Bedeutung", schlug er vor. „Wenn Renae darauf aus war, Spaß zu haben, dann waren die Kerle vielleicht nur Kerben in ihrem Bettpfosten. Also sind das vielleicht nur bestimmte Merkmale, die ihr gefielen." Er fing an, das Buch durchzublättern. „Habt ihr jemals ihr Handy gefunden?"

„Nein, aber ich habe die Aufzeichnungen. Sie hat viel getextet, aber ich habe die Nachrichten nicht."

„Hmmm." Brantley ging das Buch Seite für Seite durch. „Es könnte etwas sein, das nur für sie eine Bedeutung hatte und wenn das der Fall ist, dann werden wir es vielleicht nie herausfinden. Aber es gibt ein Muster. Siehst du, diese Einträge gibt es nur samstags und mittwochs. Ist sie nur an diesen Abenden ausgegangen?"

„Das ist mir gar nicht aufgefallen", sagte Mack. Er fragte sich, ob er Andy, nachdem er dessen Unschuld bestätigt hatte, vielleicht fragen konnte, wann genau sie ihre Stelldicheins gehabt hatten. Er hätte sich diese Information bei ihrem Gespräch verschaffen sollen.

„Ich denke, einige davon sind ihre eigenen Textkürzel. Sie hat nie erwartet, dass irgendjemand anderes sie je zu sehen kriegen würde."

„Also was sind sie dann? Einträge über ihre Eroberungen?", fragte Mack.

„Wieso nicht? Nach allem, was ich gehört habe, war Renae die reinste Raubkatze und immer bereit für ein sexuelles Abenteuer. Sie war attraktiv und schien eine starke, unabhängige Frau gewesen zu sein. Wenn sie männliche Gesellschaft wollte, wieso sollte sie dann keine haben? Wären die Rollen vertauscht, dann würden wir sagen, der Kerl war ein Hengst."

„Also was bedeutet dann T. I. B?"

„Es könnte etwas so einfaches wie Tiger im Bett heißen. Ich weiß nicht." Brantley sah sich weiterhin das Buch an. „Hier ist einer: T. F. Mir gefällt toter Fisch für diesen hier." Er gluckste. „Unglücklicherweise weiß ich es nicht wirklich. Es sind keine Kürzel im herkömmlichen Sinn. Also hat sie sie sich selbst ausgedacht. Es ist ja nicht so, als hätte sie hier einen Chiffrierschlüssel reingeschrieben."

„Wie kommt es nur, dass in diesem Fall einfach nichts einen Sinn ergibt? Die drei Leute, für die dein Land am wertvollsten wäre, scheinen nicht diejenigen zu sein, die dich zu vertreiben versuchen", bemerkte Mack. „Und das Opfer sagt uns nur sehr wenig. Ich wünschte, wir hätten ihr Handy. Es könnte etwas von Wert darauf sein."

„Es sei denn, es wäre gesperrt und dann müssten wir uns erst Zugriff verschaffen."

Mack verdrehte die Augen.

„Okay." Brantley legte den Terminkalender beiseite. „Das hier führt zu nichts. Wir nehmen an, dass ich wegen des Wassers auf meinem Land vertrieben werden soll. Aber was ist, wenn das nicht stimmt? Was, wenn es um etwas anderes geht?"

„Zum Beispiel?"

„Ich weiß es nicht", sagte Brantley.

Mack stöhnte. „Ich werde die letzten Alibis überprüfen und diese Waffe untersuchen. Außerdem muss ich Andys Frau anrufen, damit sie die Anzahl seiner Waffen bestätigt." Er stand auf und ging in sein Büro. Diese ganze Sache bereitete ihm Kopfschmerzen.

„Habt ihr eine Flurkarte von der Gegend?"

„Klar", sagte Mack. „Gloria kann sie dir besorgen. Sie kann alles besorgen."

„Danke." Gloria war dabei, Büroarbeiten zu erledigen und Brantley ging zu ihr hinüber. Mack machte sich daran, ein paar Anrufe zu tätigen. Er setzte sich mit Grace Erickson in Verbindung, und sie bestätigte, dass ihr Mann nur zwei Gewehre hatte.

„Worum geht es hier, Mack?"

„Ich will nur wirklich jeden Stein einzeln umdrehen." Er versuchte, sie zu beschwichtigen und legte auf. Er konnte auch Cals Futterlieferung bestätigen und damit war dieser praktisch wieder außen vor. Die Liste der Verdächtigen schrumpfte, und Mack war sich nicht sicher, in welche Richtung er nun ermitteln sollte. Renaes Terminkalender hatte überhaupt nichts erbracht und war immer noch genauso rätselhaft, wie er ihn vorgefunden hatte. Mack legte nach seinem letzten Anruf auf, starrte seine Pinnwand voller Notizen an und hoffte inständig, dass ihn etwas anspringen würde.

„Mack", sagte Brantley, nachdem er an den Türrahmen geklopft hatte. „Kannst du dir das mal für mich ansehen?"

„Klar." Er würde hier eh nicht schnell weiterkommen.

Brantley breitete die Flurkarte auf seinem Schreibtisch aus. „Sieh dir das an. Die Quelle entspringt hier, direkt an der Westgrenze meines Besitzes und das Wasser fließt dann ostwärts. Sie sprudelt ziemlich kräftig und ich vermute, dass im Frühling ein reißender Strom herunterfließt."

„Ja, so ist es. Manchmal gibt es eine Überschwemmung, wenn es viel Schnee gegeben hat und dieser rasch schmilzt. Dieser Flusslauf dient als Entwässerung für all das Land stromabwärts. Wieso?"

„Sieh dir die Kurven an. Er fließt hier entlang und macht einen weiten Bogen, ehe er mein Land verlässt und rüber zu Erickson fließt für eine kurze Stippvisite. Dann fließt er eine lange Zeit ziemlich geradeaus, jedenfalls bis zum Rand dieser Flurkarte."

„Na schön. Ich bin nicht sicher, worauf du damit hinauswillst."

„Da bin ich mir auch nicht ganz sicher. Aber was ist, wenn sie nicht hinter dem Wasser selbst her wären, sondern hinter dem, was im Wasser ist?" Brantley hüpfte von einem Fuß auf den anderen. „Was, wenn der Fluss etwas freigelegt oder an die Oberfläche gebracht hat, etwas tiefer aus der Erde, das jemand haben will?"

Mack beugte sich dichter herunter. „Du meinst Gold?"

„Vielleicht. Die Sache ist die, falls es in dem Flussbett Mineralien geben sollte, dann würden sie sich genau hier zeigen, an der Innenseite dieser Biegung. Das ist die Stelle, an der sich Sedimente absetzen würden und alles

Schwere, was durch das Grundwasser nach oben geschwemmt wurde, würde sich genau hier ablagern, weil das Wasser hier an Kraft verliert und das, was es mit sich getragen hat, zu Boden sinken würde."

„Du willst also sagen, dass du dort rausgehen und ein wenig herumgraben willst?", fragte Mack skeptisch.

„Klar, wieso nicht?"

„Weil dort auch genauso gut nichts sein könnte."

„Oder es könnte der Schlüssel zu allem sein. Was, wenn jemand dort draußen etwas entdeckt hat? Vielleicht hatten sie das Geld nicht zusammen, um das Land zu kaufen, bevor ich es mir geschnappt habe. Aber wenn sie mich verjagen, dann würden es sich die Leute vielleicht zweimal überlegen, ehe sie es mir abkaufen und dann könnten sie die Ranch vielleicht für 'n Appel und ein Ei kriegen, und sie könnten das, was auch immer dort draußen ist, bergen. Wir haben die Leute ausgeschlossen, die das Land höchstwahrscheinlich des Wassers wegen haben wollten. Also ist es den Versuch wert, um zu sehen, ob es jemanden gibt, der es vielleicht aus einem anderen Grund haben will."

„Wenn du meinst. Ich bin bereit, mit dir dort rauszugehen und einen Blick darauf zu werfen." Was zum Teufel konnte es schon schaden? Er glaubte doch sowieso nicht, dass dort draußen irgendetwas war. Bei dieser Dürre war das Wasser der wertvollste Rohstoff, den es gab, und wenn es nicht bald Regen gab, dann würden sogar die Quellen anfangen zu versiegen. „Wir können es uns morgen ansehen."

„Okay", sagte Brantley und nahm die Flurkarte weg. „Ich werde dich dann mal in Ruhe lassen."

„Alles bestens. Ich komme hier sowieso nicht weiter."

„Ich weiß, du hältst das für ein fruchtloses Unterfangen", sagte Brantley. „Und du musst auch nicht mit mir kommen. Ich kann das auch alleine tun."

Mack kniff die Augen zusammen. „Das wirst du ganz sicher nicht machen." Er stand hastig auf und warf dabei fast den Stuhl um. „Es wurde bereits auf dich geschossen und ich bin ziemlich sicher, dass du beobachtet und verfolgt worden bist. Du bist verrückt, wenn du glaubst, ich lasse dich dort allein und ohne Rückendeckung rausgehen. Es ist mir nicht besonders wohl bei dem Gedanken, überhaupt dorthin zu gehen, aber du wirst ganz bestimmt nicht alleine gehen. Ich frage mich, ob es irgendwo eine Armee gibt, die ich mieten könnte."

„Mack ... ich ..." Macks Beschützerinstinkt schien Brantley sprachlos zu machen.

„Es gefällt mir nicht besonders, aber es könnte einen Versuch wert sein. Es muss einen Grund für all das hier geben und wie du schon gesagt hast, haben wir den Wasserrechte-Ansatz schon so ziemlich ausgeschlossen. Und schließlich hast du Erickson ja auch aus der Patsche geholfen. Etwas läuft da, über das wir nicht genug wissen, also können wir auch nachsehen, ob dort irgendwas ist."

„Okay. Ich werde mal nachsehen, was in der Gegend früher schon gefunden wurde. Vielleicht gibt uns das einen Hinweis." Brantley drehte sich um, um das Büro zu verlassen, aber Mack hielt ihn mit beiden Händen auf Brantleys Schultern auf. Dann drehte er ihn herum, küsste ihn besitzergreifend und nahm sich, was er wollte.

„Ich werde nicht zulassen, dass dir etwas geschieht."

Brantley bebte, als Mack den Kuss vertiefte und ihn in die Arme nahm. Mack drängte ihn rückwärts bis zur Wand und unterdrückte ein Lächeln, während er mehr von seinem Gewicht auf Brantley verlagerte. Es war berauschend, zu wissen, dass er Brantleys Knie mit einem Kuss weich werden lassen konnte. Jemand ging am Büro vorbei und Schritte tappten über den Fußboden, aber er ignorierte es, genau wie Brantley. Mack war ohnehin viel zu beschäftigt damit, Brantley mit seinem Kuss den Atem zu rauben, um jetzt aufzuhören.

Nachdem Mack von ihm abgelassen hatte, blinzelte Brantley ein paar Mal, so als würde sein Verstand sich vergewissern wollen, ob das alles Wirklichkeit war. Das Kribbeln auf seinen Lippen bestätigte Mack, dass er ihn gerade besitzergreifend fast zu Tode geküsst hatte und er war verdammt stolz darauf.

„Mack …", hauchte Brantley.

Mack rührte sich nicht vom Fleck und starrte aufmerksam in Brantleys Augen. „Ich muss es wissen. War letzte Nacht nur so ein Sex-Ding für dich?"

Brantley schüttelte den Kopf.

„Gut. Verflucht gut, denn für mich war es das auch nicht. Wenn wir also dort rausfahren, dann machst du es auf meine Weise und ohne Widerspruch. Ich habe gesagt, ich werde für deine Sicherheit sorgen und du wirst gefälligst deinen Teil dazu beitragen."

„Wieso führst du dich auf wie ein Bär mit einem Dorn in der Pfote?", wollte Brantley wissen.

„Weil ich nicht verlieren will, was ich gerade erst gefunden habe", antwortete Mack und zog sich dann weiter von ihm zurück. Seine Hände, mit denen er ihn gegen die Wand gedrückt hatte, fielen von Brantleys Schultern.

„Wann fahren wir?"

„Morgen", erinnerte ihn Mack. „Wenn dort draußen etwas ist, dann müssen wir das wissen. Und wenn nicht, dann sind wir wieder zurück am Anfang."

6

BRANTLEY WAR immer noch etwas benommen, als Mack ihn zu sich nach Hause fuhr. „Fährst du zurück zur Arbeit?"

„Nein. Ich kann nur eine gewisse Zeit lang auf etwas starren, und ich werde daraus auch nicht schlauer werden." Er knurrte. „Ich hasse es, dass dieser Kerl uns immer einen Schritt voraus ist." Macks Knöchel wurden weiß, so fest umklammerte er das Lenkrad.

„Beruhige dich. Dieser Kerl wird einen Fehler machen und dann wirst du ihn schnappen. So einfach ist das."

„Ja, aber was ist, wenn noch jemand getötet wird, bis er das tut? Was, wenn du es bist?" Mack schaute zu ihm rüber, nachdem er an einem Stoppschild gehalten hatte.

„Er will etwas von mir", erklärte Brantley. „Das sagt mir mein Bauchgefühl. Aus irgendeinem Grund will er mich lebend. Aber er will uns auch nicht sagen, wieso."

„Was dich auf den Gedanken bringt, dass es dabei um mehr geht, als um dein Land? Was, wenn er dich für Geld weich kochen will?"

„Nein", sagte Brantley und drehte sich leicht im Sitz, um Mack besser sehen zu können. „Dieser Kerl ist auf sein Ziel fokussiert. Du dachtest, er wurde geschult, und ich glaube, du hast recht. Außerdem hat er einen gewissen Level an Disziplin. Auf jeden Fall will er irgendwas, und das hat etwas mit mir zu tun, also will er, dass ich am Leben bin." Davon war er überzeugt und er war auch ziemlich sicher, dass es nicht zum Spielplan des Kerls gehörte, dass der Sheriff sich für ihn interessierte und ihm Extraschutz anbot. „Er dachte, es wäre leicht, mich zu verjagen."

„Dann kennt der Kerl dich aber schlecht."

„Ja, und ich denke, das ist ein weiterer Hinweis. Obwohl es nicht gerade viele Leute in der Stadt gibt, die mich wirklich kennen, also ist es nicht besonders hilfreich."

Mack überquerte die Kreuzung und schwieg während der restlichen Fahrt nach Hause. „Irgendwas stimmt hier nicht. Ich lasse die Seitentür nie offen", sagte er, als er in die Einfahrt einbog. Er stieg aus dem Wagen und schaltete in den Copmodus. Das wäre ziemlich sexy gewesen, wenn Brantleys Ohren nicht geklingelt hätten, durch das Blut, das in ihnen rauschte. „Bleib unten und außer Sichtweite", sagte Mack, aber Brantley ignorierte ihn und folgte ihm dichtauf.

„Ich will verdammt sein, wenn mich jemand überrumpelt", zischte Brantley und blieb dicht bei ihm.

Mack suchte mit der Waffe im Anschlag die Garage ab. Niemand sprang heraus oder eröffnete das Feuer und vorsichtig durchquerten sie die Garage in Richtung Tür, die ins Haus führte. Sie stand offen und der Türpfosten war gesplittert. Mack bewegte sich weiter vorwärts und Brantley rechnete immer noch jeden Augenblick damit, dass jemand hervorspringen würde und zu schießen anfing. Keine Hunde kamen ihnen entgegengeeilt, und das war an sich schon ein schlechtes Zeichen. Mack schob die Tür auf und betrat vorsichtig das Haus. Die Küche sah ganz normal aus.

„Mack", rief Lew.

„Ich bin's", antwortete Mack. „Bist du verletzt?"

„Nein", rief Lew, während sie sich weiter durchs Haus bewegten. „Ich bin im Badezimmer."

„Bleib hier", sagte Mack zu Brantley. „Ich will den Rest des Hauses kontrollieren." Er eilte davon und Brantley lauschte, als jede Tür geöffnet und wieder geschlossen wurde. „Die Luft ist rein", sagte Mack schließlich, und stieß vor der Badezimmertür zu ihm.

Lew saß auf dem Fußboden mit dem Rücken gegen die Badewanne gelehnt. Sein Rollstuhl war umgekippt und eine Waffe lag in seinem Schoß.

„Du hilfst Dad. Ich sehe draußen nach", sagte Mack und verschwand.

„Nehmen Sie immer eine Waffe mit ins Bad?", fragte Brantley, als er den Rollstuhl wieder aufrichtete.

„Bei all diesem Tohuwabohu habe ich mir angewöhnt eine bei mir zu tragen, wenn ich allein bin. Wenn Leute auf Sie schließen und die Bremsen meines Sohnes manipulieren, dann will ich auf jeden Fall in der Lage sein, mich selbst zu verteidigen."

Brantley hievte Lew zurück in seinen Stuhl. „Was ist passiert?"

„Ich war auf dem Weg hierher, als ich hörte, wie jemand die Tür aufbrach. Ich habe mich hier eingeschlossen und als ich ihn vor der Tür hörte, habe ich ihm gesagt, ich hätte eine Waffe und dass ich ihm auf der Stelle das Hirn wegblasen würde. Ich hatte damit gerechnet, dass das Arschloch durch die Tür schießen würde oder so, aber nach einer Weile hörte ich wieder Schritte und dann Stille, bis ihr nach Hause gekommen seid. Natürlich hing ich hier auf dem Boden fest, weil ich mich so verdammt beeilt habe, dass ich den blöden Stuhl umgeworfen habe."

„Was, glauben Sie, hat er gewollt?", fragte Brantley, als die Hunde hereingerast kamen.

„Die Hunde waren draußen hinterm Haus und ihnen ist nichts passiert", sagte Mack, als er das Badezimmer betrat.

Die Hunde bekamen ihre Streicheleinheiten und wurden beruhigt, ehe sie wieder davonliefen, wahrscheinlich, um sich den Inhalt ihrer Futternäpfe anzusehen.

„Ich glaube, er wollte mich. Dieser Arsch hat einen Kerl im Rollstuhl gesehen und gedacht, ich wäre leichte Beute. Wahrscheinlich hatte er vor, mich zu kidnappen, um zu kriegen, was auch immer er will."

„Vielleicht ist das nur wieder eine seiner Taktiken, um mir Angst einzujagen", sagte Brantley. „Oder er wird immer verzweifelter und sein Verhalten eskaliert und er versucht, den Druck zu erhöhen." Er stützte sich auf dem Waschtisch ab, um nicht umzufallen. „Aber das ist ganz egal. Das ist alles wegen mir und er kam her und hätte Lew verletzen können, meinetwegen." Er wandte sich Mack zu. „Damit kann ich nicht leben. Wenn er die Ranch, und was auch immer darauf ist, haben will, dann kann er sie haben. Ich werde die Stadt verlassen und er kann sich nehmen, was auch immer er will. Ob Wasser, Gold, Mineralien oder was zum Teufel auch immer, er kann es haben." Brantleys Arm zitterte. „Ich kam her, um zu versuchen, ein neues Leben zu finden, eins mit ein bisschen Ruhe und Frieden, etwas näher an der Natur, und weg von der Politik und den Verleumdungen der Großstadt."

„Brantley", sagte Mack. „Ich werde diesen Kerl finden."

„Besser, Sie glauben ihm das", fügte Lew hinzu und schlug mit der Faust auf die Armlehne seines Rollstuhls. „Das hier ist ein guter Platz zum Leben und die Leute hier sind besser als das."

„Sind sie das? Ich bin von zwei Nachbarn beschimpft worden und im Gegensatz zu Ihnen, Mack und Julie, ist nicht ein einziger Mensch auch nur ein bisschen nett zu mir gewesen. Ich verstehe New York. Ja, ich kann nicht mehr das machen, was ich vorher gemacht habe, aber wen juckt's. Ich kann zu dem zurückkehren, was ich kenne. Dort weiß ich wenigstens, wo die Messer herkommen und sie benutzen normalerweise keine echten."

Er drehte sich um, verließ das Bad und ging in das Gästezimmer, das er benutzte. Zitternd setzte er sich auf die Bettkante. Brantley erwartete halbwegs, dass Mack hereinkommen und versuchen würde, ihm das auszureden. Aber niemand kam zu ihm, jedenfalls nicht für eine Weile.

„Ist das wirklich das, was du willst?", fragte Mack, nachdem er an den Türrahmen geklopft hatte. „Ich habe einen Freund, der Tischler ist – er wird die Tür reparieren. Und ich habe das Haus überprüft. Abgesehen davon würde man nicht wissen, dass jemand hier gewesen ist."

„Also dann." Brantley sah von seinen Schuhen auf. „Ich sollte gehen."

„Nein, solltest du nicht", hielt Mack ihm entgegen. „Du bist stärker als das hier und du kannst ihn nicht gewinnen lassen."

„Ist das alles?", fragte Brantley. „Ich soll wegen irgend so einem männlichen Ego-Ding über das Gewinnen bleiben?"

„Nein", sagte Mack lauter. „Du sollst bleiben, weil ich dich gern habe und dich besser kennenlernen will. Ich dachte, ich würde alleine bleiben, und dann habe ich dich gefunden … ausgerechnet zusammen mit einem toten Körper. Wie romantisch ist das?" Er warf die Arme in die Luft. „Ich wollte sagen, ich habe jemanden gefunden, den ich gern habe, zusammen mit einem toten Körper. Das muss eines der unwahrscheinlichsten Dinge in der gesamten Weltgeschichte sein. Aber so war es, und du hast etwas Sonne in mein Leben gebracht."

„Er ist mir jahrelang tierisch auf den Zeiger gegangen", mischte Lew sich vom Flur her ein.

„Dad, ich versuche gerade, Brantley zu sagen, dass er für mich etwas ganz besonderes ist."

„Tja, da machst du aber einen ganz miserablen Job, Sohn. Sag einfach, wie's in deinem Herzen aussieht und nicht diesen blumigen Mist. Das passt nicht zu dir."

Mack bebte vor unterdrücktem Lachen und Brantley musste sich davon abhalten, laut aufzulachen.

„Ich würde deinen Dad vermissen, falls ihm irgendetwas zustoßen sollte", sagte Brantley.

„Das würde ich auch, aber …" Er wandte sich der Tür zu. „Gerade jetzt frage ich mich, wie sehr er einem noch auf den Keks gehen kann."

Ein lautes "Hmm" erklang aus dem Flur, und dann ging, zwei Sekunden später, der Fernseher im Wohnzimmer an.

Mack drehte sich wieder zu ihm um und dieses Mal mit Wärme und sogar einem Hauch von Sorge in seinen dunklen Augen. „Ich will nicht, dass du gehst. Ich habe dich gerade erst gefunden und ich will nicht wieder allein sein."

„Aber dein Dad … du hättest meinetwegen deine Familie verlieren können. Zum Teufel, ich hätte … Lew ist ein toller Kerl und er hätte verletzt werden können …" Brantley schluckte hart. „Oder Schlimmeres, wegen mir. Verdammt noch mal." Er wischte sich die Augen. „Ich habe mir selbst gesagt, ich würde diesen Scheiß nicht machen."

Mack neigte sich näher zu ihm, umarmte ihn fest, und streichelte ihm den Rücken. „Ich glaube, wir können etwas ganz Besonderes haben", flüsterte er.

„Oh Gott", hauchte Brantley und erwiderte Macks Umarmung. Er war nicht hier herausgekommen, um einen Kerl zu finden, und trotzdem, hier war er nun, nach all diesem Mist. Mack war stark, männlich, höllisch sexy und er konnte fürsorglich sein, sogar verständnisvoll. Aber er fürchtete, dass Mack seinetwegen nicht nur sein Leben, sondern auch seinen Dad verlieren könnte.

„Ich weiß. Mich hat es auch aus heiterem Himmel getroffen." Mack ging auf Abstand. „Wenn wir das hier wirklich beenden und wieder sicher sein wollen, dann müssen wir aufhören, wie aufgescheuchte Hühner herumzurennen und versuchen, diesen Scheißkerl zu fangen." Er legte seine warme Hand um Brantleys Nacken. „Aber das könnte dich in Gefahr bringen und das ist die eine Sache, die ich bisher zu vermeiden versucht habe."

„Du meinst, mich irgendwie als Köder benutzen?"

„JA, DAS habe ich gemeint, und nein, das werde ich nicht tun." Macks Eindringlichkeit wärmte Brantley. „Ich weiß noch nicht wie, aber wir werden diesen Mann erwischen. Ich weiß, da ist etwas, das mir bisher entgangen ist und ich muss das Problem von einer anderen Seite angehen, aber verdammt noch mal, es lässt sich einfach nicht fassen."

Er zitterte und Brantley hoffte, dass es ihm gut ging. „Ich bin nicht gut darin, Schwäche zu zeigen. Von mir wird erwartet, stark zu sein, aber ich habe heute beinahe meinen Vater verloren."

„Selbstverständlich hast du Angst. Das reicht, um jeden aus dem Gleichgewicht zu bringen."

„Das tut es, aber ich sollte die Kontrolle behalten. Es ist mein Job, dafür zu sorgen, dass alle in dieser Stadt sicher sind. Und das gelingt mir noch nicht mal bei meinem eigenen Dad, in meinem eigenen Haus." Mack stand auf und lief im Zimmer auf und ab. „Vielleicht sollte ich mit dir nach New York gehen."

„Blödsinn." Brantleys Anfall von Selbstmitleid schien vorüber zu sein. „Wenn du mich nicht weglaufen lässt, dann kannst du das auch nicht machen. Wenn dieser Kerl gefasst werden soll, dann müssen wir es zusammen tun. Wie du schon gesagt hast, da gibt es etwas, was wir übersehen und vielleicht finden wir einen Teil davon morgen am Fluss."

„Mack!"

„Ich bin sofort da, Zeb", sagte Mack. „Ich habe ihn gerufen, damit er sich mal das Haus ansieht. Ich bin möglicherweise zu emotional engagiert, um objektiv zu sein und möglicherweise habe ich da etwas übersehen."

„Dann lass uns mal nachsehen", sagte Brantley. Mack setzte sein Vertrauen in ihn und Brantley erkannte, dass das einer Liebeserklärung ziemlich nahe kam. Nicht, dass sie überschwänglich sentimental gewesen wäre, aber es hatte sich gut angefühlt. Selbst nach allem, was geschehen war, gab es Brantley das Gefühl, hier einen Platz zu haben, als hätte er vielleicht eine Art Familie gefunden.

Mack verließ das Zimmer und Brantley folgte ihm. Während Mack mit Zeb durch die Hintertür ging, setzte Brantley sich auf die Kante des Sofas, gleich neben Lew. „Geht es Ihnen gut?"

„Ja. Ich bin fuchsteufelswild. Der Drecksack ist in mein Haus gekommen, rotzfrech. Er wusste, dass Mack nicht zu Hause war und dass ich allein sein würde. Das rief er, sobald er durch die Tür kam. Allerdings hat der Wichser nicht gedacht, dass ich eine Waffe bei mir habe. Ich war bereit, durch die Badezimmertür auf ihn zu schießen, das kann ich Ihnen sagen."

„Aber er hat Sie nicht erwischt?"

Lew wandte sich vom Fernseher ab. „Er hat mich nicht verletzt. Aber wenn ich herausfinde, wer zum Teufel das gewesen ist, dann drehe ich ihm den verdammten Hals um und fahre ihm mit meinem Rollstuhl über die Eier." Er schlug erneut mit seiner Hand auf den Rollstuhl. „Manchmal hasse ich es, in diesem Ding zu sitzen. Wenn ich ganz wäre, dann hätte ich ihm den Hintern wegblasen können. Stattdessen habe ich mich in dem verfluchten Badezimmer versteckt."

Brantley hatte gewusst, dass es Lew quälen würde. „Sie haben getan, was richtig ist und wenn Sie darüber nachdenken, dann wissen Sie das auch. Es ist viel wichtiger, dass Sie in einem Stück hier sind, als dass Sie sich mit ihm angelegt hätten und am Ende verletzt worden wären, oder Schlimmeres." Zögernd berührte er Lews Hand, hauptsächlich, um seine Aufmerksamkeit auf sich zu lenken. „Sie sind sehr freundlich zu mir gewesen und ich würde es mir nie verzeihen, wenn Ihnen etwas zustoßen würde."

„Ich denke, Sie haben recht", sagte Lew, ohne seine Hand wegzuziehen.

„Mack wäre verloren ohne Sie."

Lew schüttelte langsam den Kopf. „Ich denke, mein Sohn wäre verloren ohne dich."

Es war noch viel zu früh für solche Dinge und außerdem war Brantley sich nicht sicher, ob es überhaupt der Wahrheit entsprach. „Da bin ich mir nicht sicher."

„Beobachte mal, wie er dich ansieht. Du machst das bei ihm genauso. Ich sehe das die ganze Zeit. Du musst wissen, dass es mir egal ist, dass du ein Mann bist. Mein Sohn ist, wer er ist. Das sagte ich dir bereits. Also folge deinem Herzen, dann wird er vielleicht dasselbe tun." Lew seufzte ein wenig. „Er kommt nach seiner Mutter. Sie war eine Frau, die in ihrem Kopf gelebt hat. Sie hat die Dinge durchdacht und ihre Entscheidungen danach getroffen, was sie für richtig hielt, aber am Ende war es ihr Herz, das sie betrogen hat. Sie musste bei ihren Leuten sein, aber sie ignorierte dieses Bedürfnis und das ist sie teuer zu stehen gekommen. Wenn ich es damals verstanden hätte, dann wäre vielleicht manches anders gekommen. Aber ich war jung und dumm."

„Brantley", rief Mack und er erhob sich.

„Tu das, was du für richtig hältst, für beide Teile von dir", sagte Lew. Es schien sehr seltsam, diese Unterhaltung zu führen und Brantley war nicht sicher, was Lew dazu veranlasst hatte. Aber es war auf jeden Fall gut zu wissen, dass sie sich seiner Unterstützung sicher sein konnten.

„Sieh dir das mal an", sagte Mack, als er sich ihm näherte, aber Brantley sah gar nichts. „Komm mal hier rüber und sieh ins Licht."

Brantley ging hinüber und schaute genau hin. „Es ist ein Stiefelabdruck im Läufer."

„Ganz genau. Seine Füße waren nass und er ist mit seinen riesigen, schweren Stiefeln auf den Läufer getreten und hat einen Abdruck hinterlassen. Er wird wahrscheinlich nicht lange erhalten bleiben."

„Wie kriegen wir ein Foto oder irgendetwas davon?"

„Das versuchen wir gerade herauszufinden. Wir haben nicht das Geld für raffiniertes Equipment."

„Schalte den Blitz an der Kamera ein. Er wird den Bereich in helles Licht tauchen", sagte Brantley, und Zeb tat, worum er gebeten wurde und reichte Brantley die Kamera. Er nahm sie entgegen, ging in Position und fing an, Fotos zu schießen. Nachdem er fertig war, sahen sie sich die Bilder auf dem Bildschirm an.

„Das da ist ziemlich gut", stimmte Mack zu. „Vielleicht können wir herausfinden, was für eine Art von Stiefel es ist und wer ihn möglicherweise gekauft hat."

Brantley hörte die Aufregung in Macks Stimme. Vielleicht war das der Durchbruch, den sie sich erhofft hatten. „Ich vermute mal, wir können jetzt versuchen, die Fußspuren zu vergleichen, aber ich nehme an, es ist nicht wie im Fernsehen, wo sie ganze Datenbanken für diesen Kram haben."

„Das stimmt. Wir müssen das auf die altmodische Art und Weise machen", sagte Mack. „Zeb, ich will, dass du hier bei meinem Dad bleibst, bis Brantley und ich wieder zurück sind. Ich werde das hier so groß wie möglich ausdrucken und dann muss Brantley unbedingt ein paar richtige Stiefel kaufen gehen, im Gegensatz zu diesen Schickimicki- Dingern, die er in New York gekauft hat."

Brantley wollte Mack eigentlich einen Schlag an den Hinterkopf verpassen, knurrte aber stattdessen.

„Ich habe diese Stiefel gesehen, wissen Sie noch? Die sind schon 'ne Nummer", sagte Zeb.

Verdammt, jetzt nahm ihn sogar schon Zeb auf den Arm.

„Mit meinen Stiefeln ist alles in Ordnung. Ich habe sie in einem sehr eleganten Geschäft gekauft und … Scheiße." Hier würde er nicht gewinnen und er wusste es.

„Du brauchst ein richtiges Paar Arbeitsstiefel, die deine Füße stützen und nicht aussehen wie etwas von einer Modezeichnung, ganz besonders morgen. Abgesehen davon, sind wir auf der Jagd nach einer ganz bestimmten Art von Stiefel."

Mack lenkte Brantleys Gedanken wieder in die richtige Richtung. „Ich werde in mein Büro gehen, um diese Bilder auszudrucken und dann können wir uns auf den Weg machen." Er wandte sich an Zeb. „Ich habe Frank angerufen, unseren Tischler. Er wird herkommen und den alten Türrahmen entfernen und gegen einen neuen austauschen. Wir werden ihn als Beweisstück sichern, zusammen mit dem Läufer, und dafür sorgen, dass mein Dad sicher ist. Dieses Arschloch ist in mein Haus eingebrochen und ich will verdammt sein, wenn er das noch einmal macht."

„Was ist, wenn er tatsächlich zurückkommt?", fragte Zeb.

„Nimm ihn fest oder erschieß ihn falls nötig. Aber sei vorsichtig. Dieser Kerl hat jemanden ermordet und er wird nicht zögern, es wieder zu tun. Er hat nichts zu verlieren", sagte Mack rundheraus. Dann ging er davon und stampfte in sein Arbeitszimmer.

„Also", begann Zeb nervös, „Sie und der Boss?"

Brantley wusste nicht genau, was er sagen sollte, also nickte er einfach nur. Er hatte keine Ahnung, wie Mack das einstufen würde, was sie waren und es war sicherer, jedwede Erklärung gegenüber seinen Deputies ihm zu überlassen.

„Ist schon in Ordnung." Zeb schenkte ihm ein nervöses Lächeln.

„Danke." Brantley machte sich Sorgen darüber, was die Leute von ihm halten würden, aber selbst halbherzige Akzeptanz war besser als Verachtung und er würde sie annehmen.

Mack kehrte mit Kopien der Fotos zurück und gab Zeb die Kamera zurück. „Ruf mich an, wenn irgendetwas passiert." Er führte Brantley nach draußen zu seinem Truck. „Ich will dort sein, ehe der Laden für heute zumacht. Wenn die Stiefel hier in der Stadt gekauft wurden, dann dort. Sie haben ein ganzes Sortiment von Jagdausrüstungen und danach sehen die hier für mich aus."

Brantley kletterte in die Fahrerkabine und sie hatten kaum die Türen geschlossen, als Mack auch schon anfuhr.

„Zeb hat nach uns gefragt", sagte Brantley, während er seinen Sicherheitsgurt anlegte. „Während du die Fotos ausgedruckt hast. Es schien für ihn in Ordnung zu sein, wenn er auch ein bisschen unsicher war. Ich war nicht sicher, was ich sagen sollte."

„Wie das? Du hättest ihm sagen können, was immer du wolltest." Mack raste die Wohnstraße entlang und wurde erst langsamer, als er die Hauptgeschäftsstraße der Stadt erreichte.

„Ich wusste nicht, was ich ihm sagen sollte. Ich weiß nicht, wie wir zueinander stehen." Brantley hoffte, Mack würde ihm einen Anhaltspunkt geben, was sie waren oder wenigstens davon, was er meinte, was andere von ihnen denken sollten.

Mack lenkte den Truck auf den Parkplatz am Laden und bog in einen seitlich gelegenen freien Platz ein. „Du bist mein fester Freund, es sei denn, du willst es nicht sein."

Brantley lächelte und tätschelte Macks Knie. „Na, dann ist ja alles klar. Damit kann ich leben."

„Komm schon, Liebling." Mack sah auf seine Uhr. „Sie machen in einer halben Stunde zu."

Sie stiegen aus dem Wagen und gingen hinein. Für Mack schien der Besuch seine Dringlichkeit verloren zu haben, aber Brantley nahm an, dass das nur geschauspielert war, damit der Ladenbesitzer nicht merkte, was er vorhatte.

„Hey, Greg", sagte Mack, als er den Jungen hinter dem Verkaufstresen begrüßte. „Bist du der einzige, der heute Abend arbeitet?"

„Hey, Sheriff", erwiderte Greg. „Ja, Dad ist oben. Ist das der neue Typ, der das Richardson Anwesen gekauft hat?"

„Ja. Das ist Brantley. Er ist aus New York hergekommen und, na ja, er braucht ein Paar vernünftige Stiefel."

„Ja, alle machen sich deswegen über mich lustig", moserte Brantley.

Greg schüttelte Brantley die Hand. „Es tut mir leid wegen des ganzen Mists, der Ihnen passiert ist. So läuft es bei uns normalerweise nicht."

Brantley dankte ihm. „Sie sind also nicht der Teil der Stadt, der denkt, ich hätte Renae umgebracht?", sagte er rundheraus.

„Sie wären nicht mit dem Sheriff unterwegs, wenn Sie es getan hätten. Abgesehen davon gab es nicht viele Leute in der Stadt, die viel von Renae gehalten haben. Sie war immer nett, wenn sie hierherkam, aber die meisten Leute mochten sie nicht, besonders die Frauen." Greg schloss die Kasse ab und kam um den Tresen herum. „Die Stiefel sind dort drüben." Er ging voraus zur anderen Seite des Ladens. „Ich habe hier draußen nicht alle Größen, wenn es also etwas gibt, das Ihnen gefällt, dann lassen Sie es mich wissen und ich besorge Ihnen Ihre Größe."

„Danke, Greg", sagte Brantley, während Mack anfing, sich umzusehen.

Nachdem Greg wieder auf seinen Posten zurückgekehrt war, zog Mack die Ausdrucke hervor, die er in seine Innentasche gesteckt hatte und reichte Brantley einen davon.

„Eigentlich sollte ich in zwanzig Minuten zumachen, aber lassen Sie sich ruhig Zeit", rief Greg.

„Ich weiß das zu schätzen", rief Mack zurück und schaute weiter. So viele verschiedene Sorten von Stiefeln gab es nicht und sie gingen alles was im Regal stand rasch durch, hatten allerdings kein Glück. „Mist", fluchte Mack leise. „Ich hatte gehofft, das hier würde uns auf eine Spur bringen."

„Ist es denn jemals so einfach?", fragte Brantley.

„Offensichtlich nicht in diesem Fall." Mack steckte das Bild weg und stieß den Atem aus. Er wandte sich zum Gehen und Brantley warf einen letzten Blick auf die ausgestellten Schuhe.

„Greg, was sind das hier für welche?", fragte er und deutete auf ein ausgepacktes Paar Stiefel ganz oben auf dem Schuhregal.

„Wir haben ein paar von denen aus Versehen reinbekommen. Dad war echt angepisst. Sie sind superteuer und stehen hier schon eine ganze Weile herum."

„Sie gefallen mir", sagte Brantley und Greg schnappte sich eine Trittleiter und holte sie herunter. Brantley nahm das Paar entgegen und sah sie sich an wie ein Kunde, der sie gleich wieder zurückgeben würde. „Was meinst du, Mack?" Er hielt ein paar Sekunden lang Macks Blick gefangen und vergaß die Stiefel völlig, bis Mack sie ihm abnahm.

„Die gefallen mir wirklich gut. Sie sind gut gemacht und das Leder ist sehr schön", sagte Mack.

„Wir haben sie seit zwei Jahren und haben seitdem nur wenige verkauft. Ich kann Ihnen einen guten Preis machen, wenn Sie sie haben möchten", sagte Greg glücklich. „Was haben Sie für eine Größe?"

„Elf", sagte Brantley und Greg eilte davon. „Sieht aus, als wären das die Stiefel."

„Ja, und es kann nicht viele Menschen geben, die gewillt sind, fünfhundert Dollar für ein einziges Paar Stiefel auszugeben", sagte Mack und Brantley nickte zustimmend.

„Ich habe keine in Größe elf, aber diese hier sind anders geschnitten, also habe ich Ihnen eine Zehn, eine Zehneinhalb und eine Zwölf mitgebracht. Normalerweise fallen Stiefel immer ein bisschen größer aus." Greg reichte Brantley die Schuhkartons, und der zog seine Sneaker aus und probierte die Stiefel an.

Die Zehneinhalb passte perfekt. „Ich nehme die hier", verkündete er Greg freudig. Dann zog er die Stiefel aus und schlüpfte wieder in seine eigenen Schuhe.

Greg trug die Stiefel zum Ladentisch und Brantley reichte ihm seine Kreditkarte.

„Es haben wohl nicht viele Leute solche, was?", sagte Brantley, während er darauf wartete, dass Greg den Bezahlvorgang abschloss.

„Nein. Ich glaube, Mr. Winters hat ein Paar gekauft. Er ist Tierarzt und braucht wirklich gute Stiefel. Außerdem hat er Fußprobleme und das hier sind genau die richtigen dafür. Dad hat vor einer Weile einige Paare verkauft, aber das war's dann auch."

„Weißt du, an wen er sie verkauft hat?", fragte Mack.

„Nö. Sie sind schon eine ganze Zeit hier gewesen. Ist das wichtig?"

Mack nickte. „Ich fürchte schon."

Greg schloss den Verkauf ab und während Brantley den Kassenzettel unterschrieb, zückte Greg sein Handy. „Hey, Dad, der Sheriff ist hier und er möchte mit dir reden. Ich habe außerdem ein Paar von diesen Lucchese Stiefeln verkauft und er möchte wissen, wer sonst noch welche gekauft hat. Ich geb ihn dir mal." Er reichte Mack sein Handy, der ein paar Minuten zuhörte und das Telefon dann wieder zurückgab.

„Er erinnert sich nicht daran. Aber er hat gesagt, er würde die Unterlagen durchgehen. Er weiß, dass er Mr. Richardson ein Paar verkauft hat, aber das nützt uns nichts."

„Hat das etwas mit Renaes Mörder zu tun?", fragte Greg.

„Darauf kann ich keine Antwort geben, aber danke für deine Kooperation, und zu deiner eigenen Sicherheit würde ich es begrüßen, wenn diese Unterhaltung unter uns bleibt."

Brantley nahm an, dass Mack etwas harscher als nötig war, um sein Interesse an den Stiefeln aus der Gerüchteküche rauszuhalten. „Danke für deine Hilfe", sagte Brantley, als er den Karton mit seinen neuen Stiefeln vom Ladentisch nahm.

„Ich danke Ihnen, und Sie können auf mich zählen." Greg brachte sie zur Tür und ließ sie hinaus. Er schloss die Tür hinter ihnen ab und Brantley eilte zurück zum Truck und stieg ein.

„Ich hasse es, draußen zu sein", sagte er, sobald sie im Truck saßen, seine Stiefel neben sich auf der Sitzbank. „Ich frage mich immer, ob ich beobachtet werde. Manchmal habe ich mich von fremden Augen beobachtet gefühlt, aber niemand ist zu sehen. Aber die Nackenhaare stellen sich mir auf und ich weiß, da ist jemand."

„Fühlst du es jetzt auch?", fragte Mack. „Ignoriere niemals solche Gefühle. Sie sind Überbleibsel aus der Steinzeit, als wir noch primitiv waren und sie zum Überleben brauchten, für den Fall, dass wir von Raubtieren oder Jägern verfolgt wurden."

„Dieses Mal nicht. Aber in der Stadt. Nicht vor der Schießerei im Restaurant. Ich habe das Gefühl auf der Ranch, was mich echt stinksauer macht. Ich fühle mich in meinem eigenen Zuhause nicht sicher."

„Das wirst du. Wir kommen der Sache näher und dieser Kerl spürt das. Wenn wir beobachtet werden, dann weiß er, dass wir mit den Nachbarn geredet haben und dass wir mögliche Verdächtige von der Liste gestrichen haben müssen. Er weiß, dass wir ihm langsam auf die Schliche kommen. Und mit diesem Einbruch glaubt er vielleicht, dass wir näher an ihm dran sind, als wir es in Wirklichkeit sind." Mack fuhr auf der Rückfahrt langsamer als auf dem Hinweg.

„Was ich nicht verstehe, ist, wieso der Kerl nicht einfach verschwindet. Er tötet Menschen und auf andere schießt er. Und die ganze Stadt sucht mehr oder weniger nach ihm. Es sind nicht nur du und ich. Mit seinem Schuss durchs Fenster hat er einer Menge Leuten Angst eingejagt und sie haben ein Recht darauf, wütend zu sein. Warum hierbleiben?"

Mack hielt an. „Weil er etwas will."

„Ja. Aber inzwischen muss er doch wissen, dass er es nicht kriegen wird. Ich werde mich nicht vertreiben lassen. Das wird nicht passieren. Diese Stadt ist mein neues Zuhause und ich will verdammt sein, wenn ich es aufgebe wegen eines Irren mit 'ner Knarre." Brantley ballte seine Hände zu Fäusten, als Stolz und Rückgrat die Oberhand gewannen. Er würde nicht wie ein Kind davonlaufen.

„Ich bin froh." Mack warf ihm ein Lächeln zu und fuhr weiter. „Mir gefällt, dass du bleiben willst. Gibt es einen bestimmten Grund dafür?" Plötzlich lag ein Hauch von Zweifel in seiner Stimme.

„Mir gefällt's hier. Die offene Weite und seit ich die Menschen kennengelernt habe, erscheinen sie mir gut und nicht das zu sein, für was ich sie zu Anfang gehalten habe. Das habe ich eigentlich nicht erwartet." Brantley grinste. „Und es gibt da diesen bestimmten Sheriff, der ganz plötzlich vorpreschte, um mich in Sicherheit zu bringen und der sehr wichtig für mich geworden ist." Er ließ sich im Sitz zurücksinken und hielt die Bälle flach.

Sie fuhren in Macks Auffahrt und direkt in die Garage. Die Lichter waren an und ein Schreiner war dabei, die Hintertür zu reparieren. „Frank", sagte Mack freudig. „Ich weiß es zu schätzen, dass du so schnell hergekommen bist."

„Gar kein Problem." Er legte seinen Zollstock weg. „Da hat aber jemand Eier, wenn er in dein Haus einbricht. Was läuft hier?"

„Das versuchen wir immer noch herauszufinden, aber ich glaube, da führt jemand einen Angstfeldzug. Ich weiß nicht, ob wir es herausfinden werden, bevor wir diesen Kerl erwischt haben. Aber das werde ich." Mack überließ Frank seiner Arbeit und ging weiter nach drinnen.

Zeb saß bei Lew. „Es ist alles ruhig gewesen", sagte Zeb, während er einen Becher auf den Tisch stellte und sich erhob. „Ich werde noch mal auf dem Revier vorbeischauen und dann nach Hause fahren."

„Danke für alles", sagte Mack.

„Habt ihr gefunden, was ihr gesucht habt?", fragte Zeb.

„Irgendwie schon", erwiderte Mack, als Brantley den Karton mit seinen Stiefeln auf dem Sofa abstellte und öffnete. „Unser Tatverdächtiger hat solche Stiefel getragen." Er drehte sie um und reichte Zeb eines der ausgedruckten Bilder. „Greg aus dem Laden hat gesagt, dass sie nicht viele davon verkauft hätten. Richardson hatte ein Paar, aber das hilft uns nicht weiter. Sie sagen, sie haben noch einige andere Paare verkauft, können sich aber nicht mehr daran erinnern, wer sie gekauft hat. Sie werden versuchen, herauszufinden an wen, aber ich glaube nicht, dass sie damit weiterkommen."

„Denny Beltz", sagte Zeb und drehte und wendete den Stiefel in seiner Hand. „Er hat ein Paar. Ich erinnere mich daran, sie gesehen zu haben."

„Julies Ehemann?", fragte Brantley. Er erinnerte sich daran, den Namen bei seinem ersten Besuch gehört zu haben. „Er ist bis zum Wochenende auf einer Reserveübung." Das half ihnen ganz sicher nicht weiter. „Und das führt uns nirgendwohin."

„Es muss immer noch jemand anderen geben, der ein Paar besitzt", sagte Mack mit deutlichem Frust in der Stimme.

„Ich hau dann mal ab und sehe dich morgen früh", sagte Zeb und Mack brachte ihn hinaus.

Nachdem er fort war, rief Mack das Revier an, um sich zurückzumelden und Brantley machte es sich im Wohnzimmer bequem.

Frank beendete seine Arbeit und Mack kümmerte sich ums Bezahlen und schaltete die Außenbeleuchtung aus, ehe er im Wohnzimmer wieder zu ihnen stieß. Es war klar, dass Mack genauso angespannt war wie Brantley. Sie saßen beide auf dem Sofa und Brantley wippte mit dem Fuß. Er war tierisch nervös.

„Ich gehe ins Bett", sagte Lew und Mack schob ihn den Flur hinunter und kam eine ganze Weile nicht wieder.

„Er ist ganz schön aufgewühlt. Ich weiß, er will nicht darüber reden oder schwach erscheinen, aber ich weiß nicht, ob einer von uns heute Nacht besonders viel Schlaf kriegen wird."

„Sollte nicht besser einer von uns aufbleiben, nur für alle Fälle?", fragte Brantley. „Ich kann auch hier draußen schlafen."

„Das habe ich mir auch schon überlegt. Ich dachte, mein Haus sei sicher, aber das scheint nicht der Fall zu sein." Er seufzte. „Du gehst ins Bett und ich bleibe hier draußen sitzen. Ist ja nicht so, als würde ich viel Schlaf kriegen, da kannst du genauso gut versuchen, dich etwas auszuruhen." Mack ging weg und kam in einem T-Shirt und Trainingsshorts zurück, eine Decke unter dem Arm.

Brantley wusste, dass jetzt nicht der richtige Zeitpunkt dafür war, aber er hatte trotzdem Probleme damit, seinen Blick von der Art und Weise abzuwenden, wie Mack den Stoff dieses Shirts bis fast zum Anschlag dehnte. Mack war ein umwerfender Mann und nun, da er die Haare offen trug, war er sogar noch beeindruckender. Seine indianische Herkunft offenbarte sich noch deutlicher in seinen Gesichtszügen. „Okay", sagte Brantley geistesabwesend und sein Blick wanderte abwärts. Er tat sein Bestes, um nicht anzüglich zu starren, aber er konnte einfach nicht anders. Macks Beule war beeindruckend, genau wie die Art und Weise, wie seine Beine die Shorts ausfüllten. „Ich sollte versuchen, ein bisschen zu schlafen", stimmte er zu und verließ das Zimmer. Würde er bleiben, dann wäre er nicht in der Lage, sich zu beherrschen und da Lew gerade erst ins Bett gegangen war, war es wohl keine allzu gute Idee, Mack im Wohnzimmer zu vernaschen.

Brantley sagte gute Nacht und eilte ins Gästezimmer. Er nahm seinen Kulturbeutel und benutzte das Badezimmer, ehe er ins Schlafzimmer zurückkehrte und in seinen Boxershorts und einem alten Konzert-T-Shirt unter die Decke schlüpfte.

Das Haus war still und dunkel. Brantley hatte eigentlich erwartet, dass Mack aufbleiben und fernsehen würde, aber es schien, als hätte er sich dafür entschieden, ebenfalls zu schlafen. Ab und an hörte Brantley ein schwaches Quietschen, wenn Mack sich auf dem Sofa umdrehte.

Brantley verlor jegliches Zeitgefühl, während er dalag und an die Decke starrte. Schwer zu sagen, ob Minuten vergingen oder Stunden. Was er allerdings mit Sicherheit wusste, war, dass er keinen Schlaf finden würde. Er war zu nervös und jedes Geräusch im Haus ließ ihn leicht zusammenzucken. Frustriert stand er auf und wanderte hinüber ins Wohnzimmer.

Mack lag in Seitenlage auf dem Sofa, mit dem Gesicht zum Raum. Seine Augen öffneten sich, als Brantley näherkam und er rückte ein bisschen nach hinten und hob die Decke an. „Ich kann auch nicht schlafen", flüsterte er.

Es gab nicht viel Platz, aber Brantley legte sich zu ihm. Beinahe hätte Mack ihn beim Entfernen der Rückenkissen vom Sofa geschubst. Dann rückte er nach hinten. Brantley machte es sich neben ihm bequem und Macks starke Arme legten sich um ihn und er ließ seine große Hand auf Brantleys Bauch ruhen.

Brantley machte die Augen zu und versuchte zu schlafen, aber es schien, als hätte Mack andere Ideen. Mack küsste seinen Nacken und leckte dann neckend am Rand seines Ohres. Brantley erbebte und Mack ließ seine Hand unter Brantleys T-Shirt gleiten, streichelte seinen Bauch und fuhr ab und zu mit seiner Hand aufwärts, um seine Nippel zu reizen. Brantley kniff die Augen und die Lippen zusammen, um sich ein Stöhnen zu verkneifen. Sein Schwanz drückte sich gegen seinen Bauch, und jedes Mal, wenn Macks Finger über seinen Unterbauch strichen, schob Brantley seine Hüfte vor, in dem wortlosen Versuch, Mack dazu zu bringen, weiter vorzudringen, aber der zog sich immer wieder zurück.

„Ich weiß, was du willst", flüsterte ihm Mack ins Ohr und drückte dann seine Hüfte gegen Brantleys Hintern und seinen dicken, harten Penis in dessen Poritze. „Ich will es auch." Er zog sich zurück und schob anschließend Brantleys Boxershorts nach unten, um dessen Po zu entblößen. Dann presste er seinen, inzwischen unverhüllten, Schwanz gegen seinen Hintern und Brantley schluckte hart und saugte die Hitze in sich auf. „Ungefähr so?"

„Ja", hauchte Brantley, fast soweit, Macks Hand zu packen und auf seinen Schwanz zu legen, beziehungsweise die Sache selbst in die Hand zu nehmen.

Mack murmelte etwas über Geduld und machte weiter mit seinen langsamen Zärtlichkeiten. Brantley zitterte und hoffte bei Gott, er könnte weiterhin leise sein. Ihm ging auf, dass es das Klügste wäre, daraus das Beste zu machen, anstatt die Dinge zu beschleunigen, also streckte er sich lang aus und der weiche Stoff des Sofas glitt an seiner Schulter und Seite entlang. Mack rieb weiter und Brantley wimmerte leise, als Macks Finger abwärts wanderten und ihn schließlich berührten. Er übte nicht viel Druck aus, strich leicht mit den Fingern über Brantleys Schaft und Hoden.

Das Gefühl war unglaublich und er stöhnte auf, bevor er es unterdrücken konnte. Er hoffte, dass Lew schon schlief. Er wollte ihn aus einer ganzen Reihe von Gründen nicht wecken, einschließlich der Tatsache, dass unterbrochen zu werden, so ziemlich das letzte war, was er wollte. „Hör nicht auf", flüsterte Brantley in den dunklen Raum.

„Werde ich nicht, Liebling", antwortete Mack.

Brantley liebte es, wenn Mack diesen Kosenamen verwendete. Er hoffte, es war etwas, was Mack auch wirklich meinte und nicht nur leeres Geschwätz.

Mack umfasste seinen Schaft und wichste ihn langsam, während er an Brantleys Ohrläppchen saugte.

„Himmel ..." Er stöhnte leise.

„Du fühlst dich so verdammt gut an", sagte Mack leise und rieb seinen Penis an Brantleys Hintern.

Verflucht, Brantley wollte weitergehen. Stattdessen hielt er still und überließ seine Lust Mack. Es war etwas Wunderbares und Befreiendes darin, loszulassen und Mack die Kontrolle zu überlassen. Es klang egoistisch, aber er liebte es, dass er Mack genug bedeutete, dass er ihn glücklich machen wollte.

Es bedeutete, dass er etwas Besonderes war und, na ja, es war schon eine ganze Weile her, seit er sich so gefühlt hatte.

Mack streichelte ihn weiterhin. „Ich will unbedingt in dir sein", hauchte er. „Ich will deine Hitze um mich herum spüren." Mack bebte und drückte sich fester an ihn.

Brantley kniff seine Pobacken zusammen und versuchte, mehr Druck auszuüben. In seinem Kopf drehte sich alles, als sich sein Verlangen immer mehr steigerte und den Raum ausfüllte. Brantley wollte dasselbe wie Mack, aber hier hatten sie nicht das nötige Zubehör, also mussten sie sich entweder woanders hin begeben oder das Beste aus dem hier machen. Er hatte keinerlei Absicht, aufzuhören und Mack packte härter zu, während er seinen anderen Arm unter ihn schob. Brantley drückte sich hoch und Mack hielt ihn in beiden Armen, verstärkte die Umarmung und brachte Brantley völlig um den Verstand. Er lehnte sich zurück, während Mack ihn streichelte und liebkoste, und Brantleys Innerstes begann zu kochen, während sich der Druck langsam aufbaute, den er nicht mehr sehr lange würde kontrollieren können.

„Wirst du für mich kommen? Ich wünschte, ich könnte es sehen. Du siehst umwerfend aus, wenn du kommst. Deine Augen glühen beinahe und du streckst deine Zunge ein kleines bisschen zwischen den Zähnen heraus." Mack packte seinen Schwanz fest, hörte aber auf, ihn zu wichsen.

„Sehe ich dümmlich aus?" Brantley hatte nie groß darüber nachgedacht, wie er in solchen Momenten aussah.

„Du siehst umwerfend aus, errötet und wunderschön. Ich weiß, ich werde es nicht sehen können, aber ich will es dich genau jetzt fühlen lassen." Mack hielt ihn noch fester und kniff ihn in einen seiner Nippel, bevor er seinen Finger mit quälender Langsamkeit an Brantleys Schwanz entlanggleiten ließ.

Brantley zitterte vor unterdrückter Energie und stieß mit der Hüfte vor und zurück. „Mack, ich …"

„Ja, das tust du. Ich kann fühlen, wie du zitterst. Ich weiß, du bist kurz davor – genau wie ich. Wenn ich in dich gleite, werde ich abspritzen, noch ehe ich ganz drinnen bin." Mack saugte erneut an seinem Ohr und das letzte bisschen Kontrolle, an das Brantley sich geklammert hatte, begann ihm zu entgleiten. Das hier war einfach zu viel und alles, was er tun konnte, war, sich ihm hinzugeben. Mack packte fester zu und ließ seinen eigenen Schwanz an seinem Hintern entlanggleiten.

Brantley wusste nicht, worauf er sich konzentrieren sollte. Alles fühlte sich einfach viel zu gut an und in seinem Kopf drehte sich alles. Schließlich wurde die Wolke aus purer Erregung zu viel und er überließ ihr die Führung und kämpfte nicht länger dagegen an. Mack streichelte ihn noch einmal und ließ seine Finger über seine Schwanzspitze gleiten. Zum Teufel noch mal, wenn

Mack sich in ihn geschoben hätte, dann hätte Brantley schon vor einer Weile abgespritzt, aber Mack schien ganz genau zu wissen, was ihn über die Klippe taumeln lassen würde und er hielt Brantley gerade noch so auf der Kante.

Der Schweiß brach ihm aus, als die Welle der Energie sich höher und höher auftürmte. Er wollte kommen, mehr als alles andere auf der Welt. Seine ganze Aufmerksamkeit war auf Mack gerichtet und auf die Art und Weise, wie er ihn berührte und mit seinem Körper spielte. Mack schien zu wissen, was er tun und wie er als Nächstes reagieren würde noch bevor Brantley es tat.

„Noch nicht", hauchte Mack. „Ich werde dich um den Verstand bringen, dich so heiß machen, dass du, wenn du kommst, das Gefühl haben wirst, dass sich dein Schädel spaltet und dir das Herz aus der Brust springt." Er hielt inne und Brantley atmete mit offenem Mund, um Luft in seine Lungen zu saugen.

„Wie … was …wirst … du …"

„Shhh", sagte Mack. „Das wirst du noch früh genug herausfinden." Mack ließ ihn los und Brantley knurrte, vermisste er doch augenblicklich die Wärme und den Druck von Macks Hand. „Heb dein Bein hoch, Liebling", bat er ihn und Brantley entsprach seiner Bitte ohne nachzudenken. Macks Finger glitten darum herum und dann drang er mit zwei davon in ihn ein.

Brantley zischte ob dieses Vorstoßes und als Mack seinen Schaft umfasste, murmelte er etwas Unzusammenhängendes vor sich hin. Brantley wusste, dass er vollkommen schamlos war, gierig, und er brauchte das volle Programm. Mack griff fester zu und wichste Brantleys Schwanz, während seine Finger vor- und zurückglitten. Brantley würde das auf gar keinen Fall noch länger durchhalten. Es war überwältigend und einfach zu viel des Guten. Seine Beine zitterten und seine Hände prickelten und das Gefühl breitete sich aus und fuhr seine Wirbelsäule entlang. Brantley kniff die Augen zu, hielt den Atem an und hoffte inständig auf ein winziges bisschen mehr davon. Er keuchte und Macks Hand bewegte sich nur um ein Haar schneller auf und ab und das reichte aus. Der innere Druck stieg an und erreichte den Punkt, an dem er sich nicht länger beherrschen konnte. Brantley wurde vollkommen still und zog sich in seinen Kopf zurück, als er sich über Macks Hand ergoss. Alles andere verblasste, bis es nur noch ihn und Mack gab, und sonst nichts. Er hielt ganz still und trieb in Macks Armen dahin. Es dauerte ein paar Sekunden, bis alles wieder zurückkam.

„Ich werde etwas holen müssen, um uns damit zu säubern", sagte Mack.

Brantley brummte und rührte sich nicht. Es dauerte keine Minute, bis er bemerkte, dass sowohl seine Vorder- als auch seine Rückseite feucht waren und dass es sich deutlich klamm anfühlte, wenn er sich in die eine oder andere Richtung bewegte. Er hob die Decke und Mack stand langsam auf, kletterte über ihn hinweg und kehrte mit einem Handtuch zurück, das Brantley für eine schnelle Katzenwäsche benutzte.

„Das ist ein bisschen bescheuert", sagte Brantley, als er sich die Rückseite abwischte. „Da sind zwei völlig ausreichende Betten und wenn auch nur einer von uns morgen früh zu etwas taugen soll, dann müssen wir etwas schlafen." Er zog seine Boxershorts hoch und ergriff Macks Hand, die noch immer das Handtuch hielt. Ohne ein weiteres Wort führte er Mack den Flur entlang.

Mack warf das Handtuch in den Wäschekorb im Badezimmer und schob dann seine Schlafzimmertür auf. Sie gingen hinein und Mack ließ die Tür offen. „Ich will hören, wenn etwas passiert."

Brantley zog sich sein T-Shirt aus, das an einigen Stellen klebte, und folgte Mack in sein Bett. Augenblicklich wurde er zu ihm herangezogen und im Arm gehalten.

„Ich will, dass du weißt, dass du etwas ganz Besonderes bist", sagte Mack. *Etwas Besonderes.* Brantley hatte sich nie so gesehen. Es gab Dinge, in denen er gut war, aber etwas Besonderes zu sein und von jemandem gern gehabt zu werden, erwärmte sein Herz über alle Maßen. „Du bist auch ganz schön erstaunlich", sagte Brantley und machte die Augen zu. Er tätschelte Macks Hand auf seinem Bauch und hoffte, der Rest der Nacht würde friedlich verlaufen.

BRANTLEY WACHTE in einem leeren Bett auf. Er hörte gedämpfte Stimmen im Haus und stand leise auf, ging rüber ins Gästezimmer und machte die Tür hinter sich zu. Er hatte bemerkt, dass das Bad ebenfalls leer war und nutzte die Chance, um zu duschen und sich anzuziehen. Als er die Tür öffnete, stand Mack draußen, sah zum Anbeißen aus und Brantley erkannte, dass er möglicherweise die Chance verpasst hatte, einen nassen, von der Dusche aufgeweichten Mack zu sehen und zu spüren.

„Ich wollte dich nicht wecken."

„Ich bin aufgewacht, weil mir ein bisschen kalt wurde und ein gewisser Heizofen nicht in meiner Nähe war." Brantley grinste und gab den Weg frei.

„Wirst du das auf unserer Expedition heute Morgen tragen?" Mack zog ihn an sich und legte einen Arm um seine Taille. „Du siehst toll aus in diesen Jeans, aber wenn wir das machen, dann will ich nicht, dass wir auffallen. Ich habe ein paar Jagdklamotten, die wir anziehen können. Sie haben Tarnfarben und falls uns jemand beobachten sollte, dann wird es schwerer für sie sein, uns zu entdecken."

„Oh." Brantley hörte kaum, was Mack sagte. Seine Aufmerksamkeit konzentrierte sich darauf, wie nah er ihm war und wie das ausreichte, um seinen Körper auf Hochtouren zu bringen und ihn schwindelig werden zu lassen.

„Ich mache mich fertig und bring dir die Klamotten, damit wir uns umziehen und losfahren können." Aber stattdessen lehnte Mack sich noch stärker an ihn. „Auch wenn ich versucht bin, dich mit zurück ins Bett zu nehmen und zu sehen, ob wir den Rest des Tages dort verbringen können."

„Die Idee gefällt mir, aber dann kriegen wir nichts gebacken." Brantley war nahe dran, einfach alles sausen zu lassen und eine Möglichkeit zu finden, sich schmutzig zu machen, damit er sich, zusammen mit Mack, wieder sauber machen konnte. Stattdessen küsste er ihn und trat zurück. „Zieh los. Ich warte hier auf dich."

„Dad macht ein einfaches Frühstück. Er hat gefragt, wann du aufstehst, also geh einfach durch."

„Er muss das nicht machen."

„Mein Dad will sich nützlich machen. Als er im Rollstuhl saß, habe ich zu Anfang versucht, ihm alles abzunehmen. Das war falsch. Er saß einfach nur da und wurde nicht damit fertig. Erst als ich mich zurückgezogen und zugelassen habe, dass er für sich selbst sorgt, ist er langsam aufgeblüht. Also lass ihn machen, was er kann." Mack küsste ihn noch einmal und ging dann ins Bad und schloss die Tür.

Brantley ging hinüber in die Küche und Lew versorgte ihn mit Kaffee und einem Teller mit Eiern und Toast. Brantley dankte ihm und haute rein.

„Ich nehme an, du hast dir Appetit geholt."

Brantley wurde rot. Hatte Lew sie gehört? Brantley starrte auf seinen Teller und versuchte, sich nichts anmerken zu lassen.

„Ich meine, die ganze Zeit mit Mack herumzuziehen. Es ist sein Job, den Fall weiterzuverfolgen."

„Dieser hier scheint uns beide zu erfordern", sagte Brantley. „Und ich denke, es gefällt mir. Na ja, mal abgesehen von dem Teil, wo hier eingebrochen und auf Leute geschossen wird." Er nahm einen Bissen von den Eiern. „Die hier sind echt fluffig und gut." Er trank von seinem Kaffee. „Mein alter Job beinhaltete das Aufspüren von Rätsellösungen und ich glaube, ich vermisse das."

„Ich werde froh sein, wenn das hier vorbei ist und alles wieder normal läuft." Lew stellte sich einen Teller auf den Schoß, brachte ihn herüber und stellte ihn auf den Tisch, ehe er sich auf seinen Platz begab. „Mist, ich habe meinen Kaffee vergessen."

Brantley stand auf, um ihn ihm zu holen und stellte den Becher vor ihm auf den Tisch, ehe er sich wieder hinsetzte. „Ist es denn so wichtig, dass alles wieder so wird, wie es war?"

„Fragst du nach dir und Mack? Das ist nämlich ein Bereich, in dem ich froh über die Veränderung bin. Ich will, dass er glücklich ist."

„Ich hoffe, dass ich –"

Lew warf lachend den Kopf zurück. „In den vergangenen vier Tagen hat dieser Junge auf Wolken geschwebt. Und du scheinst auch ziemlich oft zu lächeln."

„Aber ich mache mir Sorgen. Was werden die Menschen in dieser Gegend von einem schwulen Sheriff halten? Was, wenn das Zusammensein mit mir, Mack den Job kostet?"

„Die Leute halten viel von Mack und ich glaube, dass kein Huhn und kein Hahn danach krähen wird, mit wem er schläft."

„Es braucht nicht viele Leute, um Wut und Feindseligkeit zu schüren. Die Menschen wollen sich sicher fühlen und möchten ihre Nachbarn kennen. Mack ist ein toller Sheriff und ein unglaublicher Mann, aber … ich will nicht, dass er den Preis dafür bezahlen muss, dass er sich dafür entschieden hat, mit mir zusammen zu sein."

Lew stellte seinen Becher hin. „Es muss für alles ein Preis bezahlt werden."

„Ja, aber …" Brantleys Argument erstarb auf seinen Lippen.

„Ich wünschte, ich könnte dir sagen, wie sich die Dinge entwickeln werden, aber das kann ich nicht und ich weiß nicht, was geschehen wird. Was ich weiß ist, dass du Mack entscheiden lassen solltest, was er tun und gegen wen er kämpfen will, denn wenn ihm jemand seinen Job streitig macht, dann wird Mack darum kämpfen. Ich weiß, das wird er."

„Aber er sollte es nicht müssen", sagte Brantley.

„Er ist ein guter Sheriff, und du hast recht, das sollte er nicht, aber falls es so weit kommen sollte, dann lass ihn diese Entscheidung selber treffen." Lew trank seinen Kaffee aus, während Brantley den Tisch abräumte. „Mack braucht niemanden, der sich für ihn in sein Schwert stürzt. Er braucht jemanden, der sich gemeinsam mit ihm allem stellt, was kommt. Und glaub mir, das erfordert mehr Stärke als sonst irgendetwas."

„Erfordert was?", fragte Mack, als er in die Küche kam, von Kopf bis Fuß in Jagdkleidung. Seine Hose war ein bisschen schlabberig, aber sein Shirt saß ziemlich eng und brachte seine Arme zur Geltung.

Brantley hatte Tarnkleidung nie für sexy gehalten, aber Mack konnte sie definitiv so aussehen lassen.

„Wir haben uns nur unterhalten", sagte Lew. „Willst du jagen gehen?"

„Ja. Brantley, ich habe dir deine Sachen ins Schlafzimmer gelegt", sagte Mack und Brantley ging den Flur hinunter, um sich umzuziehen.

Während er ging, hörte er Mack und Lew reden, konnte aber nicht verstehen, was sie sagten. Er fand die Kleidung auf Macks inzwischen gemachtem Bett und begann, sich umzuziehen. Was Mack ihm rausgelegt hatte, war überraschend bequem. Die Hose und das Hemd waren ihm ein bisschen zu groß, aber er kam damit klar.

„Was soll ich für Schuhe anziehen?", fragte Brantley Mack, als er ins Wohnzimmer kam. Er nahm Platz und die Hunde kamen zu ihm, um Streicheleinheiten zu erhaschen. Lulu versuchte, auf seinen Schoß zu springen, aber er wehrte sie sanft ab.

„Normalerweise würde ich sagen, zieh die Stiefel an, die du dir gestern Abend gekauft hast, aber bis sie eingelaufen sind, könnten sie deinen Füßen wehtun. Zieh Sneaker an und nimm ein Extrapaar mit, falls du eins hast, für den Fall, dass du nass wirst", erklärte Mack, während er die reparierte Hintertür öffnete und hinaus in die Garage trat.

Brantley folgte ihm und half Mack dabei, einige Ausrüstungsgegenstände in seinen Truck zu laden, und dann fuhren sie los. „Hast du dir schon überlegt, wo wir parken werden? Ich nehme an, wir wollen den Truck nicht auf meiner Ranch lassen."

„Nein. Am Fluss gibt es ein verschwiegenes Plätzchen zum Rummachen. Wir parken dort und wandern am Flussbett entlang bis zur Biegung. Das wird der beste und am wenigsten einsehbare Weg sein. Es gibt einen Pfad, also sollte es nicht allzu schwer werden." Mack schien nicht den direkten Weg zu wählen und sie mussten tatsächlich den Fluss überqueren und dann bog Mack in einen schmalen Pfad ein, ehe er zum Halten kam.

Es war still, als Brantley aus dem Wagen stieg. Nur die Geräusche der Vögel und das Murmeln des Wassers, das über Steine floss, waren zu hören. Deswegen war er hierher gezogen. Er wollte in der Lage sein, seine eigenen Gedanken zu hören, anstatt Autohupen und den Lärm der Stadt, der niemals zu verstummen schien, egal zu welcher Tages- oder Nachtzeit.

Mack unterbrach die Ruhe durch das Zuschlagen seiner Autotür und trottete zur Rückseite des Trucks. „Schnapp dir den Rucksack und lass uns losgehen. Uns bleiben noch ein paar Stunden, ehe es richtig heiß wird und wenn wir das hier durchziehen wollen, dann müssen wir es bis dahin erledigt haben." Er nahm sich ein paar Werkzeuge und Brantley nahm einen Rucksack aus Netzgewebe heraus und folgte Mack den unscheinbaren Pfad entlang. „Der hier wird nicht oft benutzt, sei also vorsichtig und pass auf wohin du trittst."

Als sie sich dem Fluss näherten, wurde der Pfad glücklicherweise breiter und sie konnten ganz leicht unter den blühenden Bäumen entlanggehen, die durch den konstanten Wasservorrat genährt wurden.

„Ich bin hier manchmal als Teenager hergekommen", sagte Mack. „Im Sommer war es hier kühler und ein guter Ort, um mal von den Eltern wegzukommen."

„Hast du das Plätzchen zum Rummachen benutzt?", neckte Brantley ihn.

„Ein oder zwei Mal. Aber damals habe ich versucht, mir über einiges klar zu werden. Hab versucht, wie alle anderen zu sein, aber hauptsächlich kam ich her, um abzuhängen und der Hitze zu entkommen."

„Der Fluss ist wirklich schön. Ich hatte noch gar nicht die Chance, hier herauszukommen", sagte Brantley und blieb einen Moment stehen, um das Wasser zu betrachten. „Mein Leben in New York bestand nur aus hetzen, hetzen und nochmals hetzen. Ich wollte die Möglichkeit haben, es langsamer angehen zu lassen und das Leben zu genießen, ehe es vorbei ist."

„Also bist du hierher gekommen und jemand war der Meinung, dass du ihm im Weg stehst."

„Ganz genau." Er wollte nicht schon wieder über das reden, was passiert war. Jedes Mal, wenn er über die Geschehnisse der letzten paar Tage nachdachte, wollte er nur seine Siebensachen packen und heimfahren. Aber er tat es nicht. Dazu war er zu stur und jetzt hoffte er, dass er jemanden hatte, für den es sich zu bleiben lohnte. „Lass uns weitergehen."

Mack führte ihn weiter den Pfad entlang. „Geh nicht zu nah an den Rand. Der Fluss schneidet sich immer tiefer in den Boden ein und er könnte unterspült sein." Er packte Brantley und zog ihn weg, gerade als dessen Fuß über die Kante zu rutschen drohte.

„Ich hab's kapiert." Brantley war nun vorsichtiger, passte auf, wohin er trat.

„Pass auch auf Schlangen auf. Sie bleiben normalerweise in der Nähe des Wassers. Höchstwahrscheinlich sonnen sie sich, aber halt lieber die Augen offen."

„Das hättest du mir vorher sagen sollen", sagte Brantley und blieb stehen, als er zu sehen glaubte, wie sich ein Stock bewegte.

Mack ging weiter. „Die haben mehr Angst vor dir, als du vor ihnen. Komm ihnen einfach nicht zu nahe und sie machen sich in die entgegengesetzte Richtung davon", sagte er, aber Brantley war sich dessen nicht so sicher und wurde langsamer, während er sich genauer umsah. Das Letzte, was er jetzt gebrauchen konnte, war, von etwas Giftigem gebissen zu werden. Bei seinem Glück durchaus möglich. „Wir sind fast da."

„Gott sei Dank", sagte Brantley und rückte dichter auf. An der Biegung des Flusses setzte Brantley die Ausrüstung ab und trat hinaus in den kleinen, tiefer liegenden Bereich. „Genau hier würde sich alles ablagern."

„Wonach suchen wir?", fragte Mack. „Das sieht kaum nach einem Ort mit reichen Goldvorkommen aus und es ist ziemlich unwahrscheinlich, dass die Quelle etwas so Schweres zutage fördern würde." Er stand am Flussufer und schaute flussauf und flussabwärts.

„Diese Gegend besteht aus sanften Hügeln, aber in der Vergangenheit waren diese Hügel höher – sie wurden mit der Zeit abgetragen. Wer weiß, was zurückgeblieben ist?" Brantley musste Mack zustimmen, hier gab es höchstwahrscheinlich nichts, aber es musste irgendeine Lösung für dieses Rätsel geben und er würde sie verdammt noch mal finden. „In den Black Hills gibt es Gold, nur ein paar Hundert Meilen weit weg von hier, also wer weiß?"

„Lass uns mal annehmen, es gibt hier tatsächlich Gold, Brantley. Wäre es genug, um jemandem die Mühe wert zu sein? Ein paar Plättchen würden nicht heißen, dass genug da ist, um dafür zu töten." Mack öffnete den Rucksack, den Brantley abgesetzt hatte. „Ich kann einfach nur nicht sehen, dass das hier etwas Besonderes sein soll. Wenn der Strom seinen Ursprung weiter westlich hätte, dann könnte er vielleicht Sedimente mit sich tragen, die etwas enthalten. Aber das hier ist nur ein Fluss, der aus einer Quelle entspringt."

„Ich weiß. Aber mir gehen die Erklärungen aus und ich will versuchen, etwas zu finden."

„In Ordnung", stimmte Mack zu und reichte ihm eine Pfanne. „Du schaufelst diesen losen Kies aus dem Fluss. Alles Gold würde im feinsten Sand zu finden sein, also pickst du die größeren Brocken raus und wäscht den Rest aus, um zum wirklich feinen Sand zu gelangen. Dann sieh dir das Ergebnis an und schau nach, ob da etwas schimmert."

Er machte es vor, hielt den sandigen Boden der Pfanne hoch und ließ ihn vom Wasser auswaschen. „Nichts."

Brantley war an der Reihe, und auch wenn er sich ziemlich tollpatschig anstellte, so gelang es ihm doch, bis zum feinen Schlamm zu kommen. Auch er fand nichts. Kein Gold oder sonst irgendetwas von Interesse. Nur Sand. Brantley wusste, dass es in der Vergangenheit lange gedauert hatte, bis die Leute etwas entdeckt hatten, also machte er weiter, ging ein paar Schritte in jede Richtung und versuchte es etwas weiter draußen im Fluss und auch dichter an der Stelle, wo sich das Wasser in eine der Sandbänke grub.

„Hast du was?", fragte Mack nach ungefähr einer Stunde.

„Nein. Das war möglicherweise die blödeste Idee, die ich jemals hatte", sagte Brantley und schöpfte eine weitere Pfanne voll. „Es ist bloß ein Fluss und sie könnten hinter allem Möglichen her sein."

„Oder es ist nur ein fruchtloses Unterfangen", murmelte Mack, erhob sich und streckte seinen Rücken. „Jetzt weiß ich, wieso Schürfer immer als miesepetrige, alte Männer dargestellt werden. In Wirklichkeit waren sie erst dreißig, aber all dieses Bücken und Krummgehen hat sie ziemlich schnell altern lassen."

„Erzähl mir was Neues." Brantley tat es ihm gleich und schaute am Ufer hinauf und hinab. „Wir geben uns noch ein paar Minuten und dann packen wir zusammen." Er schwitzte wie ein Tier, seine Füße waren nass und die Insekten wurden langsam echt lästig. Hier gab es wahrscheinlich gar nichts. Wann auch immer sie einen Schritt weiter zu kommen schienen, stellte er sich als nichts heraus, und sie waren wieder genau da, wo sie angefangen hatten.

Brantley suchte nach einer guten Stelle für eine weitere Probe und ging am Flussufer abwärts. Er bemerkte eine Stelle, die interessant aussah, dort wo die Flussbiegung begann. Er trat auf einen Stein und der drehte sich unter seinem Fuß um und brachte Brantley aus dem Gleichgewicht. Er ruderte mit den Armen, um nicht in den Fluss zu fallen. Glücklicherweise tat er das nicht, aber er trat direkt in das kalte Wasser. Sein Schuh versank in einer weichen Stelle und als er seinen Fuß wieder herauszog, blieb der Schuh im Schlamm stecken.

„So ein Mist", fluchte Brantley und Mack lachte schallend, als er zu ihm herüberkam. „Ich muss das Scheißding rausfischen."

„Ich hol ihn dir." Mack gelang es, sich vorzubeugen und den schlammverschmierten Schuh zu bergen. Er wusch ihn im fließenden Wasser ab, kratzte den meisten Schlamm ab und reichte ihm dann den triefend nassen Schuh. „Ich weiß, er wird nicht besonders bequem sein, aber zieh ihn trotzdem an, damit du dir nicht an irgendetwas den Fuß aufschneidest."

Brantley setzte sich auf den Rand der Uferböschung und quetschte seinen nassen Fuß in den Schuh. Guter Gott fühlte sich das grässlich an. Er war bereit, zurückzugehen, aber Mack ging an die Arbeit, also schaufelte Brantley etwas vom Flussbett in seine Pfanne und fing an, die größeren Brocken auszusortieren. Als er zu den kleineren Steinen kam, drehte er die Pfanne in raschen, kreisenden Bewegungen im Wasser und hielt inne, als ihm ein Schimmern ins Auge stach. Er griff in die Pfanne und pulte einen kleinen Goldklumpen heraus.

„Mack", rief er und streckte ihm seine Hand entgegen. „Ist es das, was ich denke, das es ist?"

Mack kam herüber und starrte den Goldklumpen an. Er nahm ihn und drehte ihn ein paarmal in seiner Hand hin und her. „Das ist genau das, wofür du es hältst. Es gibt also tatsächlich Gold hier."

„Heilige Scheiße", sagte Brantley und starrte den Nugget an. „Was zum Teufel mache ich denn jetzt?"

„Wenigstens wissen wir jetzt, hinter was unser Schütze her ist. Er vertreibt dich von deinem Land, kauft es oder kommt einfach hier raus, während das Land brachliegt, und arbeitet in diesem Bereich, um so viel zu bergen, wie er kann. Es gibt keinen Weg, Gold zurückzuverfolgen, also wird er es schließlich einschmelzen und so viel Geld wie möglich damit machen."

„Aber wer könnte das tun?"

„Jemand, der dringend Geld braucht. Die Menschen tun für Gold so gut wie alles. Sie haben während dem Goldrausch dafür getötet, betrogen, gedroht und Gott weiß was sonst noch getan und es sieht so aus, als hätten wir hier jemanden, der jetzt dafür töten würde. Wo genau hast du es gefunden?"

„Da wo die Biegung anfängt. Aber wer weiß? Es könnte überall sein und ich habe nur Glück gehabt."

„Stimmt. Es könnte auch sein, dass hier schon geschürft worden ist. Vielleicht kommt unser Mörder schon eine ganze Weile hierher. Man kann nie wissen. Der Fluss kann einiges an Aktivitäten verbergen."

„Wie gehen wir denn jetzt weiter vor?", fragte Brantley.

„Wir behalten es momentan noch für uns und benutzen das, was wir gerade herausgefunden haben, um unseren Mann zu identifizieren. Wir haben ein Motiv dafür, dass dich jemand vertreiben will und für Renaes Ermordung. Sie hat den Verkauf des Landes abgewickelt." Mack fing an, die Ausrüstung zusammenzupacken. „Stell dir mal vor, du hast ein Auge auf diesen Ort, weil du hier draußen ein Nugget oder eine Goldflocke gefunden hast. Er liegt schon eine ganze Weile brach und du weißt, dass die Familie es unbedingt verkaufen will. Es gibt Gerede darüber, dass das Land versteigert werden soll."

„Aber stattdessen kaufe ich den Besitz über Renae", steuerte Brantley bei.

„Genau. Seine Pläne haben sich in Rauch aufgelöst, es sei denn, er kann dich wieder vertreiben. Er findet heraus, dass du aus der Stadt bist, also denkt er sich, er kann gleich zwei Fliegen mit einer Klappe schlagen. Vielleicht hat er Renae schon vorher gehasst, also hat er sie auf die Ranch gelockt, sie erschossen, und dann die Behörden informiert, als er dich nach Hause kommen sah. Ein wenig Verwirrung und er hatte Zeit, um zu verschwinden und einen einfachen ersten Verdächtigen zu präsentieren. Als du nicht fortgegangen bist, hat er noch eins draufgelegt und auf dich geschossen." Mack war fertig mit Einpacken und saß auf einem Baumstamm am Flussufer. „Dann fing es an zu eskalieren. Er hat dich beobachtet und, durch unsere Verbindung, auch mich. Er hat meine Bremsen manipuliert und ist schließlich in mein Haus eingebrochen."

„Den Einbruch kapier ich nicht. Das scheint mir doch ein ziemliches Risiko zu sein", sagte Brantley. „Und er hat uns einen Hinweis geliefert."

„Aber er hat uns gezeigt, dass wir nicht sicher sind, und das war es, was er versucht hat zu tun. Du sollst dich überall angreifbar fühlen, damit du dahin zurückkehrst, wo du dich einmal sicher gefühlt hast. Dieser Bursche ist gut ausgebildet und hat nur sehr wenig Spuren hinterlassen." Mack erhob sich. „Lass uns zum Truck zurückgehen und von hier verschwinden. Es wird langsam heiß und wir wollen nicht entdeckt werden, wenn es sich irgendwie vermeiden lässt." Er hob das Bündel auf und wollte gerade auch das andere aufnehmen, als er das erste wieder fallen ließ. „Du hast großartige Instinkte."

„Habe ich?"

„Ich wäre nie auf die Idee gekommen, hier herauszufahren und nachzusehen. Du schon, und es hat sich als richtig erwiesen."

„Ich bin froh, dass ich diese Idee hatte, aber wir sind immer noch nicht näher dran herauszufinden, wer hinter all dem steckt."

„Sind wir doch. Wir haben jetzt ein klares Motiv und auch noch ein paar andere Hinweise. Bald wird ihm ein Fehler unterlaufen, das weiß ich. Und wenn das passiert, haben wir ihn." Mack näherte sich ihm, beugte sich herunter und küsste ihn. „Es gibt so vieles, was mich an dir überrascht."

„Ist das gut", fragte Brantley.

„Es ist erstaunlich." Mack schenkte ihm ein Lächeln und sein Blick brannte so heiß wie die Sonne am Himmel über ihnen. „Na komm, lass uns zurückfahren, damit wir aus diesen Klamotten rauskommen." Mack schnappte sich ein Bündel und Brantley das andere. Dann gingen sie den Pfad entlang zurück.

Als sie ungefähr auf halbem Weg zurück waren, sagte Brantley: „Mack, wir werden von irgendwoher beobachtet." Ein kaltes Gefühl stieg seine Wirbelsäule empor und nistete sich in seinem Nacken ein.

„Ich spüre es auch", sagte Mack leise und ging langsamer. „Mach langsam. Denk daran, was wir ihn sehen lassen wollen. Wenn wir schon beobachtet werden, dann lass uns eine Show abziehen. Es ist unwahrscheinlich, dass er uns am Fluss gesehen hat, das Unterholz ist dort zu dicht."

„Okay."

„Also müssen wir enttäuscht aussehen", sagte Mack leise. „Mach langsam und lass die Schultern ein wenig hängen. Mach eine große Sache draus, wenn du deinen Schuh auszieehst und ihn hinten in den Truck feuerst. Du bist frustriert und wütend. Lass ihn glauben, sein Geheimnis sei sicher."

„Warum?"

„Ich bin nicht sicher. Aber wenn wir etwas wissen und er nicht, dann könnte uns das einen Vorteil verschaffen." Mack trottete weiterhin langsam vor sich hin. Als er den Truck erreichte, hievte er sein Bündel mit Werkzeugen auf die Ladefläche und lehnte sich gegen den Truck, den Kopf nach unten geneigt. Selbst Brantley fing an zu glauben, er hätte etwas getan, um Mack zu enttäuschen.

Er warf den Rucksack voller Zeug mit Geschepper hinten auf den Wagen und nahm seine trockenen Schuhe heraus. Dann zog er seine nassen aus, fluchte und feuerte jeden einzeln auf die Ladefläche. „Lass uns bloß von hier abhauen, damit wir uns abtrocknen können." Er stieg in den Wagen und knallte die Tür hinter sich zu. Er wartete und Mack tauchte auf seiner Seite des Trucks auf und ging dann weiter um ihn herum.

„Lass den Motor an und setz langsam zurück. Ich will sichergehen, dass da keine feuchten Flecken sind. Dann fahren wir zurück in die Stadt."

Brantley rutschte rüber, ließ den Motor an und legte den Rückwärtsgang ein. Er setzte zurück und dann stieg Mack auf der Beifahrerseite ein. „Fahr uns zur Ranch. Ich will, dass er sieht, wie wir dort hinfahren und uns umsehen."

„Warum?"

„Das ist genau das, was er von uns erwartet. Wir sind hier und es ist logisch, dass wir dort nach dem Rechten sehen. Wir müssen nicht lange bleiben."

„In Ordnung." Brantley fuhr die Ranch an und bog in die Einfahrt ein. Er fuhr langsam bis vors Haus, das genau wie immer aussah. Die Tür war noch immer verschlossen.

„Gib mir deinen Hausschlüssel und bleib hier. Ich werde die Scheune und das Haus überprüfen. Dann können wir reingehen und du kannst dir holen, was du sonst noch so brauchst."

„Glaubst du, wir sind ihm dichter auf den Fersen?"

„Ja. Ich weiß zwar nicht wieso, aber eine Kleinigkeit wird ihn überführen. Ich kann es fühlen." Mack stieg aus und schloss die Tür.

Brantley verschloss die Türen und legte den Gang ein, bereit, im Notfall sofort loszufahren. Er sah zu, wie Mack in die Scheune ging, wieder herauskam und dann langsam auf das Haus zuging. Mack ging hinein und kam nach ein paar bangen Minuten wieder raus. Brantley stellte den Motor ab und zog die Handbremse an. Er stieg aus und reichte Mack die Autoschlüssel, ehe sie das Haus betraten. Das Haus, sein Zuhause, erschien ihm fremd. Er hatte nicht viel Zeit hier verbracht, aber das Haus erschien leer und leblos. Seine Möbel sahen nicht gemütlich aus. Es sah fast so aus, als gehöre es jemand anderem. Brantley verdrängte all diese Gedanken aus seinem Kopf und begab sich in sein Schlafzimmer. Er schnappte sich eine Reisetasche und fing an, sie mit zusätzlicher Kleidung vollzupacken. Er sah sich im Zimmer um, aber alles sah genau so aus, wie er es verlassen hatte. Die Farbe an den Wänden war von jemand anderem und ließ ihn kalt und er fragte sich, was zur Hölle er erwartet hatte, hier herauszufinden.

„Was ist los?", fragte Mack.

Brantley drehte sich um und sah Mack an, der sich gegen den Türrahmen lehnte. „Nichts", erwiderte er und fuhr mit dem Packen fort.

„Unsinn. Ich habe diesen Blick gesehen. Du warst meilenweit weg."

„Tatsächlich war ich das nicht." Er sah sich ganz genau im Zimmer um. „Ich habe über dieses Zimmer nachgedacht. Hier sollte ich eigentlich leben und schlafen, aber es fühlt sich fremd an." Er war viel eher in Macks Gästezimmer zu Hause als hier in seinem eigenen Haus.

„Du bist nicht sehr lange hier gewesen", erinnerte Mack ihn.

„Nein. Ich kann mich erinnern, dass mir mal jemand gesagt hat, dass es bei einem Zuhause viel mehr um die Menschen geht, die dort leben, als um das Gebäude selbst und ich glaube, das hatte ich vergessen. Ich bin hier herausgezogen und habe geglaubt, ich könne mir ein neues Zuhause aufbauen. Aber das hier ist es nicht." Brantley machte die Reisetasche zu und stellte sie aufs Bett. „Ich meine, das hier könnte eines sein, aber nicht, wenn ich alleine hier bin. Dann ist es bloß ein Haus auf einem riesigen Stück Land." Er nahm die Tasche und verließ das Zimmer. Auf seinem Weg kam er an Mack vorbei. „Ich denke, wir können jetzt gehen."

„Okay." Mack folgte ihm. „Du kannst hieraus ein Zuhause machen, wenn du willst."

„Wie? Indem ich dich und Lew davon überzeuge, eure Zelte abzubrechen und hier raus zu ziehen?", fragte Brantley und erkannte schlagartig, was er da gerade gesagt hatte. „Hier gibt es nichts. Mein Leben in New York bestand nur aus Arbeit und sonst fast nichts. Ich kam hierher, um meinem Leben eine positive Wendung zu geben und um neu anzufangen, aber es ist wieder in den alten Trott verfallen, nur ohne die Arbeit."

„Du bist noch nicht sehr lange hier gewesen. Wenn das hier vorbei ist, dann veranstalte eine Grillparty und lade alle ein, die du kennst. Füll dein Haus mit Menschen und Spaß, und deine Scheune mit Pferden oder was auch immer du haben möchtest. Du kannst auch deine Weiden mit Vieh füllen, und mit Leben. Das ist das Herz einer Ranch und ich glaube auch der Grund, warum dieses Leben so reizvoll ist."

„Vielleicht hast du recht." Ihm fiel auf, dass Mack seinen Ausrutscher nicht kommentierte.

„Obwohl ich dir zustimme, dass es etwas besonderes wäre, das Haus mit Menschen zu füllen, denen du etwas bedeutest." Macks verschmitztes Lächeln erhellte das Wohnzimmer.

„Hast du je daran gedacht, auf einer Ranch zu leben?"

„Das habe ich und ich glaube, das würde mir gefallen. Aber es ist vielleicht noch ein bisschen zu früh, um solche Unterhaltungen zu führen. Ich meine, wir kennen uns schließlich erst seit einer knappen Woche. Lass uns einen Schritt nach dem anderen machen." Mack griff nach ihm und zog ihn an sich und Brantley ließ seine Tasche auf den Boden fallen. „Mir ist gerade bewusst geworden, wie sich das anhören muss und da ich momentan noch nicht bereit bin, mit dir zusammenzuziehen, bezweifele ich, dass du es momentan bist. Aber ich habe nicht vor, dich gehen zu lassen." Mack lehnte sich an ihn und zog Brantley noch fester an sich.

Brantley spannte sich erwartungsvoll an, legte seine Arme um Macks Hals und presste sich eng an dessen harten Körper. In seinen Fantasien waren die Männer immer groß, stark und dunkel wie Mack, mit Augen, die für ihn brannten. Brantley hatte immer bezweifelt, dass es seinen Traummann wirklich gab und dass er, selbst wenn er ihn finden sollte, Interesse an ihm haben würde. Mack hatte das ganz sicher, der Beule nach zu urteilen, die sich gegen seine eigene presste und nach der Art und Weise, wie er Brantleys Lippen in Besitz nahm. Verdammt, Mack war kraftvoll und roch nach frischer Luft und Sonnenschein, zusätzlich zu den ungezügelten Pheromonen. Es ließ Brantley schwindlig werden.

Er küsste traumhaft, die perfekte Kombination aus Kraft und Sanftheit. Brantley hielt sich fest, erwiderte Macks Kuss und hoffte inständig, er würde sie zurück in sein Zimmer bugsieren. Das Bett war nur wenige Schritte entfernt und er war bereit, genommen zu werden – bereit, von Mack geliebt zu werden - ganz und gar und ohne Vorbehalte.

Mack schob ihn gegen die Wand und Brantley gab eine Art Umpf-Laut von sich, ließ aber nicht von Macks talentierten Lippen ab. Er stand in Flammen und denken war etwas, das er nur zu gerne hinter sich ließ. Alles in ihm drängte ihn zu diesem Mann und scheiß auf die Konsequenzen.

„Liebling, wir sollten nach Hause fahren."

„Ich weiß", stimmte Brantley zu und schnitt Mack das Wort ab, indem er sich an ihn presste und sich nahm, was er wollte.

Mack nahm ihn in die Arme und hob ihn vom Boden hoch und Brantley schloss seine Beine um Macks Taille.

„Bring mich ins Schlafzimmer", verlangte Brantley, und Mack trug ihn zurück durch die Tür und legte ihn aufs Bett, wobei seine großen Hände Brantleys Hintern stützten.

„Ich werde jetzt das tun, wozu wir letzte Nacht nicht gekommen sind."

„Scheiße ja", stöhnte Brantley, legte sich lang hin, zog sich das Hemd über den Kopf und öffnete seine Hose.

Mack zog Brantleys Hose bis zu den Knöcheln herunter und zerrte ihm die Schuhe von den Füßen, ehe er sich seine Hose auszog und auf den Boden warf. Brantley meinte, dabei ein paar Nähte reißen zu hören, aber er war bereits jenseits von Gut und Böse und scherte sich nicht darum. Mack zog sein Hemd aus und schob Brantleys Hose ganz nach unten. Anschließend kramte er in der Nachttischschublade herum, auf der Suche nach einem Kondom. „Ja, verdammt, bereits mit Gel präpariert." Er streifte es sich über und beugte sich mit brennendem Blick über Brantley. „Das hier wird schnell gehen, aber ich brauche dich zum Teufel noch mal jetzt sofort." Mack tastete herum und als er das Gleitgel gefunden hatte, klatschte er es auf Brantleys Anus und drang dann in ihn ein. Mack bebte, während er tiefer vordrang.

Brantley stöhnte und hielt sich am Rand der Matratze fest. Er befürchtete, sich jeden Moment in seine Bestandteile aufzulösen und hatte das Gefühl, alles zusammenhalten zu müssen. Die Dehnung und das Brennen waren einfach irre. Sie hielten einige Sekunden lang an und dann war er ausgefüllt und bereit abzugehen wie eine Rakete.

Mack schob sich tief in ihn und hielt für wenige Sekunden völlig still.

„Guter Gott", fluchte Brantley, als Mack seinen Körper ein wenig senkte und ihn in die Umlaufbahn schoss. Ficken war eine Sache. Brantley hatte schon einiges erlebt, aber mit Mack war es anders, vollkommen anders. Jede Berührung, jede Empfindung war intensiver und etwas ganz Besonderes. Wenn Mack ihn berührte, dann ging es nicht darum, wie schnell er kommen konnte, sondern darum, ihm zu zeigen, dass er ihn gern hatte. Und von jemandem gern gehabt und umsorgt zu werden war eines der Dinge, nach denen Brantley unbewusst gesucht hatte, bis Mack in sein Leben getreten war.

Mack beugte sich über ihn und seine Küsse waren feucht und wundervoll. Mack füllte den gesamten Raum mit seiner Energie und Brantley sog sie in sich auf, brauchte sie wie ausgedörrte Erde den Regen. „Du bist etwas besonderes", flüsterte Mack.

„Und du füllst meine ganze Welt", erwiderte Brantley, hielt Macks Blick gefangen und zog ihn zu sich herunter. Er musste die Verbindung zwischen ihnen spüren und Mack schien nur allzu gerne bereit, sich das gefallen zu lassen. Brantley wusste, dass er drauf und dran war, sich in Mack zu verlieben, heftig, aber er war immer noch nicht so weit, die Worte auszusprechen. Oder vielleicht wartete er auch nur darauf, dass Mack sie zuerst sagte.

Im Moment war nichts davon wichtig. Brantley stand in Flammen und er streichelte sich selbst in dem Rhythmus, den Mack vorgab, schloss die Augen und machte sich bereit für den Ritt seines Lebens. „Mack", schrie Brantley auf.

„Ich weiß", knurrte Mack und steigerte noch die pure Leidenschaft.

Brantley hielt sich so lange zurück, wie er konnte, ehe er in den Abgrund taumelte und sich über seine Brust und seinen Bauch ergoss. Mack folgte ihm dichtauf und pulsierte in Brantley, bis ihm Hören und Sehen verging.

Mack beruhigte sich und Brantley hielt weiterhin die Augen geschlossen. Er wollte Mack sehen, hatte aber immer noch das Gefühl, dass ihm vor lauter Druck die Augen aus dem Kopf platzen würden, wenn er sie nicht geschlossen hielt. Der Druck verschwand rasch und wurde durch ein Gefühl des Schwebens auf Wolken abgelöst, der Euphorie, die Macks Nähe auslöste. Brantley wusste, es war nur eine körperliche Ruhepause, aber er zog Mack zu sich herunter und hielt ihn fest, als hinge das Schicksal der ganzen Welt davon ab.

Es hatte ihn erwischt, so was von erwischt und er steckte echt in Schwierigkeiten. Brantley hatte Mack schon sein Herz geschenkt. Diese Erkenntnis machte ihn glücklich und jagte ihm gleichzeitig Angst ein. Brantley wusste nicht, wie zum Teufel er Mack weiterhin glücklich machen sollte. Er war dieser dürre Typ, und Mack war stattlich, attraktiv und konnte jeden Kerl haben, den er wollte.

„Worüber grübelst du nach?", fragte Mack. „Du verziehst das Gesicht, als hättest du in eine Zitrone gebissen."

„Über nichts", sagte Brantley. „Ich habe nur …" Er seufzte. „Ich habe mich gefragt, was du wohl in mir siehst." Er streichelte Macks Arm und stöhnte leise, als ihre Körper sich voneinander trennten. Er sollte einfach die Klappe halten und lernen, die Dinge so zu nehmen, wie sie kamen.

„Du weißt schon, dass man auch zu viel grübeln kann", sagte Mack und küsste ihn sanft. Dabei zupften seine Lippen spielerisch an Brantleys. „Und du bist dabei, daraus eine olympische Disziplin zu machen."

„Wieso sagst du das?", fragte Brantley und setzte sich aufrecht hin. Mack wich zurück.

„Wir haben uns gerade geliebt und du machst dir Sorgen über Gott weiß was", sagte Mack deutlich verletzt.

Brantley blinzelte und ignorierte Macks Tonfall. „Uns … geliebt haben. Du liebst mich?"

„Ja", sagte Mack, als wäre er überrascht. „Ich weiß, es scheint verfrüht und vielleicht ist es das auch, keine Ahnung. Ich bin kein Experte in diesen Dingen."

„Ich wünschte, ich wäre es", murmelte Brantley, und dann vergaß er alles andere. „Ich habe eine Vergangenheit mit Männern und die ist ziemlich holprig und schwierig. Ich hatte nie viel Glück … bis jetzt." Brantley gestattete sich die Hoffnung, dass er in diesem Bereich seines Lebens vielleicht endlich einmal Glück haben könnte. „Und nur damit das klar ist, ich verliebe mich auch gerade in dich."

„Ich hasse es, diesen Moment zu unterbrechen, aber wir sollten zurückfahren. Ich lasse Dad nicht gerne allein und ich sollte im Büro vorbeischauen und sehen, ob ich herauskriegen kann, was da läuft." Mack richtete sich auf. Er zog seine Hose an und watschelte aus dem Zimmer. Er kehrte mit einem Lappen in der Hand aus dem Bad zurück, machte ihn sanft sauber und küsste ihn anschließend. „Ich muss dir sagen, dass ich nichts lieber tun würde, als den ganzen Tag hier mit dir zu verbringen."

„Das würde ich auch gerne, aber ich weiß, dass du das nicht kannst." Brantley reckte sich, wobei seine Muskeln herrlich wehtaten, und sah Mack beim Anziehen zu.

Brantley war tief in Gedanken versunken. Unter einigen der schlimmsten und furchteinflößendsten Gegebenheiten in seinem Leben hatte er jemand ganz Besonderen gefunden. Vielleicht gab es an allem Schlechten auch immer was Gutes. Er wollte das zumindest glauben.

„Du grübelst schon wieder zu viel", neckte ihn Mack.

„Ich weiß. Ich bin glücklich und genau dann geht normalerweise alles den Bach runter."

Ein Schuss fiel und hallte über das Land draußen vor dem Fenster. Brantley ließ sich auf den Boden fallen und Mack ging in die Hocke und suchte nach seinem Handy. Brantley verhielt sich still, während Mack das Revier anrief.

„Schick sofort jemanden hier raus." Mack legte auf und verließ, immer noch gebückt, das Zimmer.

Brantley zog sich fertig an. Wenn etwas passierte, dann war so ziemlich das letzte, was er wollte, Macks Hilfssheriffs zu erklären, wieso er halb nackt war. „Was ist passiert?", rief Brantley.

„Ich weiß es nicht. Ich sehe nichts und am Haus scheint nichts kaputt zu sein."

Ein weiterer Schuss fiel, diesmal weiter weg.

Mack kam ins Schlafzimmer zurück, als die Sirenen erklangen und sich rasch näherten. „Ich gehe raus und nehme meinen Deputy in Empfang. Du bleibst hier, nur für alle Fälle." Er verließ das Zimmer.

Brantley saß auf der Bettkante und wartete nervös auf Neuigkeiten, was geschehen war. Sein Herz hämmerte und das Blut rauschte in seinen Ohren. Er war das alles mehr als leid.

Als Mack zurückkehrte, erklärte er: „Es war Erickson. Er hat etwas gesehen, das er für einen Wolf hielt und versucht, es zu verscheuchen."

Brantley nickte. „Ich will, dass das alles hier vorbei ist." Er begann zu zittern. Er versuchte erneut, sich in den Griff zu kriegen und versagte. Mack setzte sich und legte seine Arme um ihn. „Das hier tut mir leid", sagte Brantley.

„Ich dachte, ich könnte damit klarkommen. Aber dass jemand da draußen ein Gewehr abgefeuert hat, hat ausgereicht, dass ich mich auf den Boden geworfen habe und in Deckung gegangen bin. Ich hasse es, andauernd Angst zu haben und weißt du was?" Er drehte sich zu Mack um. „Ich würde gerne in der Lage sein, zum Essen zurück in das Restaurant zu gehen, aber ehrlich gesagt weiß ich nicht, ob ich das kann. Jemand hat durch das Fenster auf mich geschossen. Wie genau werde ich beobachtet? Denn oft habe ich das Gefühl, dass ich beobachtet werde. Aber stimmt das auch?"

„Ich wünschte, ich hätte Antworten für dich. Ich weiß, das ist angsteinflößend, aber wir werden diesen Kerl kriegen und wenn ich das tue, dann wird es das für ihn gewesen sein. Er wird für eine sehr lange Zeit weggesperrt werden."

„Du klingst so sicher. Aber dieses Arschloch ist in dein Haus eingebrochen und wir konnten ihn nicht schnappen. Was zum Teufel kommt als nächstes? Werde ich in deinem Truck die Straße entlangfahren und direkt durchs Fenster eine Kugel in den Kopf bekommen? Ich weiß es nicht und deswegen drehe ich langsam durch." Brantley stand auf und ging zur Schlafzimmertür. „Ich versuche, stark zu sein. Das tue ich wirklich. Aber ich muss sagen, dass ich nicht weiß, wie lange ich das hier noch aushalten kann."

„Ich weiß nicht, was ich sagen soll."

„Ich erwarte nicht, dass du etwas dazu sagst. Ich weiß, dass du alles in deiner Macht stehende tust und ich weiß es zu schätzen, dass du mir zuhörst. Wir haben gemeinsam ein paar Hinweise gefunden. Aber vielleicht wäre es das beste, wenn ich für einige Zeit wieder zurück nach New York ginge. Ich könnte ein paar Freunde besuchen und mal von hier wegkommen. Das würde dir die Chance geben, den Kerl zu fassen und dann könnte ich zurückkommen." Er drehte sich zu Mack um.

Der blieb sitzen. „Wenn es das ist, was du tun willst, dann kann ich dich nicht aufhalten. Aber ich will nicht, dass du gehst. Ich habe dich gerne hier." Er stand auf und ging aus dem Zimmer.

Brantley nahm seine Tasche und folgte Mack zur Vordertür.

„Wieso habe ich das Gefühl, dass du nicht mehr zurückkommen wirst, wenn du erst mal in New York bist?" Mack öffnete die Tür und sie verließen das Haus.

Zeb stand neben seinem Streifenwagen und telefonierte. Als er Mack sah, legte er auf. „Es gibt einen weiteren Einsatz, zu dem ich gerufen wurde. Ladendiebstahl im Warenhaus."

„Fahr hin, und danke für deine Rückendeckung", sagte Mack zu ihm.

Zeb fuhr davon und Mack kletterte in den Truck.

Brantley schloss die Vordertür ab und stieg ebenfalls ein. Er nahm die Tasche auf den Schoß und umschloss sie mit den Armen. Er konnte fühlen, wie Mack sich zurückzog und erkannte, dass er möglicherweise einen der größten Fehler seines Lebens begangen hatte. Aber er wusste nicht, wie er das gerade biegen und die Angst in den Griff kriegen sollte, die ständig an ihm nagte.

7

WÄHREND DER gesamten Heimfahrt hatte Mack das Gefühl, als würde sich ihm der Magen umdrehen. Er rief seinen Dad von unterwegs an, um sicherzugehen, dass es ihm gut ging. Als sie wieder zu Hause waren, zog er sich um, schlüpfte in seine Uniform und fuhr zurück aufs Revier. Zurück an seinem Schreibtisch tat er sein Bestes, um in den Arbeitsmodus zu schalten und versuchte mit aller Macht, sich keine Sorgen wegen Brantley zu machen. Wenigstens wusste er, dass Brantleys Truck noch nicht repariert war. Falls er sich also kein anderes Fahrzeug zulegte, saß er noch für ein paar Tage in der Stadt fest.

„Ist Zeb schon wieder zurück?", fragte er Gloria aus seinem Büro heraus.

„Nein. Er hat gesagt, er wäre gleich wieder da." Sie kam herüber, um in seinem Türrahmen Position zu beziehen. „Wer hat dir denn in dein Müsli gepinkelt?"

„Es ist nichts."

„Ja, klar." Sie verdrehte die Augen. „Das könnte nicht zufällig etwas mit dem neuen Typen in der Stadt zu tun haben, der ganz zufällig bei dir wohnt, oder? Ist es schwer, mit ihm zusammenzuleben? Ich habe ihn gestern gesehen und er ist ziemlich niedlich. Glaubst du, er ist für eine Freundin zu haben? Meine Cousine Elise würde toll zu ihm passen und wir haben alle die Nase voll von Verlierern wie Harley, mit denen sie normalerweise ausgeht."

„Ich kann definitiv sagen, dass Brantley nicht auf der Suche nach einer Frau ist." Er nahm einige Papiere von seinem Schreibtisch, um irgendwo anders hinsehen zu können und schluckte hart. Er hatte diese Art von Unterhaltung nicht erwartet, aber wenn er jetzt so darüber nachdachte, dann würden sich die Leute wahrscheinlich bereits über ihn und Brantley so ihre Gedanken machen. Er hätte darauf vorbereitet sein sollen, merkte aber, dass er es nicht war … wenigstens nicht so, wie er es gerne gewesen wäre. „Brantley ist schwul", sagte er rundheraus.

Gloria stutzte. „Okay, also nein zu meiner Cousine." Sie schien zu überlegen. „Hmmm, meine Freundin Donna hat einen Sohn, der homosexuell ist … vielleicht …"

„Gloria, Brantley muss nicht verkuppelt werden. Er trifft sich schon mit jemandem." Er bemerkte, dass ihm das ein kleines bisschen Spaß machte.

„So schnell? Wen?"

„Was glaubst du wohl, Gloria? Mich." Er starrte sie an, und sah, wie ihr ein Licht aufging.

„Dich?" Glorias Unterlippe klappte eine Sekunde lang herunter, dann schnappte ihr Mund wieder zu. „Okay. Dann ist es also gut. Es wird auch Zeit, dass du jemand Nettes findest."

„Du bist also nicht schockiert?", fragte Mack.

Gloria zuckte mit den Schultern. „Homosexuelle Menschen gibt es überall. Im Fernsehen, im Kino. Was ist schon dabei? Aber ich nehme an, es gibt ein paar Leute, die darüber nicht besonders erfreut sein werden."

„Dessen bin ich mir durchaus bewusst."

„Was wirst du tun?", fragte Gloria. „Nächstes Jahr sind Wahlen."

„Um meinen Job kämpfen", erwiderte Mack, ohne nachzudenken. „Ich bin ein guter Sheriff und ich habe eine Menge für diese Stadt getan. Wenn die Leute das nicht erkennen, dann verdienen sie jemand anderen und ich suche mir einen anderen Job. Es gibt eine Menge Dinge, die ich tun kann."

„Das ist mein Junge", sagte Gloria und drehte sich um, als das Telefon klingelte. Sie eilte zur Telefonzentrale und Mack machte sich wieder an die Arbeit und schüttelte, angenehm überrascht, den Kopf.

Eine halbe Stunde später kam Zeb in sein Büro und ließ sich in einen Stuhl fallen.

„Gott, ich hasse solche Einsätze."

„Was ist passiert?", fragte Mack und legte den Papierkram beiseite. Er las sowieso nicht wirklich.

„Peter Gunderson hat versucht, ein Videospiel mitgehen zu lassen. Er hat es nicht mal bis zur Tür geschafft, weil er sich andauernd umgesehen hat. Sie haben hauptsächlich angerufen, damit ich dem Kleinen einen Schreck einjage."

„Er ist erst acht", sagte Mack.

„Ja, und er war in Tränen aufgelöst und kaum in der Lage zu sprechen, als ich dort ankam. Er hat ungefähr eine halbe Millionen Mal gesagt, dass es ihm leidtut und als ich ihn gefragt habe, wieso er es genommen hat, sagte er, dass sein Freund Barry es bereits habe und dass er damit spielen wolle, aber als Barry ein paar andere Jungs aus der Klasse zum Spielen eingeladen hat, hat dieser ihm gesagt, er könne nicht kommen. Weiter hat er gesagt, er wolle es nur holen, um damit zu spielen und es danach wieder zurückbringen und dass es in Ordnung wäre, wenn er das machen und sich entschuldigen würde. Er hat immer wieder unter Tränen beteuert, dass er es nicht behalten wollte. Ich habe mit ihm geredet und anscheinend hänseln ihn die anderen Kinder in seiner Klasse, weil er komisch geht. Ich glaube, er wollte nur das, was sie auch haben."

„Oh Gott." Mack hätte gelacht, wenn es nicht so herzzerreißend gewesen wäre. „Hast du seine Mama angerufen?"

„Ich habe bei ihm zu Hause angerufen und Larry ist gekommen. Er hat gekocht vor Wut, aber ich habe ihn beruhigt. Ich hätte schwören können, dass er bereit war, Peter für den Rest seines Lebens zu bestrafen. Der hatte schon versprochen, so etwas nie wieder zu tun und als sein Dad reinkam, hat Peter versucht, sich unter dem Stuhl zu verstecken."

„Himmel. Glaubst du, er wird misshandelt?", fragte Mack. Ein Spiel zu klauen war eine Sache, aber ein Kind, das so viel Angst vor seinem Vater hatte, war etwas ganz anderes.

„Nein. Larry war überraschend sanft. Ich habe ihn in Uniform gesehen und er kann im Kampfanzug ganz schön furchteinflößend sein, aber als er Peter erst mal unter dem Stuhl hervorgeholt hatte, ist der seinem Papa in die Arme gefallen, hat geweint und gesagt, dass es ihm leidtut."

„Werden sie Anzeige erstatten?"

„Nein. Sie haben ihr Spiel zurück und es scheint, als würde Peter seine nächsten paar Samstage damit verbringen, den Laden und ihren Bürgersteig für sie zu fegen. Und seine Videospiele wurden ihm auf absehbare Zeit gestrichen." Zeb beugte sich vor. „Ich habe zugesagt, einen Termin mit der Schule zu vereinbaren und ihnen einen Vortrag über das Schikanieren von Schülern zu halten."

„Das ist eine tolle Idee." Er konnte die Zeichen von Mobbing deutlich in diesem Vorfall erkennen. „Ich komme mit dir, wenn ich Zeit habe." Mack wartete ab, ob Zeb noch mehr zu sagen hatte, aber der stand auf, um zu gehen. „Du hast wirklich einen guten Job gemacht."

MACK MACHTE sich wieder an die Arbeit, ging noch mal alles durch, was sie herausgefunden hatten und hoffte inständig, es würde ihm ein Bild von jemandem vermitteln, den er kannte. Er hatte den Gedanken immer gehasst, dass seine Nachbarn und sogar seine Freunde Verdächtige sein könnten, aber er hatte im Laufe seines Berufslebens gelernt, dass nicht alle Verdächtigen Arschlöcher waren oder Menschen, die er nicht leiden konnte. Manchmal musste er seine Nachbarn und die Menschen, die er sein ganzes Leben lang kannte, ganz objektiv betrachten. Das war der wirklich schwierige Teil seines Jobs. Der Vorteil war, dass er jeden kannte. Also sah er sich weiterhin an, was sie hatten. „Das hier sollte leichter sein", sagte er laut zu niemand Bestimmten.

„Redest du mit dir selbst?", fragte Gloria. „Dann muss es ja wirklich schlimm stehen."

„Bloß nervig. Ich habe ständig das Gefühl, dass die Antwort direkt vor meiner Nase liegt und ich nur die Puzzleteile richtig zusammensetzen muss."

„Vielleicht ist das so", stimmte Gloria zu und beugte sich über den Schreibtisch. „Die Antwort auf die meisten Fragen ist so einfach, dass wir den Wald vor lauter Bäumen nicht sehen." Das Telefon klingelte und Gloria hob ab.

Mack ordnete ein paar seiner Notizen. „Heilige Scheiße", murmelte er vor sich hin. „Gloria", brüllte er, „wo ist Zeb?"

„Ich habe ihn gerade zu einem Einsatz geschickt", erklärte sie ihm.

„Wohin?" Mack schnappte sich seinen Hut und eilte zu ihrem Schreibtisch.

„Die Raststätte. Es gibt dort eine Art Tumult."

Mack war bereits an ihr vorbei und zur Tür hinaus. Er rannte zu seinem Streifenwagen und fuhr vom Parkplatz in Richtung Stadtrand.

Das Rasthaus war selbst zu dieser Tageszeit gut besucht. Mack parkte in der Nähe der Tür und ging hinein, um drinnen jede Menge Geschrei und Geschiebe vorzufinden. Zeb versuchte, alles unter Kontrolle zu kriegen. „Was zum Teufel ist hier los?" Macks Stimme übertönte alles. Augenblicklich war es im Raum so still wie auf einem Friedhof. „Das reicht." Er wandte sich an den Barkeeper. „Wen willst du loswerden?" Er war nicht in der Stimmung auszuknobeln, welcher blöde Streit hierzu geführt hatte. Der Barkeeper deutete auf die üblichen Verdächtigen und Zeb eskortierte sie einfach so nach draußen.

Mack folgte den beiden mosernden, vor Wut kochenden Männern. „Das hier ist Privatbesitz und Sie haben kein Recht hier zu sein, wenn die Eigentümer das nicht wollen. Ich schlage vor, Sie laufen sich den Frust ab, denn wenn sich einer von Ihnen in ein Auto setzt, werfe ich Sie beide ins Gefängnis." Er kannte kein Pardon und beide Männer gaben nach und liefen los in Richtung Stadt. Mack war ziemlich sicher, dass keiner der beiden besonders scharf darauf war, die Ehefrau anzurufen, um sich abholen zu lassen.

„Das hätte ich auch allein in den Griff gekriegt", sagte Zeb.

„Ich weiß. Ich bin nicht hergekommen, um dir auf die Füße zu treten. Aber du hast gesagt, dass Peter von seinem Vater abgeholt worden ist."

„Ja. Larry hat gesagt, dass Chrissi mit Grippe im Bett liegt."

„Aber wieso ist er zu Hause? Denny Beltz hat Julie angerufen und gesagt, dass sein Wachdienst um eine Woche verlängert wurde. Wieso also nicht auch Larrys? Sie sind in derselben Einheit."

„Keine Ahnung. Vielleicht haben sie nur Denny gebraucht", sagte Zeb, aber Mack nahm ihm das nicht ab.

„Danke." Mack fuhr davon und rief Gloria auf dem Revier an. „Gloria, ich brauche Larry Gundersons Telefonnummer und Adresse", sagte er. Er wartete und als er die Informationen hatte, fuhr er zum Haus der Gundersons.

Larry arbeitete Nachtschicht im Krankenhaus, also war Mack sich ziemlich sicher, dass er da sein würde.

Mack fuhr in die Einfahrt des kleinen, sehr gepflegten Hauses gleich an der Hauptstraße. Er parkte den Wagen und war nicht überrascht, als sich die Haustür öffnete, als er darauf zuging.

„Hat Peter noch mehr angestellt?", fragte Larry, in ein T-Shirt und Jogginghosen gekleidet.

„Nein", antwortete Mack. „Aber ich muss mit Ihnen reden."

Larry trat zurück und Mack ging hinein.

„Ich weiß, dass Sie zusammen mit Denny Beltz in derselben Nationalgarde-Einheit sind." Mack setzte sich auf die Kante eines der Wohnzimmerstühle, während Larry wieder auf das Sofa plumpste. Er unterbrach Larrys Schlaf wirklich ungern, aber das hier konnte nicht warten.

„Ja. Unser jährliches Training war während der vergangenen zwei Wochen, aber wir waren am Sonntag damit durch."

„Die ganze Einheit?", fragte Mack, während er seinen Kugelschreiber und sein Notizbuch zückte.

„Na ja, ja. Wir wurden alle entlassen und als wir gingen, war Denny fertig zum Abmarsch, genau wie der Rest von uns." Larry schien verwirrt.

„Danke."

Larry gähnte und stand auf, als Mack sich erhob. „Tut mir leid wegen Peter. Er und ich hatten ein langes Gespräch und auch wenn das keine Entschuldigung für sein Verhalten ist, so wissen seine Mutter und ich jetzt wenigstens, dass er schikaniert wurde. Ich habe morgen einen Termin mit dem Rektor und seinem Lehrer. Wir werden dieser Sache auf den Grund gehen."

„Sehr gut. Tut mir leid, Sie gestört zu haben." Mack ging zur Tür. „Haben Sie die Nummer Ihres kommandierenden Offiziers?"

„Sicher." Larry rasselte sie herunter und Mack schrieb sie sich in sein Notizheft und dankte Larry noch einmal.

„Sehr gut. Ich lasse Sie in Ruhe. Ihre Hilfe weiß ich zu schätzen." Mack verließ das Haus und stieg in seinen Streifenwagen, als sein Telefon klingelte. „Ja, Gloria", sagte er und setzte rückwärts aus der Einfahrt.

„Wir haben gerade einen Anruf von Andy Erickson erhalten. Er hat nach seiner Herde gesehen und jemanden in der Nähe des Richardson Hauses herumschleichen sehen. Er fand, das wäre verdächtig und meldete es uns. Ich konnte Brantley Calderone erreichen und er hat sich auf den Weg dorthin gemacht, aber ich fand du solltest es wissen. Ronnie ist auch schon auf dem Weg dort hinaus."

Macks Magen geriet in Aufruhr. Er hatte ein ganz mieses Bauchgefühl. Er kehrte um und raste mit Sirenengeheul und gleißenden Lichtern hinaus zu

Brantleys Ranch. Er fuhr in die Einfahrt und parkte neben dem Wagen seines Dads. Ronnie kam direkt nach ihm an. Flammen schossen aus einigen der Fenster und es war offensichtlich, dass sie sich ausbreiteten. Bald würde das ganze Haus darin eingehüllt sein.

„Wir müssen Brantley finden", sagte Mack, als Glas zerbarst und Rauch aus der Rückseite des Hauses quoll. „Hol sofort die Feuerwehr", rief er Ronnie zu, während er zur Vordertür rannte. Er sprang auf die vordere Veranda und trat die Tür ein. Rauchwolken ergossen sich aus dem Innern, gefolgt von einer Welle aus Hitze. Er wartete einige Sekunden lang, bis die Luft sich etwas geklärt hatte und rannte dann hinein.

Das Wohnzimmer war voller Rauch. Mack hustete und sah sich um. Die Küche stand bereits in Flammen, die sich ihren Weg in Richtung des Sauerstoffs bahnten. Mack wusste, dass er keine Zeit verlieren durfte und setzte sich in Bewegung, den Flur hinunter, wobei er jede Tür aufstieß. Er musste Brantley finden. Er wusste, dass er hier war.

Das Badezimmer war leer, genau wie das zweite Schlafzimmer. Die Tür zum großen Schlafzimmer war verschlossen und Mack trat sie ein, während der Rauch um ihn herum dicker wurde und das Brüllen des Feuers alles war, was er hörte. Ihnen blieb nicht mehr viel Zeit.

Das Zimmer war dunkel, die Gardinen zugezogen, aber die Luft war einige Sekunden lang rein, gerade lange genug, um die Gestalt auf dem Bett zu erkennen. Mack raste um das Bett herum und riss in der Eile beinahe die Vorhänge herunter, so eilig hatte er es, sie zu öffnen. Brantley war dort, seine Arme und Beine mit Klebeband gefesselt. Mack versuchte, ihn zu wecken, aber Brantley reagierte nicht.

Mack hob ihn auf seine Arme und eilte den Weg zurück, den er gekommen war, aber bereits nach zwei Schritten traf er auf eine brüllende Flammenwand. Dieser Weg war versperrt, also rannte er zurück ins Schlafzimmer und knallte die Tür zu. Ihnen blieben nur Sekunden, bis die Flammen durchbrechen würden. Mack legte Brantley wieder aufs Bett und öffnete das Fenster. Dann drückte er das Fliegengitter heraus und ließ es auf den Boden fallen. „Ich brauche Hilfe hier drinnen", schrie er und hoffte verzweifelt, dass Ronnie ihn hörte.

Er konnte Sirenen hören, aber die Zeit lief ab. Mack berührte die Wand und sie fühlte sich heiß an, verströmte Hitze in den Raum hinein und ließ keinen Zweifel daran, dass auf der anderen Seite das Feuer wütete. Er wandte sich erneut dem Bett zu und nahm Brantley wieder auf die Arme, dankbar dafür, ihn stöhnen zu hören.

„Mack", rief Ronnie.

„Gott sei Dank. Brantley ist hier. Ich werde ihn durchs Fenster reichen." Er war bereits dabei, ihn mit den Füßen voran durch die Öffnung zu heben.

Ronnie fasste zu und nahm ihn in Empfang und es schien, als wären auch die Feuerwehrmänner dabei. Die Schlafzimmertür flog krachend auf und fiel zur Seite, gerade als Mack durch die Fensteröffnung kletterte. Männer halfen ihm hindurch und auf den Boden, bevor sie alle machten, dass sie von dem brennenden Gebäude wegkamen.

Die Sanitäter hatten Brantley auf den Boden gelegt und versorgten ihn mit Sauerstoff. Einer von ihnen, Audie, bot Mack eine Maske an, aber er winkte sie beiseite und atmete langsam die frische Luft ein. „Mir geht's gut", schnappte er. Ein gewaltiges Krachen signalisierte, dass das Haus in sich zusammenstürzte und als Mack sich umdrehte, war die Küchenseite fast verschwunden und Glut und Funken stiegen in den Himmel. Wasser wurde auf das Haus gespritzt, um die Glut niedrig zu halten, aber sonst konnte nichts getan werden. Mack konnte sehen, dass das Haus ein Totalschaden war und in wenigen Minuten nicht mehr sein würde als ein qualmender Haufen aus Asche und Trümmern. Aber das war so was von unwichtig im Vergleich zu der Tatsache, dass Brantley auf dem Boden lag und sich nicht rührte.

„Brantley", sagte er, als er sich auf den Weg dorthin machte, wo der Mensch, der ihm inzwischen so viel bedeutete, nahezu reglos am Boden lag.

„Wieso wacht er nicht auf? Der Raum war rauchfrei und ich habe ihn rausgebracht, bevor es allzu schlimm wurde." Knapp, aber er war in der Lage gewesen, rasch zu handeln.

„Wir versuchen, das herauszufinden, Sheriff", sagte Audie. „Sie müssen zurückbleiben, damit wir arbeiten können." Er kannte Audie schon einige Jahre, aber seine Sorge um Brantley überwog alles andere.

„Von wegen", sagte Mack und ging auf die andere Seite, kniete sich auf den Boden und nahm Brantleys Hand, die er sanft streichelte. „Du musst für mich aufwachen", sagte er leise und kümmerte sich nicht um die anderen um sie herum. Er hatte entschieden, dass er nunmal war, wer er war und es zurückzuhalten, würde trotzdem nichts ändern. „Brantley, Liebling, du musst diese umwerfenden blauen Augen öffnen und mich ansehen."

„Er hat eine Beule am Kopf, aber ich glaube nicht, dass das die Ursache dafür ist, dass er nicht aufwacht", sagte Audie. „Ich glaube, es wurde ihm etwas verabreicht, das ihn ausgeknockt hat." Er wandte sich an die anderen. „Wir werden ihn jetzt mitnehmen. Hier können wir nicht viel für ihn tun."

Mack trat zurück und sah zu, wie sie Brantley hochhoben und in den Krankenwagen brachten. Mack wollte unbedingt mit ihm fahren, aber er hatte hier einen Job zu erledigen und so sehr er es auch hasste zurückzubleiben, so musste er die Arbeit doch den Profis überlassen. „Glaubst du, er kommt wieder in Ordnung?"

Audie schloss die Tür des Krankenwagens. „Ich weiß es nicht. Man könnte ihm eine Menge Sachen verabreicht haben. Ich sorge dafür, dass sie dich persönlich anrufen." Er klopfte Mack auf die Schulter und eilte dann auf den Fahrersitz. Sekunden später fuhr der Krankenwagen unter lautem Sirenengeheul davon.

„Kann ich irgendetwas tun?"

Mack drehte sich um. Er hatte Julie Beltz nicht kommen hören.

„Tut mir leid", sagte sie.

„Nein. Danke." Dies war eine der beschissenen Gelegenheiten, bei denen seine Pflicht Vorrang hatte vor dem, was er wirklich und wahrhaftig wollte. Im Krankenhaus würde er nutzlos sein und hier konnte er hoffentlich denjenigen festnageln, der das hier getan hatte.

„War das hier ein Unfall?", fragte Julie.

Mack hatte schon den Mund aufgemacht, um das zu verneinen, hielt aber inne. Er wusste, dass es das nicht war, konnte aber nicht über eine laufende Ermittlung sprechen. „Das werden wir herausfinden." Er entschuldigte sich, um mit Captain Randall zu reden. „Wer auch immer das Feuer gelegt hat, hat Brandbeschleuniger benutzt", erklärte ihm Mack. „Ich konnte es riechen, als ich drinnen war. Ich glaube nicht, dass er im ganzen Haus war, aber es hätte sich sonst nicht so rasch ausgebreitet."

„Es war also Brandstiftung?"

Mack schüttelte den Kopf. „Versuchter Mord." Er würde vor nichts und niemandem haltmachen. „Wir müssen gemeinsam ermitteln." Er würde sich nicht auf ein Kompetenzgerangel einlassen.

„Kein Problem. Wir können alle Hilfe brauchen, die wir kriegen können. Die meisten unserer Männer sind Freiwillige, also wird eine gemeinsame Ermittlung funktionieren. Und da ich der führende Ermittler bin …"

„Gut. Es ist an der Rückseite ausgebrochen, genau da drüben, und hat sich dann zum Mittelpunkt des Hauses hin und zuletzt bis ins Schlafzimmer ausgebreitet, was ich nicht verstehe, denn wenn er Brantley wirklich umbringen wollte, wieso hat er das Feuer dann nicht in dem Raum gelegt, in dem er sich befand?"

„Na ja, wenn ich raten sollte, dann würde ich sagen, dass der Täter kein Brandstifter war. Diese Kerle wissen, wie sich Flammen verhalten. Also vermute ich, dass er das Opfer im Schlafzimmer platzierte und anschließend das Haus verließ, wobei er sein Benzin ausgoss und anschließend ein Streichholz reinwarf, ehe er sich aus dem Staub machte. Wenn er nicht alles mit Benzin übergossen hat, dann hätte ihm das Zeit gegeben, um zu verschwinden und vielleicht sogar außer Sichtweite zu gelangen, bevor die Hitze ein Fenster zerspringen ließ und der Rauch deutlich zu sehen war."

Für Mack ergab das Sinn.

„Haben Sie eine Ahnung, wer es getan hat? Oder wen Sie für den Täter halten?"

„Ich habe eine ziemlich konkrete Idee", war alles, was Mack preisgeben würde. Er tat sein Bestes, nicht zu Julie hinüberzusehen. Um ihretwillen hoffte er, dass er sich irrte, aber die Beweise häuften sich. „Danke für alles. Ich werde Sie dann mal Ihre Arbeit machen lassen." Mack ging zu seinem Wagen, ließ den Motor an, damit sich der Innenraum nicht in einen verdammten Hochofen verwandelte und tätigte den Anruf, der alles entscheiden konnte.

„Ist dort Byron Masters?", fragte Mack, als sein Anruf entgegengenommen wurde.

„Captain Masters, ja", stellte dieser schroff klar.

„Ich bin Sheriff Mackenzie Redford aus Hartwick County und ich hoffe, Sie können mir etwas bestätigen."

„Ich weiß nicht." Er klang misstrauisch.

„Ich leite eine Mordermittlung und ich habe ein paar Fragen. Larry Gunderson hat mir Ihren Namen gegeben."

„Larry ist einer meiner besten Sergeanten. Womit kann ich Ihnen behilflich sein?"

„Seine Einheit hat kürzlich ihr zweiwöchiges Training absolviert."

Er hörte Papier rascheln. „Ja. Sie haben das Training letztes Wochenende abgeschlossen."

„Wurde irgendjemand aus seiner Einheit gebeten, noch eine Woche länger zu bleiben?", fragte Mack und betete um eine gegenteilige Antwort.

Im Hintergrund raschelte noch mehr Papier. „Nein. Die gesamte Einheit wurde entlassen und nach Hause geschickt. Sie sind eine großartige Einheit und arbeiten ausgezeichnet zusammen. Es gab für keinen von ihnen einen Grund zu bleiben."

Macks Herz sank. Das hier war beides, der Durchbruch in dem Fall, nach dem er gesucht hatte und eine riesige Enttäuschung, ganz besonders, als er Julie bei ein paar der versammelten Nachbarn stehen sah. „Danke."

„Wollen Sie damit sagen, dass einer dieser Männer ihr Verdächtiger sein könnte?"

„Das kann ich zur Zeit nicht beantworten, aber ich werde Sie kontaktieren, falls Anklage erhoben wird", sagte Mack.

„Verständlich", sagte Captain Masters. „Ich freue mich, dass ich helfen konnte."

„Wäre es wohl möglich, eine Kopie von allen Unterlagen zu bekommen, die belegen, dass die gesamte Einheit entlassen wurde?" Mack gab dem Captain seine Faxnummer sowie seine E-Mail-Adresse und Captain Masters sicherte ihm zu, einen Dienstplan zu schicken. Er bedankte sich bei ihm für seine Hilfe und beendete das Gespräch. „Scheiße", stieß er laut hervor und versuchte, nicht allzu unglücklich auszusehen. Es waren zu viele Leute hier, um diese Art von Gefühlen zu zeigen.

Mack fragte sich, wie zum Teufel er je beweisen sollte, dass Denny Beltz an den Tatorten gewesen war. Er hatte einen Schuhabdruck, aber Denny war nicht die einzige Person in der Stadt mit diesen Stiefeln und es könnte auch noch andere von außerhalb geben. Bis jetzt hatte er bewiesen, dass Denny seine Frau belogen hatte, aber das war nicht unbedingt ein Verbrechen. Denny hatte Militärerfahrung – das war unbestreitbar. Also trafen alle Kriterien, die sie ihrem Verdächtigen zuschrieben auf Denny zu, aber das waren alles Indizienbeweise. Mack musste etwas Konkreteres finden, aber jetzt wusste er wenigstens, wo er mit der Suche beginnen musste.

Er stieg aus dem Wagen und tat sein Bestes, um sich nicht anmerken zu lassen, dass ein Teil seiner Welt gerade über ihm eingestürzt war.

Sein Handy klingelte und er machte buchstäblich einen Satz. „Sheriff Redford."

„Hier ist Audie. Ich kann nicht viel sagen, aber Brantley ist wieder zu Bewusstsein gekommen, kurz bevor wir am Krankenhaus waren. Die Schweigepflicht verbietet uns mehr zu sagen, aber ich wollte Sie wissen lassen, dass er spricht und nach Ihnen gefragt hat. Er erinnert sich nicht an viel von dem, was passiert ist, aber er scheint bei klarem Verstand zu sein."

„Danke." Ein Teil des Knotens in Macks Innern löste sich. Wenigstens klang es so, als wäre Brantley auf dem Weg der Besserung. „Sind Sie noch bei ihm?"

„Das bin ich."

„Sagen Sie ihm, dass ich zu ihm komme, sobald ich kann."

„Das werde ich", versicherte ihm Audie und Mack bedankte sich und legte auf.

Das Haus war immer noch viel zu heiß, um es betreten zu können, also befahl Mack Ronnie vor Ort zu bleiben und niemanden in die Ruine zu lassen, bis er zurückkam. Mack lief zurück zu seinem Auto und fuhr los. Während er nach Hause raste, rief er seinen Dad an.

„Mack", sagte Lew, als er abnahm.

„Geht es dir gut?", fragte Mack hastig.

„Ja, mir geht's gut."

„Ruf jemanden an und sieh zu, dass sie bei dir bleiben. Ich will nicht, dass du allein bist. Verdammt noch mal, lade die Hälfte deiner Freunde ein und sag ihnen, du feierst eine Party. Esst alles auf, was im Haus ist, nur hol dir Leute rüber."

„Du weißt etwas."

„Ja, und lass niemanden unter fünfzig ins Haus. Ich habe einen Verdächtigen und ich kann dir nicht sagen, wer es ist, aber bleib nicht allein."

„In Ordnung. Ich mache die Anrufe."

„Du hast fünf Minuten", sagte Mack und legte auf. Er fuhr mit zitternden Händen weiter in Richtung Stadt, bis sein Dad zurückrief, um zu fragen, ob Gordy von gegenüber okay wäre. Mack sagte ihm, das ginge klar und offensichtlich war Gordy schon auf dem Weg, um bei ihm zu bleiben, bis seine anderen Freunde eintrafen. „Halt die Augen offen, Dad, und ruf mich an, wenn du irgendwas Verdächtiges siehst." Er fuhr weiter zum Revier, setzte sich an seinen Schreibtisch und ging noch einmal alles durch, was sie hatten.

Das Letzte, was er tun wollte, war Julie einen Haftbefehl zuzustellen. Er hatte einen ausreichenden Grund für eine Hausdurchsuchung, aber das wäre traumatisch für sie, und was, wenn er sich irrte? Und er fragte sich, ob Denny abhauen würde, wenn er Wind davon bekam und diese ganz spezielle Neuigkeit würde sich in der Stadt wie ein Lauffeuer verbreiten.

Er schaute auf, als jemand an den Türrahmen klopfte.

„Mack", sagte Zeb. „Ich habe gehört, was passiert ist. Wenn du Brantley siehst, dann sag ihm bitte, dass es mir leidtut um sein Haus und dass ich hoffe, es geht ihm bald wieder besser."

„Mach ich", erwiderte Mack. „Komm rein und mach die Tür zu." Er wartete, bis Zeb seiner Bitte nachgekommen war und ging dann das durch, was sie hatten. „Ich glaube, ich weiß, wer hinter all dem steckt."

Zebs Augen weiteten sich. „Das ist großartig."

„Nein, ist es nicht. Es ist Denny Beltz."

„Auf keinen Fall!" Zeb sprang vom Stuhl hoch. „Er hat …"

„Ich weiß. Tatsache ist, er hat die Art von Stiefeln, die wir suchen, Militärerfahrung und er war nicht noch eine zusätzliche Woche beim Training. Keiner aus seiner Einheit wurde aufgefordert noch länger zu bleiben. Brantley und ich haben Gold auf dem Grundstück gefunden, das er gekauft hat. Deshalb halte ich das für den Grund, wieso Denny versucht hat, Brantley zu verjagen. Das Problem ist, dass ich ihn nicht direkt mit den Verbrechen in Verbindung bringen kann. Es sind alles Indizienbeweise. Ich weiß, da ist etwas, das ich übersehen habe."

„Was kann ich tun?"

„Wir müssen noch einmal alles durchgehen, was wir haben."

„Ich habe die Patronenhülse auf Fingerabdrücke überprüft, hab aber keine gefunden", sagte Zeb.

„Ich will, dass du dir diese Fotos von den Stiefeln noch mal genau ansiehst. Vergrößere sie oder hol dir, falls nötig, Ronnie zu Hilfe, um zu sehen,

131

ob es irgendwelche Besonderheiten daran gibt. Vielleicht können wir sie einem bestimmten Stiefel zuordnen." Er wusste, dass das nur dann hilfreich war, wenn sie das Paar Stiefel finden würden. Er griff nach Strohhalmen. Mack stöhnte. „Ich muss in den sauren Apfel beißen und mit Julie reden. Es wird verdammt wehtun, aber ich muss sehen, was ich herausfinden kann."

„Bist du sicher, dass sie kooperieren wird?"

„Falls nötig, kann ich einen Haftbefehl bekommen." Er hoffte, dass das nicht nötig sein würde. Diese ganze Sache verwandelte sich langsam in ein Minenfeld. Aber er hatte sich auch früher schon durch so etwas hindurchmanövriert und er würde es wieder tun. „Außerdem muss ich nach Brantley sehen."

„Sie tun, was Sie tun müssen und ich gehe noch mal alles durch und sehe mir alle Beweise noch einmal genau an. Vier Augen sehen mehr als zwei."

Mack nickte. Himmel, er hoffte, dass er richtig lag. Wenn nicht, dann würde er ein paar engen Freunden eine Menge Kummer bereiten. Er stand zögernd auf und überdachte noch immer alles, was er gesammelt hatte. Ihm war klar, dass er Julie einen Besuch abstatten musste, aber das schob er erst mal hinaus. „Ich werde gehen und nach Brantley sehen." Er musste ihn sehen und wissen, dass es ihm gut ging. Momentan konnte er keinen klaren Gedanken fassen. „Wenn du was findest, ruf mich sofort an."

„Mach ich, Sheriff."

„Wir sollten außerdem Dennys Truck zur Fahndung ausschreiben."

„Das mach ich sofort", sagte Zeb.

„Und es versteht sich von selbst, dass all das hier unter uns bleiben muss. Ich will nicht, dass die Gerüchteküche davon Wind bekommt."

Zeb stand auf und Mack folgte ihm aus seinem Büro. Zeb begab sich direkt an seinen Schreibtisch und Mack verließ das Revier und ging zu seinem Streifenwagen. Er hatte vor, Julie nach dem Krankenhaus einen Besuch abzustatten und es musste ein offizieller Besuch sein.

Die Fahrt zum kleinen kommunalen Krankenhaus dauerte weniger als fünf Minuten und er parkte so nah am Eingang, wie er konnte. Dann ging er hinein und trat vor den Empfangstresen.

Eine ältere Frau schaute von ihrem Computer auf. Ihre Augen weiteten sich und sie leckte sich die Lippen. „Kann ich Ihnen behilflich sein?"

„Das Zimmer von Brantley Calderone, bitte."

Sie tippte. „Er ist in Zimmer 212. Steckt er in Schwierigkeiten?"

Mack ignorierte die Frage, bedankte sich bei ihr und machte sich auf den Weg den Flur hinunter. Er war schon oft hier gewesen und wusste, wohin er ging. Die Leute gingen ihm aus dem Weg und normalerweise würde er lächeln und sie grüßen, aber je näher er Brantley kam desto schneller ging er und je heftiger pochte es in seiner Brust. Vor dem Zimmer blieb er stehen und trat dann durch die Tür.

Brantley lag mit geschlossenen Augen auf dem Bett. Ein Monitor neben seinem Bett zeigte seine Pulsfrequenz und seinen Herzschlag an, ebenso wie das Ergebnis seiner letzten Blutdruckmessung. Vielleicht waren dort auch noch andere Anzeigen abzulesen, aber Mack achtete nicht darauf, sondern konzentrierte sich auf den Mann im Bett.

„Mack", sagte Brantley mit matter Stimme.

„Ich bin hier. Wie fühlst du dich?" Er setzte sich neben ihn und nahm Brantleys Hand.

„Als hätte mich ein D-Zug überrollt. Ich glaube mir wurde irgendwas gespritzt. Ich weiß nicht was und das war's dann auch schon."

„Hast du gesehen, wer es war?" Das könnte der eindeutige Beweis sein, den er brauchte.

„Nein. Es kam von hinten und ich erinnere mich daran, wie ich den Flur hinuntergezogen wurde, bevor ich das Bewusstsein verlor. Der Mann aus dem Krankenwagen hat mir erzählt, dass du mich gerettet und aus dem Haus gebracht hast."

„Ja. Wer auch immer dich betäubt hat, hat auch Feuer gelegt, aber ich habe dich zuerst erreicht und aus dem Fenster ins Freie gebracht." Macks Hand zitterte. „Du hast mich halb zu Tode erschreckt. Ich wusste nicht, ob du es schaffen würdest, und ..." Er schluckte hart. Über seine Gefühle zu sprechen war schwierig, aber verdammt noch mal, er hatte Brantley beinahe verloren, also war jetzt nicht der Zeitpunkt für falsche Zurückhaltung. „Ich hatte Angst, dass ich dir nie wieder in die Augen sehen oder in der Lage sein würde, dir zu sagen, dass du inzwischen die Welt für mich bedeutest. Ich wollte bei dir bleiben und da sein, wenn du aufwachst."

„Du hattest einen Job zu erledigen."

„Das hatte ich und ich denke, ich weiß jetzt vielleicht, wer hinter all dem hier steckt, aber ich kann es noch nicht beweisen." Mack konzentrierte sich wieder auf das, was wichtig war. „Dich am Boden liegen zu sehen und dass du nicht aufgewacht bist, hat mir deutlich gemacht, wie sehr ich dich liebe und dass ich es bitter bereuen werde, wenn ich nicht endlich den Hintern hochkriege und es dir sage." Er streichelte leicht Brantleys Handrücken.

„Ich weiß, wie du dich fühlst. Ich verlor das Bewusstsein und alles, woran ich denken konnte, warst du und dass ich dich vielleicht nie wiedersehen würde." Brantley drehte seinen Kopf auf dem Kissen in seine Richtung. „Du glaubst, du weißt, wer es ist?"

„Ja. Aber wir müssen jetzt nicht darüber reden."

„Ich will es wissen."

Mack wusste, dass er nichts sagen sollte, aber Brantley hatte an diesem Fall ziemlich eng mit ihm zusammengearbeitet. Trotzdem zögerte er, ehe er sagte: „Ich glaube es war Denny Beltz. Julie hat gesagt, er hätte angerufen, um ihr zu sagen, dass man ihn aufgefordert hätte, noch eine Woche länger an der Reserveübung teilzunehmen, aber das hat er nicht. Er hat sie angelogen und das wurde mir heute von seinem Captain bestätigt. Außerdem ist er an der Waffe ausgebildet worden und er besitzt ein Paar der Stiefel, die den Abdruck hinterlassen haben. Er hatte die Möglichkeit und die Gelegenheit, weil niemand nach ihm gesucht hat."

„Aber wieso?", fragte Brantley. „Wenn er sich all diese Mühe macht, dann muss es um mehr gehen. Braucht er das Geld? Kannst du dir ihn an einem der Tatorte vorstellen?"

„Ich weiß nicht, wie es mit dem Geld steht, aber ich muss diesen Beweis finden. Ronnie hat ein Händchen, wenn es um Elektronik geht und er wird sich diesen Stiefelabdruck ansehen, um herauszufinden, ob an ihm irgendetwas einzigartig ist. Denny hat seine Spuren so gut verwischt, dass ich nur Indizienbeweise gegen ihn habe und keine Augenzeugen und das macht mich fuchsteufelswild." Er stand auf und ging ans Ende des Bettes. „Er hat so oft versucht, dich zu verletzen und ich habe dich seinetwegen beinahe verloren. Ich bin so weit, ihn in Stücke zu reißen – Job und der ganze Rest hin oder her."

„Du musst ihn finden. Wie lange kennst du ihn schon?"

„Fünfzehn Jahre. Seit wir Kinder waren."

„Dann denk nach, wo er hingehen würde. Und dann versuche, ob du Glück hast. Menschen kehren an Orte zurück, die ihnen vertraut sind und wo sie sich sicher fühlen. Wenn er uns beobachtet hat und bereits so weit gegangen ist, dann wird er jetzt nicht aufgeben. Er weiß, dass ich eine Todesangst haben muss. Du könntest das Gerücht verbreiten, dass ich mich entschieden hätte, die Stadt zu verlassen und dass ich die Ranch wieder zum Verkauf anbieten werde und dass ich die Nase voll habe. Benutz das als Köder und sieh zu, ob ihn das aus der Reserve lockt. Wenn ich erst mal hier raus bin, können wir uns überlegen, wie wir das möglichst glaubwürdig darstellen können. Dann werden wir ja sehen, wer darauf anspringt."

„Gib ihnen, was sie wollen. Du bist brillant."

„Das glaube ich gerne", sagte Brantley und lächelte zum ersten Mal.

Mack erwiderte sein Lächeln. „Wie bringen wir sie dazu, rasch zu handeln?"

Brantley schloss seine Augen und Mack nahm leise Platz und fragte sich, ob Brantley eingeschlafen war, der aber sagte: „Ich denke, wir müssen behaupten, dass du gehört hast, wie einer meiner Freunde aus New York Interesse an dem Anwesen bekundet hat. Lass es klingen, als stünde der Verkauf schon kurz bevor, damit sie schnell handeln müssen. Ich wette, du hast schon genau die richtige Person im Auge, der du es erzählen musst, damit es rasch die Runde macht."

„Das habe ich", sagte Mack. Gloria wäre die perfekte Wahl, ebenso Marlene, ganz besonders dann, wenn er es so arrangieren konnte, dass sie zufällig mithörten, was er sie weitertratschen lassen wollte. „Was ist mit dir, Brantley?" Er war es leid über den Fall zu reden. „Wie lange wirst du hierbleiben?"

„Sie wollen mich über Nacht hierbehalten, um sicherzugehen, dass das, was auch immer man mir verabreicht hat, aus meinem Körper raus ist", sagte Brantley mit heiser klingender Stimme und Mack holte ihm seinen Becher mit Wasser vom Tablett und hielt ihm den Strohhalm an die Lippen. Nachdem Brantley einen Schluck getrunken hatte, sagte er: „Sie haben gesagt, es sollte alles in Ordnung sein, aber dass sie lieber auf Nummer sicher gehen wollen. Meine einzige Frage wäre, wie ich es anstellen soll, damit es so aussieht, als hätte ich die Stadt verlassen, wenn ich doch in Wirklichkeit gar nicht weggehe?" Brantley nahm den Strohhalm zwischen die Lippen und trank erneut.

„Wir können in der Werkstatt anrufen und sehen, ob dein Truck repariert ist. Du könntest ihn abholen und ich würde einen der Hilfssheriffs damit beauftragen, ihn aus der Stadt zu fahren. Anschließend würdest du im Haus und außer Sichtweite bleiben."

Brantley machte die Augen wieder zu. „Vielleicht ist das Ganze einfach zu kompliziert, um es durchzuziehen."

„Willst du damit sagen, dass du wirklich weggehen willst?", fragte Mack mit bangem Herzen.

„Um ehrlich zu sein, will ich damit, glaube ich, sagen, dass du den Fall lösen sollst, damit wir diesen ganzen Scheiß nicht abziehen müssen." Brantley öffnete die Augen und legte sich anders hin. „Vielleicht war meine erste Idee, die Stadt zu verlassen, übertrieben. Ich kann gerade nicht besonders klar denken, und ich glaube nicht, dass ich mich verjagen lassen will oder die Leute glauben lassen möchte, dass man mich verjagen kann. Nachdem wir diesen Kerl geschnappt haben, möchte ich in der Lage sein, hier zu leben und Freunde zu finden. Was werden die von mir denken, wenn es aussieht, als würde ich wegrennen?"

Mack hatte darauf keine Antwort parat. Mehr als alles andere wollte er, dass Brantley in Sicherheit war. „Also gut." Er beugte sich übers Bett. „Ich habe einen Mörder zu fangen und ich werde sehen, was ich tun kann."

„Ich wünschte, ich könnte mit dir kommen."

„Du bleibst hier und in Sicherheit." Er küsste Brantley auf die Lippen und genoss dessen Süße, ehe er von ihm abließ. „Ich würde mich so viel besser fühlen, wenn ich dich mitnehmen könnte. Ich könnte dafür sorgen, dass du in Sicherheit bist."

„Die einzige Garantie dafür ist, dass du den Kerl schnappst und ihn wegsperrst. Dann werde ich in Sicherheit sein und wir können anfangen, ein Leben zu leben." Brantley streckte seine Hand aus und Mack ergriff sie und drückte sie sanft.

„Ich sehe dich, sobald ich kann." Mack ließ seine Hand aus Brantleys gleiten und drehte sich um, um das Zimmer zu verlassen. Er schaute noch einmal zurück, um einen letzten Blick auf Brantley zu werfen, ehe er sich zur Schwesternstation begab. Dort stellte er klar, dass Mr. Calderone keine Besucher haben dürfte und dass er das auch den Kollegen unten an der Rezeption mitteilen würde. Nur wenige Minuten später stand er dem Verwaltungschef des Krankenhauses gegenüber.

„Es ist zu seiner Sicherheit und der Ihres Personals."

„Kein Problem, Sheriff. Ich sorge dafür, dass er in unserer Besucherkartei nicht mehr auftaucht, damit seine Zimmernummer an niemanden weitergegeben wird."

„Danke", sagte Mack, schüttelte ihm die Hand und eilte in Richtung Ausgang. Es gab Momente, da wünschte er sich mehr Personal, aber sein Budget war stark eingeschränkt und seine Hilfssheriffs assistierten ihm bereits alle. Brantley hatte recht: Je eher Mack Denny verhaftete desto eher war das hier vorbei.

Mack verließ das Krankenhaus und eilte zu seinem Streifenwagen. Dort angekommen fuhr er vom Parkplatz und in Richtung Julie.

„Sheriff Mack", rief Nathan, sobald er aus dem Wagen gestiegen war.

„Hi, Nathan", sagte Mack so sanft wie er konnte. „Ist deine Mom hier?"

Er deutete auf die Scheune und rannte darauf zu. „Mama, Sheriff Mack ist hier", rief er im Laufen.

Mack lächelte und ging ihm nach. Er fand Julie beim Füttern der Pferde.

„Mack, schön dich zu sehen. Es ist eine echte Schande, was mit Brantleys Haus passiert ist. Geht es ihm gut?"

„Ja. Er ist tief erschüttert und mehr als nur ein bisschen verängstigt, aber ich denke nach allem, was passiert ist, kann man nichts anderes erwarten." Mack trat ein wenig näher und senkte seine Stimme. „Gibt es einen Ort, wo wir reden können? Ich will Nathan keine Angst machen."

Julie ließ das Heu, das sie trug, in die nächste Futterkrippe fallen. „Sicher", sagte sie argwöhnisch. „Stimmt etwas nicht?"

„Ich bin nicht sicher und ich hoffe, du kannst mir dabei helfen es herauszufinden." Er trat zurück und Julie nahm Nathans Hand.

„Wieso kommst du nicht mit mir? Du kannst ein bisschen *Dorie* gucken."
Sie führte einen aufgeregten Nathan über den Hof zum Haus und setzte ihn auf das Sofa vor den Fernseher. „Wir sind auf der vorderen Veranda, falls du uns brauchst", sagte sie, nachdem er es sich bequem gemacht hatte und eine DVD anschaute. Nach wenigen Sekunden war er völlig vertieft und Mack folgte Julie nach draußen auf die Veranda.

Sie setzte sich in einen der Korbstühle und Mack lehnte sich gegen das Geländer. Auf dem Herweg hatte er sich zurechtgelegt, was er sagen und wie er diese Unterhaltung beginnen wollte, aber die Worte verflüchtigten sich.

„Julie, darf ich dich fragen, ob zwischen dir und Denny alles in Ordnung ist?"

Sie zuckte mit den Schultern. „Wir haben unsere Höhen und Tiefen. Während der letzten paar Monate waren es mehr Tiefen als Höhen. Ich hoffe, dass uns, wenn er nach Hause kommt, die Wochen der Trennung gutgetan haben, zumindest mir. Wir haben beide eine Atempause gebraucht." Sie wandte sich dem Haus zu, um zu sehen, ob sie allein waren. „Ich habe Nathan nichts von unseren Problemen erzählt."

„Was für Probleme?", fragte Mack so vorsichtig er konnte und versuchte dabei weniger wie ein Polizist und mehr wie ein besorgter Freund zu klingen, auch wenn er in Uniform war.

Julie stieß den Atem auf eine Art und Weise aus, die Mack als Verbitterung interpretierte. „Die Ranch ist in letzter Zeit nicht gut gelaufen. Er wollte, dass wir aufgeben, um unsere Verluste zu beschränken und ich versuche zu kämpfen, um das zu erhalten, was meine Familie und ich hier aufgebaut haben. Das war die Ursache für eine ganze Reihe von Auseinandersetzungen."

Mack sah das Feuer in ihren Augen. Die Art von Feuer, die man brauchte, um einen Betrieb wie ihren am Laufen zu halten. Ranches lebten vom Vieh, von Pferden, harter Arbeit und einem Haufen Entschlossenheit und Stehvermögen. Mack wusste das und er wusste, dass Julie jede Menge davon hatte.

„Hast du in den letzten paar Tagen mal was von Denny gehört?"

„Gestern hat er Nathan angerufen. Ich habe ein paar Minuten mit ihm gesprochen. Er hat gesagt, er wäre ziemlich beschäftigt, sollte aber am Wochenende nach Hause kommen. Hat erzählt, dass er ein paar neue Leute trainieren und dass es sehr gut laufen würde."

Mack seufzte und ihm war klar, dass er ihr reinen Wein einschenken musste. Er wünschte sich verzweifelt, dass nicht er derjenige sein müsste, der ihr die schlechten Neuigkeiten überbrachte. „Julie, du weißt, dass ich in Uniform hier bin und dass es kein reiner Freundschaftsbesuch ist. Ich habe mit Larry Gunderson gesprochen und er wurde nicht gebeten zu bleiben. Das hat mich neugierig gemacht, also habe ich Dennys kommandierenden Offizier angerufen. Er hat gesagt, dass niemand aus Dennys Einheit gebeten wurde noch eine Extrawoche dranzuhängen."

Julie blinzelte und starrte ihn an, als ob sie zu begreifen versuchte, was er ihr gerade gesagt hatte. „Er ist also nicht bei der Reserve?"

„Nein. Und ich versuche gerade, seinen Aufenthaltsort festzustellen. Nach dem Einbruch in mein Haus haben wir Stiefelabdrücke gefunden, die zu der Marke passen, die Denny trägt und anscheinend hat der Händler nicht viele Paare davon verkauft. Und dann sind da noch die Schüsse, die durch das Restaurantfenster und auf Brantleys Veranda abgefeuert wurden. Besonders letzterer erfordert einige Übung."

„Du beschuldigst also Denny?", fragte sie in bissigem Ton.

„Nein, aber er hat gelogen was seinen Aufenthaltsort angeht und ich muss wissen, wo er gewesen ist. Ich hatte gehofft, es ginge in Ordnung, wenn ich mir mal seine Gewehre ansehe und wenn du mir sagen könntest, ob welche fehlen."

Julie saß ganz still. „Mein erster Instinkt ist, dir zu sagen, dass du dich verflucht noch mal zum Teufel scheren sollst. Aber ich kenne dich schon seit Jahren und ich weiß, dass du das hier niemals ohne guten Grund tun würdest." Sie stand langsam auf und ging zur Tür. „Ich weigere mich zu glauben, dass Denny etwas so Schreckliches tun könnte, wie jemanden zu fesseln und in einem brennenden Haus zum Sterben zurückzulassen oder zu versuchen, jemanden zu erschießen, nicht mal diese Ehemann stehlende Schlampe Renae." Mit der Hand an der Tür hielt sie inne. „Gott, du denkst doch nicht etwa, dass er eine Affäre mit ihr hatte, oder?" Sie zitterte und ließ die Schultern hängen.

„Ich hoffe, beweisen zu können, dass er es nicht war und dann herauszufinden, wo er gewesen ist, damit ich ihn von meiner Liste streichen kann. Und ich habe keinerlei Beweise dafür, dass er eine Affäre hatte." In Wirklichkeit hatte Renaes Terminkalender keinerlei Informationen über die Männer preisgegeben, mit denen sie sich getroffen hatte. Dieser Teil des Falles hatte sich als Sackgasse erwiesen und vielleicht war das für die Stadt selbst ein Segen. Renae mochte ja eine Raubkatze auf der Pirsch gewesen sein, aber sie hätte nicht die Hälfte der Ehen in der Stadt zerstören müssen.

„Okay", sagte sie mit veränderter, besiegt klingender Stimme. „Komm mit, ich zeige dir, wo er seine Gewehre aufbewahrt." Julie öffnete die Tür und Mack folgte ihr ins Haus.

Nathan saß mit untergeschlagenen Beinen auf dem Sofa, versunken in das Geschehen auf dem Bildschirm. Mack blieb stehen, sah ihn an und fragte sich, welche Auswirkungen es auf dieses unschuldige, liebenswerte Kind haben würde, sollte sich sein Verdacht bewahrheiten. Es gab Zeiten, da war sein Job echt scheiße. Nathan wandte seinen Blick vom Fernseher ab, schaute zu ihnen herüber und dann sofort wieder zurück zu seinem Film. Mack ging weiter ins Büro.

Julie hatte den Waffenschrank geöffnet. „Eins fehlt", sagte sie mit erstaunlicher Ruhe und Mack fragte sich, ob sie in eine Art Schockzustand verfiel.

„Was für eines ist es?"

„Eine Browning 300 Win Mag. Denny hat sie ein paar Mal zur Hirschjagd benutzt", antwortete Julie und er wollte verdammt sein, wenn das nicht zu den Patronen und Hülsen passte, die sie gefunden hatten. Mack tat sein Bestes, um sich diese Information nicht vom Gesicht ablesen zu lassen. Er musste Julie nicht unnötig aufregen, auch wenn der Verdacht gegen ihren Ehemann sich mehr und mehr erhärtete. „Ich habe hier irgendwo die Papiere dafür." Julie zog eine Schublade im Aktenschrank auf und nahm einen Ordner heraus, fand, was sie suchte und reichte ihm die Begleitbroschüre samt der daran angehefteten Rechnung.

„Danke", sagte Mack und nahm die Papiere entgegen, als könnte er sich die Finger daran verbrennen. Das war die Verbindung, die er gesucht hatte und jetzt musste er Denny und die Waffe finden. „Hast du etwas dagegen, wenn ich mich mal umsehe? Ich werde nicht herumwühlen." Er wollte das hier so leicht wie möglich machen.

„Tu einfach, was du tun musst. Ich setze mich zu Nathan." Sie wandte sich ab und ließ ihn allein im Büro zurück.

Mack sah sich im Zimmer um, entschlossen, sein Versprechen zu halten. Er verließ das Büro und ging zur Garderobe an der Hintertür. Der Boden unter der mit blau-weiß gestreiftem Markisenstoff bezogenen Bank war ein Durcheinander aus Kinder- und Erwachsenenschuhen. Einige gehörten offensichtlich Denny, aber seine Stiefel waren nicht darunter. Er ging von Raum zu Raum und suchte systematisch nach den Stiefeln. Das Haus war blitzsauber, kaum Staub unter den Betten und definitiv keine Stiefel. Dasselbe bei den Schränken. Mack wollte es sich nicht mit Julie verscherzen, schließlich war er nur aufgrund ihres guten Willens hier.

Im Wohnzimmer stieß er wieder zu ihr. „Danke."

„Nichts?", fragte sie und zog Nathan etwas dichter an sich heran.

„Nein. Ich weiß deine Hilfe zu schätzen. Danke." Mack und Nathan lächelten sich an und dann verließ Mack das Haus und ging zurück zu seinem Streifenwagen. Er fuhr los und folgte seiner Nase. Er musste Denny finden und das bedeutete, dass er ein paar der abgelegenen Orte überprüfen musste, an denen Denny sich manchmal aufhielt.

Der erste war ein inzwischen aufgegebener Schrottplatz vor der Stadt. Er fuhr darauf zu und bog so oft ab, bis der Stapel aus Autowracks am Horizont auftauchte. Eine Reihe von Leuten hatte sich mit der Bitte, das Grundstück zu entrümpeln, an das County gewandt, aber es gab kein Geld, also rosteten die Skelette der einstmals so stylishen Vehikel Jahr für Jahr vor sich hin. Der Schrottplatz war aufgegeben worden, als er noch zur Schule ging und so war der Hof, als er nun anhielt und ausstieg, sogar noch überwucherter und die Autos noch weniger zu erkennen.

Es war überwiegend Rost zu sehen, als er langsam durch die Reihen wanderte und der Wind pfiff und wirbelte kleine Staubwolken auf. Abgesehen davon und einem gelegentlich vorbeihuschenden Tier, war, außer dem Schlurfen seiner eigenen Schritte, kein anderes Geräusch zu vernehmen. Mack behielt die Hand an der Waffe, ging von Reihe zu Reihe und suchte nach einem Zeichen dafür, dass kürzlich jemand hier gewesen war, aber der Boden war überraschend unberührt. Wenn hier draußen jemand gelebt hatte, dann müsste einiges an Kommen und Gehen stattgefunden haben, es sei denn, Denny hätte sich große Mühe gegeben, um seine Spuren zu verwischen und nach allem, was er getan hatte, hielt Mack das durchaus für möglich. Als er sich den Ort allerdings genauer ansah, war er mehr und mehr davon überzeugt, dass sich momentan niemand hier aufhielt.

Mack seufzte und ging zurück zu seinem Wagen. Er stieg ein und fuhr davon.

„Sheriff." Glorias Stimme tönte aus dem Funkgerät. „Wir haben einen Anruf betreffend der Fahndung nach Beltzs Fahrzeug", sagte sie und Mack verstand die Botschaft und zuckte zusammen, ehe er das Revier mit seinem Handy anrief. Es gab zu viele Leute mit Funkgeräten im County, die den Polizeifunk empfingen. „Sheriff, ich stelle Sie zu Ronnie durch." Das Handy piepte.

„Was haben wir, Ronnie?"

„Sein Truck wurde dreißig Meilen nördlich von hier gesichtet, auf dem Weg hierher. Wir haben wirklich Dusel. Es scheint, er ist über den Taylor Highway auf dem Weg zurück zu uns."

„Ich bin jetzt auf dem Weg dorthin. Zeb soll mich auf dem Weg treffen. Ich war auf der Beltz Ranch und anscheinend fehlt eine 300 Win Mag."

Ronnie stieß einen Pfiff aus. „Wenn wir sie finden, kann ich einen Testschuss abgeben und prüfen, ob die Kugeln zueinander passen. Ich war in der Lage zum Vergleich detaillierte Fotos von den Patronen zu machen, die wir gefunden haben."

„Okay. Schick Zeb sofort hier raus. Wir müssen Denny in Haft nehmen." Mack legte auf und hörte den Funksprüchen zu. Er fuhr mit Bedacht, bis Zeb zu ihm stieß und dann rasten sie gemeinsam los so schnell es ihre Sicherheit erlaubte.

Nach zehn Minuten fuhr Mack an den Straßenrand, wendete und wartete. Er ging ans Funkgerät und sagte zu Zeb: „Fahr noch ein paar Meilen weiter, bis genau an die Countygrenze und warte dort. Wink ihn nicht raus oder gib ihm ein Zeichen, lass mich einfach nur wissen, wenn er auf dem Weg ist. Wenn er außer Sichtweite ist, dann folge ihm in sicherem Abstand als Rückendeckung. Ich winke ihn raus und warte bis du da bist, bevor ich mich ihm nähere."

„Verstanden", sagte Zeb und fuhr weiter die Straße entlang.

Mack machte es sich bequem und beobachtete seinen Rückspiegel.

Fünf Minuten später übermittelte Zeb ihm via Funkgerät, dass Dennys Truck ihn passiert hätte. „Konnte den Fahrer nicht erkennen", fügte er hinzu und Mack verstand die Botschaft.

Er wartete. Es hätte nur ein paar Minuten dauern sollen, bis Denny ihn erreichte, aber es war kein Truck in Sicht. „Bist du sicher, dass er es war?"

„Ja. Ich folge ihm. Sollte eine Meile hinter ihm sein … Sheriff, du musst herkommen."

Mack fuhr auf die Landstraße, schaltete Blaulicht und Sirene ein und raste los. Er sah Zebs Wagen, verlangsamte seine Fahrt und fuhr an den Straßenrand. Dort stieg er aus und Zeb deutete auf die Stelle, wo Dennys Truck von der Straße abgekommen und in einen Graben gestürzt war. Der Truck lag auf dem Dach. Zeb rannte los, mit Mack direkt hinter sich.

Der Truck hatte sich mehr als einmal überschlagen und eines der Hinterräder drehte sich im Leerlauf. Das andere Hinterrad schien geplatzt zu sein und hing in Fetzen an der Felge.

„Ruf die Feuerwehr und einen Krankenwagen", ordnete Mack an, während er auf dem Boden kniete und ins Fahrzeuginnere spähte. Denny Beltz hing in seinem Sitz, gehalten vom Sicherheitsgurt. „Denny, kannst du mich hören?", fragte Mack, aber Denny rührte sich nicht und gab keine Antwort. Er rannte auf die andere Seite des Trucks und der Geruch von Benzin brannte ihm in der Nase. Er ignorierte ihn, wusste er doch, dass er keine Zeit verlieren durfte und griff durch das nicht mehr vorhandene Fenster nach innen. Seinem Pulsschlag nach zu urteilen, war Denny am Leben.

„Sie sind auf dem Weg", rief Zeb.

„Wir müssen diese Tür öffnen", rief Mack. Es gelang ihm, die Tür zu entriegeln und sie öffnete sich ein paar Zentimeter. Zeb stieß zu ihm und mit vereinten Kräften öffneten sie die protestierend quietschende Tür weit genug, dass Mack hineinlangen, Dennys Sicherheitsgurt lösen und ihn aus dem Truck ziehen konnte, während sich weiterhin Benzindämpfe bildeten. Seine Augen tränten, aber zusammen mit Zeb war er in der Lage, Denny vom Truck wegzubekommen und ihn hinauf zum Randstreifen zu schaffen.

Zeb holte eine Decke aus seinem Wagen und breitete sie auf dem Boden aus und Mack bettete Denny darauf, während sie auf Hilfe warteten. „Ich hoffe, wir haben ihn nicht noch schlimmer verletzt", sagte Zeb.

„Dieser Truck kann jederzeit in die Luft fliegen. Der Benzintank ist leck und …" Ein Zischen erregte seine Aufmerksamkeit, gefolgt von Flammen, die rasch den gesamten Truck einschlossen. Die Hitze war so enorm, dass er sich abwandte und zu Boden ging. Glücklicherweise hielt die Hitze nur wenige Augenblicke an und verpuffte dann. Eine schwarze Rauchwolke stieg in den Himmel auf. Er wollte Denny nicht erneut bewegen, aber der Wind war unberechenbar, also zogen Zeb und er die Decke mit Denny darauf vorsichtig an einen sichereren Ort.

„Wink den Krankenwagen und die Feuerwehr raus, wenn sie sich uns nähern. Diese Gegend ist so trocken, dass sich das Feuer ausbreiten wird, wenn wir es nicht schnell unter Kontrolle bringen und dann werden wir es mit einem Flächenbrand zu tun haben."

Zeb eilte davon und Mack überprüfte noch einmal Dennys Puls. Der war langsam und er atmete, aber es klang keinesfalls gesund. Mack blieb bei ihm und horchte auf die Sirenen, aber es dauerte noch weitere zehn Minuten bis er sie hören konnte. Als der Krankenwagen und die Feuerwehr eintrafen, hielten sie neben ihnen an und machten sich sofort an die Arbeit. Mack ließ die Sanitäter Denny behandeln und kam den Feuerwehrleuten nicht in die Quere, während diese den brennenden Truck unter Kontrolle brachten. Hauptsächlich löschten sie das brennende Umfeld und ließen das Fahrzeug einfach ausbrennen.

„Was ist passiert?", fragte Captain Randall, als Mack und er schließlich dazu kamen, miteinander zu reden.

„Ich nehme an, ihm ist ein Reifen geplatzt und er hat die Kontrolle über den Truck verloren. Der eine Reifen ist zerfetzt, aber es ist schwer zu sagen und die meisten Beweise sind sicherlich in Flammen aufgegangen." Eine der wichtigsten Regeln bei der Untersuchung eines Tatorts war die, dass Menschenleben immer die oberste Priorität hatten, und Denny aus dem Truck zu ziehen und anschließend außerhalb der Gefahrenzone zu bringen, war mehr wert als die Möglichkeit, einen Blick auf die Überreste des Reifens zu werfen, der nun dahin war.

„Wie konnten Sie so schnell hier sein?"

„Wir haben nach ihm gesucht. Er ist ein Verdächtiger", erklärte Mack und blieb bei seiner Antwort vage. Der Truck war bereits heruntergebrannt und das Feuer hatte dabei beinahe alles verzehrt, was es zu verbrennen gab.

„Das wird eine Zeit lang heiß sein."

„Zeb wird eine Absperrung errichten, sobald Sie und Ihre Männer fertig sind." Mehr konnte er nicht tun. Das Feuer musste kontrolliert herunterbrennen.

Er durfte nicht zulassen, dass ein großer Teil dieser Gegend in einem unkontrollierten Flächenbrand in Flammen aufging. Die öffentliche Sicherheit hatte ebenfalls Vorrang.

Er ließ Captain Randall seine Arbeit machen und sah nach den Sanitätern, die Denny so weit stabilisiert hatten, dass er ins Krankenhaus transportiert werden konnte. „Er ist ein Verdächtiger", sagte Mack. „Ich werde dafür sorgen, dass Sie jemand im Krankenhaus erwartet." Mack rief Ronnie von seinem Wagen aus an und erklärte ihm, was er benötigte.

Dieser ganze Fall belastete seine Abteilung bis an ihre Grenzen, aber er war entschlossen, durchzuhalten. Nachdem Mack seinen Anruf beendet hatte, kehrte er zum Unfallort zurück, gerade als der Krankenwagen losfuhr und mit Sirenengeheul in Richtung Stadt davonraste.

„Wenigstens haben wir ihn", sagte Zeb.

„Ja, aber ist dir nichts Merkwürdiges aufgefallen?", fragte Mack.

„Was zum Beispiel?"

„Seine Stiefel?", antwortete Mack. „Das sind nicht die, nach denen wir suchen. Die, die er trug, waren völlig anders. Das Innere des Trucks war leer. Im Innenraum hat nichts gelegen.

„Ich verstehe nicht ganz."

„Ganz genau. Da war keine Waffe oder Ähnliches."

„Sie könnte hinten gelegen haben."

„Das wäre eine Möglichkeit. Die Waffe, nach der wir suchen, kostet neu fast tausend Dollar. Angenommen Dennys Gewehr wäre vielleicht älter, dann ist es trotzdem nichts, was man einfach so auf die Ladefläche wirft, wo es herumrollen kann. Es würde in einer Hülle in der Fahrerkabine aufbewahrt werden, wo es geschützt ist."

„Es hätte hinter dem Sitz liegen können", schlug Zeb vor, und Mack schüttelte den Kopf.

„Die Rückenlehne war auseinandergerissen. Wäre dort etwas gewesen, dann wäre es rausgefallen. Ist es aber nicht." Mack ging im Stillen die Fakten durch.

„Was, glaubst du, hat das zu bedeuten?"

„Dass wir, sobald es sicher ist, jeden Quadratzentimeter dieses Bereiches absuchen müssen. Wenn es hinten gelegen hat, dann wäre es heruntergefallen, als sich der Truck überschlagen hat, und wir müssen es finden. Wir müssen wissen, was er bei sich hatte."

„Woran denkst du, Sheriff?", fragte Zeb.

„An nichts Bestimmtes. Wir müssen das Areal einfach nur mit der Lupe absuchen." Das war nicht die ganze Wahrheit, aber er hatte so ein Gefühl im Magen, das einfach nicht weggehen wollte. Es fühlte sich sehr nach Aufregung an und er wollte einfach sichergehen, dass eventuelle Beweise so rasch wie möglich gefunden wurden.

„Aber er ist von der Straße abgekommen", sagte Zeb.

„Ist er das? Wissen wir das mit Bestimmtheit? Bis wir das Gegenteil beweisen können, ist das hier ein Tatort und genau so werden wir ihn auch behandeln. Also werden wir natürlich Handschuhe brauchen. Außerdem brauche ich jemanden, der hierbleibt und den Tatort überwacht. Es wird viele Stunden dauern, bis der Truck weit genug abgekühlt ist, damit wir daran arbeiten können –" Mack wurde vom Zischen des Dampfes unterbrochen, als die Feuerwehr die Überreste des Trucks mit Wasser übergoss. Das löschte die restlichen Flammen, würde aber nicht viel dazu beitragen, das Wrack des Trucks abzukühlen und der Tankwagen enthielt schließlich nur eine begrenzte Menge an Wasser.

„Wir werden so lange hierbleiben, bis wir sicher sein können, dass die Flammen nicht wieder aufflackern", sagte Captain Randall.

„Es gibt einen Wasser führenden Bach, ungefähr eine Meile die Straße rauf. Sie können dort möglicherweise mehr Wasser aufnehmen, wenn Sie wollen", sagte Zeb, und Mack dachte bei sich, dass Zeb das Wasser auch selbst eimerweise hergetragen hätte, wenn das bedeuten würde, dass er hier nicht die ganze Nacht lang herumsitzen und warten müsste, bis der Truck abkühlte.

„Hervorragend." Captain Randall beorderte den Tankwagen die Straße rauf, um Wasser aufzutanken. „Wir können noch eine weitere Tankladung darüber verspritzen und das wird sicherstellen, dass es endgültig aus ist."

„Gut", sagte Mack und ging davon. Er rief seinen Dad an, der ganz offensichtlich mitten in einer Art Spiel steckte, das er für saukomisch hielt.

„Wir müssen uns auch ein Exemplar von Karten gegen die Menschlichkeit besorgen. Das ist ein Brüller. Gordy hat ein paar seiner Freunde angerufen und wir machen eine Spieleparty." Das Lachen im Hintergrund sagte ihm alles, was er wissen musste. „Sie haben dieses Spiel mitgebracht und ob du's glaubst oder nicht, ich gewinne. Es ist urkomisch."

„Okay. Ich werde jetzt eine Weile weg sein und ich will nicht, dass du alleine bist."

„Gordy und seine Freunde werden einige Zeit hier sein, denke ich … Oh, und wir haben kein Bier mehr."

Mack unterdrückte ein Stöhnen. Das war ein kleiner Preis. „Habt einfach Spaß und ich rufe an, sobald ich kann." Er legte auf und schüttelte den Kopf. Er war froh, dass sein Dad sich amüsierte und in Sicherheit war. Das war alles, was zählte. Teufel noch mal, sein Dad hörte nie auf, ihn zu überraschen und Mack hoffte, dass sich das auch niemals ändern würde. Er war wahrlich gesegnet mit einem bemerkenswerten Dad, der großartige Arbeit als Vater und Mutter geleistet hatte. Mehr konnte er sich wirklich nicht wünschen.

Nachdem er aufgelegt hatte, rief Mack im Krankenhaus an und verlangte Brantleys Zimmer.

„Hallo", antwortete Brantley leise.

„Habe ich dich geweckt?", fragte Mack.

„Irgendwie schon, aber ich bin froh, dass du anrufst. Es ist so ruhig hier. Der Arzt hat vorbeigeschaut, gleich nachdem du weg warst, und sie machen noch ein paar Tests, um sicherzugehen, dass das ganze Betäubungsmittel, das mir verabreicht wurde, aus meinem Körper verschwunden ist."

Mack machte sich im Geiste eine Notiz, den Arzt aufzusuchen, um sich einen Bericht über das zu besorgen, was sie gefunden hatten. Dieser Fall hatte momentan zu viele Spielsteine, sodass er das Gefühl hatte, einen gordischen Knoten zu lösen, um an die Wahrheit zu gelangen. „Hat er gesagt, wann er glaubt, dass du nach Hause kommen kannst?"

„Morgen früh", antwortete Brantley.

„Gut. Ruh dich aus und ich werde nach dir sehen, sobald ich kann. Ich muss einen Tatort untersuchen und ich hoffe, er wird uns verraten, was genau hier eigentlich läuft." Das hoffte er inständig, denn er musste diesen Fall lösen, damit sich jeder, der in seinem Leben wichtig war, in Sicherheit befand.

145

8

Nach seinem Gespräch mit Mack verbrachte Brantley die nächste Stunde mit Dösen. Danach war er hellwach. Was auch immer ihm verabreicht worden war, schien keine Wirkung mehr zu haben, denn nach dem Mittagessen schaltete er den Fernseher ein und sah sich jeden Mist an, den er finden konnte. Er fing an, sich schrecklich zu langweilen und war unglaublich froh, als seine Krankenschwester hereinkam.

„Wie fühlen Sie sich?", fragte sie fröhlich.

„Zu Tode gelangweilt, hellwach und ich habe das Gefühl, aufstehen zu müssen und etwas zu tun, irgendetwas."

„Keine Müdigkeit oder ein benebeltes Gefühl?"

„Nein. Mein Verstand ist klar und das Zeug im Fernsehen ist –" Er stockte mitten in seiner Beschwerde. Es gab nichts, was sie dagegen tun konnte. Er musste so lange das Beste aus seinem momentanen Aufenthaltsort machen, bis er wieder zurück zu Mack konnte.

„Es scheint Ihnen auf jeden Fall besser zu gehen", sagte die Schwester und überprüfte das Gerät. „Und hier sieht auch alles gut aus. Ruhe ist jetzt die beste Medizin für Sie."

„Ich weiß, aber ich bin überhaupt nicht müde. Ich habe fast den ganzen Tag lang geschlafen und ich glaube nicht, dass ich noch länger schlafen kann", teilte Brantley ihr mit, während sie ihm die Kissen aufschüttelte.

„Ruhen Sie sich einfach aus und nachdem der Doktor morgen früh die Visite gemacht hat, sollten Sie nach Hause gehen dürfen." Sie legte den Rufknopf gleich neben seine Hand. „Falls Sie etwas brauchen sollten, dann rufen Sie mich bitte." Sie lächelte ihn an und verließ das Zimmer.

Brantley starrte auf den Bildschirm und schaute fern, um die Zeit totzuschlagen.

Stunden später fragte er sich, ob Mack es noch rechtzeitig schaffen würde, ihn zu besuchen. Es war schon nach neun, als Mack hereinkam. Er sah aus wie durch den Wolf gedreht und roch nach Rauch. „Was ist passiert?"

Mack setzte sich auf den Stuhl neben seinem Bett. „Ich hatte einen harten Abend. Wir haben eine Meldung reinbekommen, dass Denny Beltzs Truck gesehen wurde, wie er in Richtung Stadt fuhr. Ich fuhr hin, um ihn zu treffen und bevor ich ihn anhalten konnte, kam er von der Straße ab. Sein Truck hat sich überschlagen. Zeb und ich konnten ihn daraus befreien, ehe der Truck in Flammen aufging."

„Ist er am Leben?", fragte Brantley.

„Ja. Er ist jetzt hier im Krankenhaus. Er hatte eine Notoperation, weil der Unfall innere Verletzungen verursacht hat und ist noch nicht wieder aufgewacht."

„Hast du gefunden, wonach du gesucht hast?"

„Deswegen bin ich so spät. Er hatte die Stiefel nicht an und sie waren auch nicht in der Fahrerkabine des Trucks. Die Waffe ebenfalls nicht. Wir haben überall danach gesucht, weil sie möglicherweise aus dem Truck geschleudert wurden, als der sich überschlagen hat. Wir haben nichts gefunden." Er holte tief Luft und lehnte sich, deutlich erschöpft, auf seinem Stuhl zurück. „Nachdem wieder am Truck gearbeitet werden konnte und wir ihn umgedreht hatten, lagen sie auch nicht darunter. Diese Stelle war ziemlich gut vor den Flammen geschützt und auf der Ladefläche war die Farbe noch größtenteils intakt. Wenn sie also dort verstaut gewesen wären, dann wären sie immer noch dort gewesen, waren sie aber nicht. Wir haben ein Zelt gefunden, eine Campingausrüstung und Angelruten, aber keine Waffen."

„Also keine Stiefel und keine Waffe – das bedeutet, er könnte sie irgendwo anders versteckt haben."

„Wieso sollte er das tun? Er weiß nichts von dem Abdruck. Keiner weiß etwas davon. Also wieso sollte er seine Stiefel loswerden wollen?" Mack schüttelte den Kopf. „Er trug ein altes Paar Stiefel. Wir haben alles eingesammelt, was wir gefunden haben und morgen will ich sehen, was ich mir daraus zusammenreimen kann."

„Wie hast du dich so dreckig gemacht?"

„Wir haben den Inhalt der Fahrerkabine durchsucht, um zu sehen, ob wir etwas finden können. Ich habe alles in der Asservatenkammer deponiert und muss es morgen früh auswerten."

„Hast du eine Theorie, was all das zu bedeuten hat?"

„Ich habe Dutzende davon, aber ich bin zu müde, um klar denken zu können. Ich hoffe, dass Denny uns etwas erzählen kann, wenn er aufwacht. Es sieht jedenfalls so aus, als ob er campen war, und ich würde wirklich gerne wissen, wo er gewesen ist."

„Zum Beispiel im Wald in der Nähe meiner Ranch, damit er mich beobachten konnte?", fragte Brantley und die Wut, die er bisher unterdrückt hatte, wurde in seiner Stimme laut. „Ich will dieses Arschloch schnappen und an die Wand nageln. Er hat mein Haus niedergebrannt und mehr als einmal versucht, mich zu töten." Er ballte seine Hände zu Fäusten.

„Beruhige dich. Ich bin wirklich dicht vor dem Abschluss dieses Falles. Ich kann es jetzt spüren. Wenn ich wieder klar denken kann, werden wir alles noch einmal durchgehen und den exakten Handlungsablauf rekonstruieren. Und Gott weiß, dass Denny nirgendwo hingehen wird." Mack sah durstig aus und Brantley reichte ihm das Wasserglas von seinem Tablett. „Danke."

„Gerne", erwiderte Brantley, wie er es von einigen Einheimischen gehört hatte. „Du glaubst wirklich, du hast ihn erwischt?"

„Ja. Es gibt immer noch ein paar offene Fragen, aber das tue ich." Mack gähnte. „Nach allem, was mir seine Frau erzählt hat, hatten sie Schwierigkeiten und die Ranch läuft nicht besonders gut. Also nehme ich an, er wollte deinen Besitz haben, damit er nach dem dort vorhandenen Gold suchen und die Zwangsvollstreckung abwenden konnte. Wenn du weg wärst, würde der Besitz sicher für ein Butterbrot zu haben sein, weil dort ein Mord stattgefunden hat und all das." Er sprach mit leiser Stimme.

„Glaubst du, er hatte ein Verhältnis mit Renae? War er deswegen hinter ihr her? Ich meine, er hätte mich mit diesem Schuss durch das Fenster im Restaurant töten können, hat er aber nicht und ich halte das nicht für einen Zufall. Er wollte mich nicht töten, sondern mir bloß eine Heidenangst einjagen, damit ich weglaufe." Brantley dachte eine Weile nach. „Es ist möglich, dass er die Stiefel und das Gewehr schon lange bevor er sich entschieden hat, in die Stadt zurückzukehren, entsorgt hat, weißt du."

„Für meinen Geschmack gibt es immer noch zu viele unbeantwortete Fragen. Ich hoffe, dass Denny uns Aufschluss über alles geben wird, wenn ihm erst mal klar wird, dass ich ihn auf frischer Tat ertappt habe, und dann kann ich diesen Fall abschließen, eine nette kleine Schleife drumbinden und fertig. Die Stadt wird froh sein und sich wieder sicher fühlen und da ich diesen Mordfall gelöst habe, hoffe ich, dass die meisten Leute willens sind, über die Sache mit dem Schwulsein hinwegzusehen, wenn die nächste Wahl ansteht."

„Es wird mir sehr viel besser gehen, wenn das alles endlich abgeschlossen ist und dann kann ich mir überlegen, was ich wegen des Hauses unternehmen will. Ich würde es gern wieder aufbauen, denke ich. Vielleicht als einen Ort mit ein wenig Großstadt-Chic auf dem Lande." Brantley gluckste. „Ich hatte jede Menge Zeit zum Nachdenken, während ich hier gelegen habe." Er hatte auch darüber nachgedacht, wie einsam er sein würde, wenn Mack ihn erst mal nicht mehr in seiner Nähe behalten musste und er nicht mehr länger in Macks Gästezimmer wohnen würde. Das würde schwer werden.

„Ich bin sicher, du kannst bauen, was immer du willst. Aber es hat keine Eile. Du hast eine Bleibe, solange du sie brauchst." Mack seufzte und neigte sich näher zum Bett. „Du musst die richtigen Entscheidungen für dich treffen und du wirst Zeit brauchen, um herauszufinden, was du wirklich willst. Teufel noch mal, ich hoffe die Entscheidung fällt dir nicht allzu leicht." Er lächelte und Brantley machte die Augen zu. Mack legte die Lippen auf seinen Mund.

Brantley würde sich nie daran gewöhnen, wie gut sich das anfühlte und wie gut es schmeckte oder wie jedes Mal Hitze an seiner Wirbelsäule entlangleckte, allein durch diese einfache Berührung. Er liebt es und legte langsam einen Arm um Macks Hals. Die Schritte auf dem Gang traten in den Hintergrund wie das übliche leise Gemurmel der Gespräche im Schwesternzimmer und dem eintönigen Geleier der Patientenfernseher – alles glitt davon, als er sich im sanften Glanz von Macks Augen sonnte und unter seinen Lippen dahinschmolz. Das war alles, was er brauchte, damit es ihm besser ging und sein Schwanz war inzwischen genauso hellwach wie der Rest von ihm. Himmel, er wollte Mack so sehr. Die Zeit alleine hatte ihn über viele Dinge nachdenken lassen, auch darüber, wie schön es wäre, wenn Mack seine Lippen bearbeiten, seinen dicken Penis zwischen seinen Pobacken vergraben, ihn ausfüllen und ihn wissen ließ, dass alles gut werden würde, einfach nur, weil Mack da war.

Mack unterbrach den Kuss, als sein Handy klingelte. Er stöhnte, nahm ab und sprach leise hinein, ehe er wieder auflegte. Seinem aufgewühlten und doch traurigen Gesichtsausdruck nach zu urteilen, waren es keine guten Neuigkeiten. „Es wird eine Weile dauern bis Denny aufwacht, wenn überhaupt." Mack steckte sein Handy weg.

„Ich weiß, dass du müde bist. Geh nach Hause. Versuche, dich ein wenig auszuruhen."

„Das werde ich. Ruf mich an, wenn sie dich hier rauslassen und ich komme und hole dich, und dann bringe ich dich nach Hause, wo ich mich um dich kümmern kann." Die Erleichterung in Macks Stimme war greifbar. „Wenn er nicht aufwacht, werde ich vielleicht niemals die Antworten bekommen, die ich suche, aber ich hege keinerlei Zweifel daran, dass er hinter all dem steckt. Wie auch immer, es ist vorbei. Ich werde all meine Berichte und den Papierkram zu den Akten legen, damit ich einen Haftbefehl erwirken kann, und das sollte es dann gewesen sein."

Brantley nickte und als Mack ihn erneut küsste, brauchte Brantley seine ganze Selbstkontrolle, um ihn nicht aufs Bett hinunter zu ziehen. „Das sollte dir etwas geben, worauf du dich freuen kannst."

Mack legte seine Lippen an Brantleys Ohr und heißer Atem jagte ihm einen Schauer über den Rücken. „Wenn ich dich erst mal zu Hause habe, dann bin ich wild entschlossen, den Abschluss dieses Falls die ganze Nacht lang zu feiern. Vielleicht verpasse ich Dad Ohrstöpsel, damit ich dich zum Schreien bringen kann, wenn ich deinen hübschen Hintern mit der Zunge bearbeite, bevor ich dich so hart ficke, dass du dich nicht mal mehr an deinen eigenen Namen erinnern kannst."

Brantleys Schwanz pochte und er hatte das dringende Bedürfnis, seine Hand darauf zu pressen, aber sich selbst anzufassen war in einer Situation wie dieser nicht gerade die beste Idee. „Ich dachte, ich wäre der einzige, der unausgelastet ist."

„Mit dir braucht es dazu nicht viel. Ich tanze schon auf dem Vulkan, wenn ich nur an dich denke." Mack saugte an seinem Ohr und dann ließen seine Lippen von ihm ab. Er stand übers Bett gebeugt, schaute auf ihn hinunter und Brantley beobachtete ihn seinerseits und fragte sich, was ihm wohl gerade durch den Kopf ging. „Ruh dich aus, Liebling, und morgen früh hole ich dich ab."

„Du auch. Das hier ist jetzt vorbei und du kannst jetzt ein bisschen schlafen." Brantley nahm Macks Hand. „Ich werde nie vergessen, wie du dich um mich gekümmert hast, als ich es gebraucht habe."

„Hey. Das beruht auf Gegenseitigkeit." Mack drückte Brantleys Finger. „Ich finde, dass wir ein gutes Team sind."

Brantley erwartete immer noch, dass Mack sich abwenden würde, um zu gehen, aber er blieb und blieb. Sie sprachen nicht. Mack hielt seine Hand und drehte sich mehr als einmal leicht in Richtung Tür, blieb aber, wo er war, bis Brantley langsam die Augen zufielen. Dann küsste Mack ihn einmal und verließ das Zimmer.

Brantley schlief tief und fest, nun, da er nicht länger ein Ohr offenhalten und befürchten musste, dass es gefährlich wurde und etwas ganz fürchterlich schief lief. Trotzdem waren seine Träume erfüllt von ständigen Wiederholungen der Szenen, in denen er Renae gefunden hat und im Restaurant auf ihn geschossen worden war. Der Schuss hallte noch in seinen Ohren. In seinem Traum konnte er den Schützen nie sehen, stand aber immer kurz davor. Als die Nacht fortschritt veränderten sich seine Träume. Zuerst war er das Ziel und dann Lew, dann wieder er zusammen mit Mack. Bald beschwor sein Verstand Bilder eines Schießstandes herauf, mit ihnen allen als Zielscheiben und sie alle bewegten sich nach dem Willen eines anderen.

Brantley schreckte hoch und riss die Augen auf.

„Ist schon gut", sagte die Schwester neben seinem Bett.

„Wie spät ist es?", fragte Brantley und rieb sich die Augen.

„Erst kurz nach sechs. Ich bin in ein paar Minuten weg und dann können Sie weiterschlafen."

„Wie ist Ihr Name?", fragte Brantley.

„Nadine." Sie lächelte sanft. Diesen Namen hatte er schon sehr lange nicht mehr gehört. Er war ungewöhnlich und das sagte er ihr. „Ich wurde nach meiner Großmutter benannt. Ich muss Ihnen ein wenig Blut abnehmen, damit wir noch ein paar Tests durchführen können, ehe wir Sie nach Hause schicken."

Sie tat, was nötig war. Anschließend schüttelte sie sein Bett auf und machte es ihm bequem, ehe sie das Zimmer verließ.

Brantley schloss die Augen und versuchte weiterzuschlafen. Er war zu aufgeregt, um wirklich tief einzuschlafen. Als er ungefähr eine Stunde später erneut wach wurde, befand sich ein Besucher im Zimmer.

„Morgen, Julie", sagte Brantley.

„Ich hörte, Sie wären hier", erklärte sie ihm und näherte sich dem Bett. „Ich nehme an, Sie hatten großes Glück, dass Sie aus dem Haus herausgekommen sind." Sie lächelte nicht und irgendetwas in ihren Augen jagte ihm einen Schauder über den Rücken.

„Sind Sie hier, um Denny zu besuchen?"

„Im Endeffekt schon." Ihr Blick ließ nicht von ihm ab und war so durchdringend, dass Brantley sich unter ihm wand. Bei seinen Besuchen war sie ihm immer so souverän erschienen, aber jetzt sah sie gehetzt aus und eine Hand zuckte alle paar Sekunden gegen ihren Oberschenkel. „Ich wollte sehen, ob es Ihnen gut geht." Mit jedem ihrer Worte wurde es ein klein wenig kälter im Zimmer. Hier stimmte etwas ganz und gar nicht. Natürlich würde die Erkenntnis, dass der eigene Ehemann ein Mörder ist, einen aus der Fassung bringen.

„Das alles tut mir so leid. Das muss schrecklich hart für Sie ein. Wenn ich irgendetwas tun kann ..."

Julies Leid schien den ganzen Raum zu erfüllen.

Brantleys Handy klingelte und er streckte die Hand danach aus. „Hey, Mack", sagte er glücklich.

„Haben sie dir schon gesagt, wann du abgeholt werden kannst?"

„Noch nicht. Sie haben mir heute früh noch mehr Blut abgenommen und ich hoffe mal, das war's dann auch." Er konnte nicht anders, als beim Klang von Macks voller Stimme zu lächeln. „Wenn sie es mir gesagt haben, rufe ich dich sofort an."

„In Ordnung. Ich bin bei dir, sobald ich mich frisch gemacht habe und dann können wir gemeinsam warten." Mack legte auf und Brantley legte sein Handy wieder auf das Tablett.

„Entschuldigung", sagte er. „Und ich meine es ernst. Ich weiß, das hier muss sehr hart für Sie sein und Sie sollen wissen, dass mir klar ist, dass Sie keine Schuld an dem trifft, was er getan hat." Brantley lächelte in der Hoffnung, dass seine Versicherung etwas von dem Schmerz und der Sorge aus ihrem Gesicht vertreiben würde.

„Das weiß ich", sagte sie leise, während sie näherkam und nun direkt neben seinem Bett stand. „Es gibt da nur ein Problem", flüsterte sie und legte ihre Hand mitten auf Brantleys Brust. „Mein Ehemann, der betrügerische

Bastard, hatte nicht die Eier, um dieser Schlampe Renae zu sagen, sie solle sich um ihren eigenen Kram kümmern und die Finger von dem lassen, was mir gehört."

In diesem Moment erkannte Brantley, dass Julie hinter allem steckte: Sie hatte ihren Ehemann verleumdet und sie alle komplett zum Narren gehalten. Ihre Hand wanderte zu Brantleys Kehle, umfasste sie, drückte aber nicht zu, wenigstens im Moment noch nicht, aber die Drohung war genug, um Brantley erstarren zu lassen.

„Wieso waren Sie hinter mir her?" Brantley war verwirrt.

„Sie sind doch ein kluger Junge – Sie wissen, wieso. Ich brauchte Geld und wenn Sie erst mal weg gewesen wären, dann hätte ich nach Belieben im Fluss schürfen können. Ich hole dort schon seit Monaten Gold raus, aber ich muss tiefer graben. Ich habe alles behalten, beinahe genug, um die laufende Hypothek auf meinen Besitz zu tilgen. Und mit ein bisschen mehr Arbeit kann ich vielleicht genug Geld zusammenbekommen, um eine Anzahlung auf Ihren Besitz zu leisten. Dann kann ich schürfen, wann immer ich will und niemand wird mir auf die Finger sehen."

„Wieso nehmen Sie nicht das, was Sie haben und benutzen es, um zu bezahlen, was Sie müssen? Niemand hätte es je erfahren und Sie hätten das alles nicht tun müssen." Die Teile fügten sich zu einem Gesamtbild zusammen. Denny hatte über seinen längeren Aufenthalt bei der Reserveübung nicht gelogen – Julie war es gewesen, in dem Bewusstsein, dass alles herauskommen würde. Brantley würde wetten, dass Julie eine Meisterschützin mit dem Jagdgewehr war und sie hatte auch alles andere getan. Sie hatte nur einen Sündenbock gebraucht und den hatte sie in ihrem Ehemann gefunden, der sie betrogen hatte.

„Ich konnte nicht einfach mit Rohgold auftauchen, ohne dass eine Unmenge von Fragen gestellt worden wären. Der Fundort musste in meinem Besitz sein. Das Gold selbst mag ja nicht zurückzuverfolgen sein, aber Rohgold, mit all den darin enthaltenen Mineralien, ist es ganz sicher." Ihre Stimme klang leise, aber bedrohlich.

„Also haben Sie Denny den Kopf dafür hinhalten lassen?", fragte Brantley und sein Blick zuckte in Richtung Tür. Der Vorhang war vorgezogen worden, um den Blick zu versperren, und der Stille nach zu urteilen, hatte sie wahrscheinlich die Tür hinter sich geschlossen, nachdem sie das Zimmer betreten hatte.

„Sicher. Wieso nicht, zum Teufel? Er hat mich betrogen und der Sheriff hat nie an mich gedacht. Ich trug Dennys Stiefel, benutzte seine Waffe und sorgte dafür, dass alle Spuren zu ihm führten. Ich verschaffte ihm ein Alibi, von dem ich genau wusste, dass es sich bei genauerer Betrachtung in Luft auflösen würde, und von da an lief alles wie von selbst."

„Aber wo ist er gewesen?" Brantley legte seine Hand über die ihre, als sie anfing zuzudrücken. Julie war verdammt viel stärker, als sie aussah. Durch den Druck bekam er kaum noch Luft. Er wusste, dass seine einzige Chance darin bestand, Zeit zu schinden. Mack hatte gesagt, er würde sich zu ihm auf den Weg machen. Wenn Brantley sie also dazu bringen könnte, lange genug zu reden, dann hätte er vielleicht eine Chance. Er versuchte nach dem Rufknopf zu tasten, aber der war verschwunden.

„Denny liebt es, campen zu gehen, damit er sich selbst mit dem versorgen kann, was das Land ihm gibt. Also habe ich ihm vorgeschlagen, nach seiner Reserveübung campen zu gehen und habe dann einfach meine Geschichte darum herum gewoben. Gott, ihr Kerle seid so verdammt gutgläubig wenn es um Frauen geht. Ihr habt mich keines zweiten Blickes gewürdigt und mein Plan war gut. Sie verscheuchen, ihm die Schuld für Renaes Tod in die Schuhe schieben." Sie beugte sich tiefer zu ihm herunter und erhöhte den Druck auf seine Kehle, nur um dann wieder locker zu lassen. „Verdammt, als Sie nach Hause kamen, gleich nachdem ich mich um Renae gekümmert hatte, habe ich den Sheriff angerufen, weil ich noch ein bisschen mehr Staub aufwirbeln wollte."

„Aber warum auf mich schießen?"

„Um Sie zu verscheuchen – sind Sie taub? Ich dachte mir, Sie wären inzwischen kurz davor, sich in die Hose zu machen und als Sie nicht fortgingen, wusste ich, dass ich Sie unbedingt loswerden musste." Sie lächelte und beugte sich noch tiefer hinunter. „Sie hätten bei dem Feuer Macks Gesicht sehen sollen. Ich habe Sie beinahe in Brand gesetzt und nur ein paar Minuten später habe ich mit ihm gesprochen. Der Idiot hat mich nicht mal genau angesehen. Er war so auf Denny fixiert, dass er mich überhaupt nicht auf dem Schirm hatte. Dann rief dieses Arschloch von einem Ehemann an, um mir zu sagen, dass er früher nach Hause kommt und ich wusste genau, wo ich ihn außer Gefecht setzen konnte."

„Sie haben seinen Unfall verschuldet?", fragte Brantley und seine Angst erreichte epische Ausmaße. Er musste einen Weg hier raus finden oder er würde es nicht mehr sehr lange machen.

Sie griff in ihre Tasche und zog eine Spritze hervor. Sie hielt sie in der Hand und zeigte sie ihm.

Brantley erstarrte. Sie würde ihn gleich hier im Krankenhaus umbringen, vermutlich mit genau demselben Zeug, das sie ihm schon vorher verabreicht hatte.

„Natürlich habe ich das. Ich kenne diese Gegend wie meine Westentasche. Alles, was ich zu tun hatte, war, im richtigen Moment einen Reifen zu zerschießen und er würde in die Schlucht stürzen. Sie ist tief genug, damit er sich mindestens zweimal überschlagen würde. Das Feuer war ein Glücksfall."

„Aber Sie haben nicht damit gerechnet, dass Mack so schnell vor Ort sein würde", sagte Brantley.

„Das ist unwichtig. Sie werden an etwas sterben, das Ihr eigener Körper produziert und man wird glauben, es kommt von dem, was Ihnen zuvor verabreicht wurde. Denny wird ebenfalls daran sterben, nur dass sie glauben werden, er sei seinen Verletzungen erlegen. Ich werde die trauernde Witwe spielen und am Ende wird sich alles wie von selbst ergeben. Ich werde vielleicht etwas unternehmen müssen, um das Gold zu Geld zu machen, aber …" Sie beugte sich noch näher zu ihm herab und ihre Augen waren so dunkel wie die Tiefen der Hölle. „Ich bin viel zu weit gegangen, um jetzt noch umzukehren."

Die Zeit des Redens war vorbei. Brantley erkannte, dass seine Zeit ablief, als sie die Spritze an seinen Nacken hielt. Sie konnte gleichzeitig zustechen und den Kolben runterdrücken und es gab absolut nichts, was er dagegen tun konnte. „Sie werden damit nicht davonkommen und was wird dann aus Nathan?" Er wusste, dass er schnell denken musste. „Er wird ganz allein sein."

„Meinem Nathan wird es gut gehen. Deswegen mache ich das alles ja. Ich habe an alles gedacht. Denny wird weg sein, aber Nathan braucht keinen verlogenen Bastard als Vater. Sie glauben ohnehin, dass er es nicht schaffen wird und Sie wird man als Seiteneffekt dessen abschreiben, was *er* Ihnen zuvor verabreicht hat. Sobald Sie aus dem Weg sind, nehme ich mir Mack vor. Die Medikamente dafür habe ich bereits. Alles andere wird nach Plan laufen. Ich werde die Ranch retten und an Nathan weitergeben können. Er wird sein Erbe haben und wenn alles glatt läuft, wird Ihre Ranch ein Teil davon sein. Wir werden das Gold und das Wasser haben und die Ranch wird für ihn gesichert sein. Ab jetzt wird nichts anderes mehr zählen. Sie können also mit Ihrem Plauderspielchen aufhören und Frieden schließen mit welchem Gott auch immer." Sie stieß ihm die Spritze in den Arm und drückte den Kolben runter.

Brantley wartete darauf, dass etwas passierte. Er fühlte gar nichts.

„Und jetzt etwas, das Sie einschlafen lässt, damit ich weggehen kann …" Sie griff nach einer weiteren Spritze.

Brantley hatte genug. Wenn er schon sterben musste, dann würde er das sicher nicht liegend hinnehmen.

Er packte ihr Handgelenk so fest er konnte und zog es von seiner Kehle weg. Julie war zweifellos eine starke Frau und er setzte sein ganzes Körpergewicht ein und versuchte, sie wegzuschieben. „Ich brauche hier Hilfe", schrie Brantley, aber niemand kam. Langsam wurde ihm schwindelig und ihm war plötzlich übel.

Sie schob ihn zurück und legte ihm die Hand auf den Mund. Er fühlte, wie sie in ihrer Tasche nach etwas tastete, dann zog sie eine weitere Spritze hervor. Brantley schlug ihre Hand weg und die Spritze flog durchs Zimmer und fiel zu Boden.

„Hilfe", rief er und hoffte verzweifelt, dass jemand ihn hörte. Das Nächste, was er wusste, war, dass sich der Griff um seinen Hals löste und Julie einen stetigen Schwall an Obszönitäten ausstieß.

„Ich habe versucht, ihm zu helfen", sagte sie.

„Nein", krächzte Brantley und fiel tiefer und tiefer in einen schwarzen Abgrund. Er sah Mack, der sie festhielt. „Sie hat mir irgendetwas gespritzt", versuchte er zu sagen. Sein ganzer Körper fühlte sich komisch an und er wusste, dass ihm seine Fähigkeit zu denken zunehmend entglitt. Essen. Alles, was er wollte, war etwas zu essen und in der Nähe gab es nichts. Instinktiv griff er nach dem Tablett, aber da war nichts. „Hilf mir, Mack", sagte er und versuchte verzweifelt, bei Bewusstsein zu bleiben, aber es entglitt ihm.

9

MACK WAR gekommen, um Brantley zu besuchen und als er ins Zimmer kam und um den Vorhang herumging, war er entsetzt, als er Julie mit der Hand an Brantleys Kehle sah. Er reagierte sofort und packte sie, um sie wegzuziehen. Julie wehrte sich wie der Teufel und als Brantley sagte, sie hätte ihm etwas gespritzt, drehte er ihr die Arme auf den Rücken und zog sie hoch. Er war verdammt nah dran, ihr die Arme zu brechen, aber sie wehrte sich immer noch wie besessen.

„Runter auf den Boden, verdammt noch mal", schrie Mack. Der Raum füllte sich mit Leuten, die seine laute Stimme gehört hatten und er erkannte, dass er kurz davor stand, zurechtgewiesen zu werden. „Sie hat ihm irgendwas gespritzt. Finden Sie heraus, was es ist und helfen Sie ihm. Sofort!" Mack zog Julie auf den Gang hinaus und stieß sie hart gegen die Wand. „Sag mir, was du ihm gegeben hast."

Sie schüttelte den Kopf.

„Sag's mir oder, so wahr mir Gott helfe, ich erschieße dich gleich hier und jetzt und sage, du hättest nach meiner Waffe gegriffen", knurrte er und ihre Augen füllten sich mit Tränen.

Sie wandte den Kopf ab und Mack wusste, dass er nichts aus ihr herauskriegen würde.

Er durchsuchte ihre Taschen und fand zwei Spritzen, eine leer, die andere voll. Er sprach eine vorbeigehende Schwester an und gab ihr die leere Spritze.

„Ist es das, was ihm verabreicht wurde?", fragte die Schwester.

„Ich glaube schon", sagte Mack und sie nahm sie und eilte davon.

Ärzte und Schwestern gingen vorbei, während Mack Julie festhielt. Es gelang ihm, auf dem Revier anzurufen und Verstärkung anzufordern und man sagte ihm, Ronnie sei auf dem Weg.

„Wie ein geölter Blitz", erwiderte Mack und Gloria verstand die Nachricht. Er wollte dort drinnen sein, um zu sehen, ob Brantley wieder in Ordnung kommen würde, aber er musste Julie unter Kontrolle halten. Noch mehr Leute stürmten in Brantleys Zimmer, einer davon trug eine Infusion. Er hatte in einem Krankenhaus selten Leute derart schnell rennen sehen. „Was hast du ihm gegeben? Wenn du mir hilfst, werde ich vielleicht in der Lage sein, dir zu helfen."

„Blödsinn", sagte Julie und verstummte.

Mack beförderte sie mit dem Gesicht nach unten auf den Boden und durchsuchte ihre Taschen, einschließlich der in ihrer Jacke. „Doktor", schrie er und ein Mann kam aus Brantleys Zimmer. Er reichte ihm eine kleine Ampulle und der Doktor eilte wieder hinein. Mack legte Julie Handschellen an und sie war gebändigt. Er hörte, wie Ronnie auf den Funkspruch reagierte und ein paar Minuten später erschien er und nahm Julie in Gewahrsam. „Bring sie aufs Revier und steck sie in eine Zelle. Ich bin da, sobald ich kann." Er bat Ronnie um einen Beweismittelbeutel und legte alles hinein, was er gefunden hatte.

Zeb tauchte ebenfalls auf und gemeinsam führten sie Julie ab und aus dem Krankenhaus hinaus, während Mack die Beweise in Verwahrung nahm.

Nachdem Julie fort war, steckte Mack seinen Kopf in Brantleys Zimmer. Er lag reglos auf dem Bett und war weiß wie die Wand. „Was ist passiert?"

„Wir glauben, dass sie ihm eine massive Dosis Insulin verabreicht hat. Wir haben eine Glukose-Infusion gelegt und ihm ein paar Spritzen gegeben. Vor ein paar Minuten war er noch ansprechbar." Der Doktor untersuchte Brantley erneut. „Geben Sie ihm noch etwas mehr", sagte er zu der Schwester und sie injizierte etwas in den Infusionsbeutel. Dann pikste sie in einen seiner Finger.

„Fünfzig", sagte sie, als das Gerät in ihrer Hand piepste.

„Er steigt wieder", sagte er. „Holen Sie ihm was Süßes. Ich will, dass er etwas isst, wenn er aufwacht. Außerdem etwas Orangensaft und rühren Sie zusätzlich Zucker rein. Er wird eine Zeit lang Zucker brauchen."

Die Schwester eilte davon und Mack näherte sich dem Bett.

„Brantley, kannst du mich hören?", fragte Mack und nahm seine Hand. Brantley antwortete nicht und Mack wandte sich dem Doktor zu.

„Wir müssen seinem Körper ein paar Minuten geben. Wir haben eine Menge Zucker in ihn reingepumpt, um dem Insulin entgegenzuwirken. Es ist gestiegen und wir führen seinem Körper immer noch kontinuierlich Glukose zu."

„Mack?", flüsterte Brantley. „Bist du das?"

„Ja. Ich bin hier." Mack drehte sich um, als eine Schwester ins Zimmer geeilt kam. „Sie müssen das hier trinken." Er nahm den Becher und hielt den Strohhalm darin an Brantleys Lippen. „Trink einfach. Es wird dir helfen."

Brantley saugte etwas Flüssigkeit.

„Sie müssen weitertrinken", ermunterte ihn der Arzt. „Es wird dabei helfen, dass Sie sich wieder besser fühlen."

Mack hielt ihm auch weiterhin den Strohhalm an die Lippen, bis Brantley den Becher ausgetrunken hatte.

„Jemand hat mir eins mit dem Baseballschläger übergezogen", sagte Brantley. „Dann haben sie auf mich eingeschlagen und mich unten gehalten."

Mack drehte sich verwirrt zu dem Arzt um.

„In einer Situation wie dieser ist es völlig normal für ihn, durcheinander zu sein. Warten Sie einfach ein paar Minuten." Der Arzt trat näher. „Ihnen wurde eine hohe Dosis Insulin verabreicht und Ihr Blutzucker ist in den Keller gesackt. Wir werden Sie beobachten und Ihrem Körper weiterhin Zucker zuführen, aber Sie sollten sich schon sehr bald besser fühlen." Er wandte sich an Mack. „Es ist gut, dass Sie zum richtigen Zeitpunkt hier waren. Aber ich glaube, dass er jetzt wieder in Ordnung kommt. Wir werden ihn beobachten." Die Schwestern waren schon alle gegangen und nun verließ auch der Arzt das Zimmer.

„Danke." Mack drehte sich wieder zu Brantley um. „Ich habe lausige Arbeit geleistet, nicht wahr?"

Brantley blinzelte ein paar Mal, als würde er versuchen, den Sinn von Macks Worten zu verstehen. „Wieso sagst du das?", fragte er verständlicher.

„Weil … ich sollte dich beschützen. All das hier ist passiert, während ich im Dienst war und ich habe die eine Person völlig übersehen, die am offensichtlichsten war. Ich habe jeden einzelnen deiner Nachbarn verdächtigt, aber sie ist die ganze Zeit über unterhalb meines Radars geflogen."

„Ich mochte sie", sagte Brantley. „Wenn sie einen Oscar für Kriminelle verleihen würden, dann finde ich, sie hätte diese Auszeichnung für ihr Lebenswerk verdient. Sie hat mich komplett zum Narren gehalten."

„Mich auch. Aber jetzt haben wir sie."

„Und sie hat mir alles erzählt", sagte Brantley. „Sie hat Renae erschossen und den Schuss auf mich abgegeben. Sie hat außerdem gesagt, dass sie Denny von der Straße abgebracht hat. Ich wette, dass du die Waffe und die Stiefel, nach denen du gesucht hast, finden wirst, wenn du die Ranch gründlich durchsuchst. Sie sagte, sie hätte beides benutzt."

Wow. Mack wusste nicht, was er sagen sollte. „Ich dachte, sie wären glücklich."

„Sie hat gesagt, dass Denny eine Affäre mit Renae hatte und dass sie sie deswegen umgebracht hat. Mich wollte sie bloß der Ranch, des Wassers und des Goldes wegen aus dem Weg haben." Brantley wandte sich ab, und Mack fragte sich, was ihm wohl durch den Kopf ging. Es würde ihn nicht überraschen, wenn Brantley entschied, dass es in New York sicherer war als hier.

„Was wirst du tun?", fragte Mack.

Brantley seufzte und drehte sich wieder zu ihm um. „Ich weiß es nicht. Ich kann entweder mein Haus wieder aufbauen und versuchen, mir ein Leben in einer Stadt aufzubauen, in der mich die Hälfte der Einwohner immer noch für einen Mörder hält, und für eine Art von Freak, weil ich schwul bin oder ich kann zurück nach New York gehen, wo meine berufliche Reputation im Eimer ist." Er schloss die Augen.

„Es gibt da etwas und ich hoffe, es ist wichtig, was du nicht in deine Überlegungen mit eingeschlossen hast", sagte Mack.

„Ich habe alles in meine Überlegungen einbezogen." Brantley öffnete seine erstaunlich blauen Augen und schaute direkt in Macks. „Ich denke, du hast dir unglaubliche Mühe gegeben, um in dieser Stadt die Waagschale zu meinen Gunsten zu beeinflussen."

„Du wirst also hierbleiben?"

„Ja. Ich werde mir einen Architekten suchen, der mir genau das Haus entwirft, das ich haben will, mit ganz viel Holz und Fenstern, die das Licht hereinlassen. Und einen Raum, um meine Kunstsammlung auszustellen."

Mack beugte sich über das Bett. „Kannst du dir denn all das leisten? Ich weiß, dass du Geld hast, aber …"

„Ich bin bei Weitem die reichste Person in der Stadt und vielleicht sogar unter den fünf reichsten im Staat. Ich war sehr gut im Geldverdienen für meine Klienten und sie haben mich ziemlich gut für dieses Privileg bezahlt. Macht das für dich einen Unterschied?"

Mack hatte gewusst, dass Brantley Geld hatte, aber derart viel davon zu haben war für ihn nur schwer vorstellbar. „Ich will nur nicht, dass du glaubst, ich interessiere mich für dich, weil du hast, was du hast."

Brantley drückte seine Hand und lächelte. „Das tue ich nicht. Diese Sache ist also wirklich vorbei?"

„Ja. Ich muss aufs Revier und mich um Julie kümmern. Es wird ein höllischer Papierkrieg werden, aber deine Aussage wird sehr hilfreich sein."

Brantley nickte langsam. „Sieh zu, dass du bei Denny vorbeischaust, er wird jetzt Freunde nötig haben, genau wie Nathan."

Die Auswirkungen auf den kleinen Jungen trafen Mack beinahe genauso hart wie die Erkenntnis, wie nahe er dran gewesen war, Brantley zu verlieren … schon wieder. Das wurde langsam zur Gewohnheit, einer, mit der Mack unbedingt brechen wollte. „Ich muss los", sagte er leise.

„Ich weiß. Nachdem sie herausgefunden haben, wie sie dem entgegenwirken können, was mir Julie verabreicht hat, darf ich hoffentlich nach Hause gehen. Ich bin es leid hier herumzuliegen."

Mack küsste Brantley noch einmal und drehte sich dann in Richtung Tür um. „Ruf mich an, sobald du mehr weißt und ich komme wieder her und hole dich." Er verließ das Zimmer und nutzte seine Position, um Dennys Zimmernummer in Erfahrung zu bringen. Mack ging direkt dorthin und blieb kurz vor dem Zimmer stehen, ehe er eintrat. Sein alter Freund lag im

Bett. Er war blass und sah aus, als hätte er sich tagelang nicht rasiert. Mack setzte sich neben das Bett und sah zu, wie sich seine Brust langsam hob und senkte.

„Ich habe dich gestern gerettet. Um meine Arbeit zu machen, musste ich unsere Freundschaft beiseite lassen. Aber nun weiß ich, dass es da nichts gibt, über das man sich Sorgen machen müsste." Mack war erleichterter, als er es sich jemals eingestehen wollte. Seinen alten Freund zu verhaften, war das Letzte gewesen, was er hatte tun wollen und er war dankbar, dass er das jetzt nicht mehr tun musste.

Denny stöhnte. „Wovon sprichst du?" Seine Worte waren kaum zu verstehen.

Mack sprang auf und rief nach der Schwester. „Er wacht auf", erklärte er dem jungen Mann, als der ins Zimmer kam.

„Gott sei Dank. Ich rufe den Arzt."

„Wo ist Julie? Wieso ist sie nicht hier?", fragte Denny.

Natürlich hatte Denny keine Ahnung, was passiert war oder was seine Frau vorgehabt hatte und es würde Macks Bürde sein, die Welt seines Freundes in Schutt und Asche zu legen.

„Sie kann im Moment nicht hier sein, darum bin ich bei dir, um nach dir zu sehen", sagte Mack und beobachtete, wie sich Dennys Augenlider flatternd hoben.

„Wo bin ich?"

„Im Krankenhaus", erklärte ihm Mack. „Dein Truck ist von der Straße abgekommen und hat sich ein paar Mal überschlagen. Ich habe dich rausgezogen und hierher gebracht." Ihm war klar, dass noch genug Zeit war, um ihm alles zu sagen, nur eben nicht in diesem Moment.

„War Nathan bei mir?"

„Nein. Du warst allein." Mack durfte nicht vergessen, dass er herausfinden musste, wo Nathan war und sicherstellen musste, dass es jemanden gab, der sich um ihn kümmerte, bis Denny wieder dazu in der Lage war. „Entspann dich einfach und ruh dich aus. Jetzt kommt alles wieder in Ordnung."

Denny nickte und schloss die Augen.

Die Ärzte und Schwestern kamen und Mack informierte sie über ihre Unterhaltung und machte ihnen Platz, damit sie ihre Arbeit tun konnten. Als er gerade gehen wollte, nahm ihn der Arzt beiseite. „Sollen wir ihm das von seiner Frau erzählen?", fragte der Doktor.

„Nein. Ich muss wegen ihr noch einiges klären. In ein paar Stunden komme ich wieder und dann setze ich mich zu ihm und erkläre ihm alles. Lassen Sie ihn sich einfach ausruhen und wieder zu Kräften kommen."

„Er wird jetzt erst mal für ein paar Stunden schlafen, also … Ich sorge dafür, dass die Instruktionen weitergegeben werden."

„Danke", sagte Mack bestimmt und verließ das Krankenhaus.

„DANKE, DASS du mich abholen kommst", sagte Brantley, als Mack ihn am frühen Abend im Krankenhaus einsammelte. „Wie ist es gelaufen?"

„Haufenweise Papierkram", sagte Mack. „Julie ist in meinem Gefängnis sicher hinter Schloss und Riegel, und dort wird sie auch bleiben. Sie hat versucht, die Ranch als Sicherheit für ihre Kaution zu stellen, aber als sie erst mal herausgefunden hatten, dass ihr Ehemann ein Opfer war, war die Sache vom Tisch."

„Was ist mit Nathan?"

„Er ist zu Hause mit seinem Kumpel Lew und den Hunden. Nachdem ich heute Nachmittag kurz nach dir gesehen hatte, habe ich Denny alles erklärt. Es lief überhaupt nicht gut zwischen ihm und Julie. Es stellte sich heraus, dass Julie ein ausfallendes und gewalttätiges Verhalten an den Tag gelegt hat und er zu sehr Gentleman war, um sich dagegen zu wehren. Er war dabei, sich von ihr zu trennen, hatte es aber bisher Nathans wegen nicht getan."

„Mein Gott."

„Ganz genau. Julie hatte vorgeschlagen, er solle campen gehen, um den Kopf freizukriegen und dann diese Zeit gegen ihn benutzt." Mack hielt an und drehte sich zu Brantley um, erleichtert darüber, ihn zu Hause zu haben und in einem Stück. Der Arzt hatte ihm geraten, es langsam angehen zu lassen und ihm das Versprechen abgerungen, regelmäßig zu essen, für den Fall, dass es zu Nachwirkungen der Insulininjektion kommen sollte. „Der Clou des Ganzen ist, dass er sagt, er hätte gar keine Affäre mit Renae gehabt. Sie waren in gewisser Weise Freunde und er hat sie getroffen, weil er sie um einen Rat bitten wollte, wie er die Ranch retten könnte."

„Himmel, das ist ja so was von dumm gelaufen. Renae ist tot, weil Julie alles in den falschen Hals gekriegt hat."

„Jep. Ich werde sie von einem Arzt untersuchen lassen, um der Verteidigung die Möglichkeit zu nehmen, auf Unzurechnungsfähigkeit wegen ihres Geisteszustands zu plädieren." Mack fuhr wieder los und weiter zu ihrem Haus.

„Woher wusste sie von dem Insulin und wie ist sie an das Medikament gekommen?"

„Ihre Mutter ist Diabetikerin und Julie hat sich ein paar von ihren Vorräten genommen. Den Rest hatte sie sowieso schon, weil sie sich um die Pferde und das Vieh gekümmert hat. Ach übrigens, ich habe deine Sachen in mein Zimmer gebracht. Denny wir noch ein paar Tage länger im Krankenhaus bleiben, aber jetzt, da er wach ist, wird er wieder in Ordnung kommen. Erickson kümmert sich so lange um die Ranch. Ich hoffe, es geht in Ordnung, dass ich einen der vielen Gefallen eingefordert habe, die er dir schuldet, um ihn dazu zu bringen."

„Klar doch", sagte Brantley, genau wie Mack es von ihm erwartet hatte. „Wir sollten versuchen, unseren Nachbarn zu helfen, wenn wir können."

Mack fuhr in die Einfahrt und hielt an. Brantley und er stiegen aus und gingen gemächlichen Schrittes zur Tür. „Hey, Dad", sagte Mack, als er eintrat und Lew bedeutete ihm sofort leise zu sein.

Nathan lag zusammengerollt auf der Seite auf dem Sofa und schlief.

„Ich habe etwas Suppe gemacht", flüsterte Lew. „Also geht gleich durch in die Küche, wenn ihr so weit seid."

Mack folgte Brantley den Flur entlang in sein Zimmer und sie gingen beide hinein. Mack schloss die Tür und zog Brantley an sich. „Du hast mir in den letzten paar Tagen ein paar ganz schöne Schrecken eingejagt." Er küsste ihn hart, brauchte es, ihn zu berühren und zu schmecken, um sicher zu sein, dass es Brantley wirklich gut ging.

„Es geht mir gut, Mack", sagte Brantley, als er sich eine Minute später von ihm löste. „Aber das kannst du jederzeit machen." Brantley legte seinen Kopf auf Macks Schulter und sie standen schweigend beieinander. „Ich muss dich fragen, was du zu tun gedenkst, falls du die nächste Wahl nicht gewinnen solltest."

„Scheint mir ein komischer Moment für diese Unterhaltung zu sein", sagte Mack.

„Ich weiß. Aber mich in deinem Leben zu haben, könnte dich teuer zu stehen kommen. Und sag jetzt nicht, das wäre keine große Sache. Ich weiß, du liebst, was du tust und ich will nicht der Grund dafür sein, dass du etwas so Wichtiges verlierst."

„Hey. Du bist wichtig. Sheriff zu sein, ist ein Job. Falls ich die Wahl verliere, werde ich möglicherweise Rancher werden und Seite an Seite mit einem gewissen Neubürger aus dem Osten arbeiten." Mack blinzelte ihm zu. „Wenn du bereit bist, dann machen wir einen Schritt nach dem anderen und tun das, was getan werden muss. Ja, es wird Leute geben, die nicht für mich stimmen werden, aber ich möchte glauben, dass es den meisten Leuten egal ist."

„Bist du sicher?", fragte Brantley und Mack überwand den kurzen Abstand zwischen ihnen, bis sie Brust an Brust standen und sich Brantleys Ständer gegen Macks eigenen presste. „Ich denke, das bist du."

„Es wird sich alles finden, auf die eine oder andere Weise." Mack war freudig erregt, als Brantley in seinen Armen erbebte.

„WAS IST mit Nathan und seinem Dad?", fragte Brantley vom Bett aus, wo er auf der Bettdecke lag, während Mack sich auf die Bettkante setzte. Er war während der letzten Stunde wie der Großinquisitor persönlich gewesen.

„Morgen nehmen wir Nathan mit zu seinem Dad und Denny wird in ein paar Tagen hoffentlich nach Hause kommen können. Lew wird mitkommen. Nathan hat eine enge Bindung zu ihm aufgebaut und nennt ihn jetzt Grandpa Lew, also denke ich, es wird das Beste sein. Dann können wir ihm die Sache mit seiner Mutter erklären." Jedes Mal, wenn Nathan nach seiner Mutter fragte, brach es Mack beinahe das Herz. „Diese ganze Sache ist ein einziges Durcheinander."

„Nein. Es ist eine Herausforderung. Das echte Durcheinander wurde entwirrt und ans Licht gebracht. Jetzt können die Leute es verarbeiten und hoffentlich werden sie sich jetzt um Nathan und Denny scharen, anstatt ihnen den Rücken zuzuwenden." Mack zog die Decke um sie herum, legte sich dann neben Brantley und zog ihn an sich. Himmel, er brauchte das hier. Er streichelte seinen Rücken und prägte sich dessen Konturen ein, ganz besonders das kleine Grübchen gleich über der Wölbung von Brantleys Po.

„Dein Dad wird auf uns warten", sagte Brantley, als er Mack mit einem Seufzer noch dichter an sich zog. „Die haben gesagt, ich muss was essen, aber ich habe keinen Appetit."

„Wie wäre es, wenn du etwas Suppe isst und wir uns anschließend anderen Aktivitäten zuwenden."

Mack war entschlossen, den Vorfall vom Morgen aus Brantleys Erinnerung zu tilgen. Er zog sich zurück, liebkoste Brantleys Rücken und ließ seine Hand dann davongleiten. „Komm schon. Lass uns essen." Er nahm Brantleys Hand und führte ihn aus dem Zimmer.

Wie von Mack erwartet, hatte Lew eine Million Fragen auf Lager, speziell über die Beweise. Außerdem wollte er nicht direkt über Nathans Mutter sprechen, für den Fall, dass der Junge aufwachen sollte, also unterhielten sie sich in einer Art Code.

„Grandpa Lew?" Nathan kam in die Küche und rieb sich die Augen und Macks Dad rollte rückwärts. Nathan kletterte auf seinen Schoß. „Wo sind Mama und Daddy?"

„Dein Daddy wurde verletzt, aber es geht ihm schon besser und morgen bringen wir dich zu ihm, damit du ihn besuchen kannst", erklärte ihm Mack.

„Hast du Hunger?", fragte Lew und Nathan nickte.

Brantley stand auf und holte ihm eine Schale und ein paar Cracker.

163

Nathan ließ sich nicht unterkriegen und aß. Dabei sah er sie alle an, als wüsste er, dass etwas ganz und gar nicht stimmte und er nur darauf wartete, dass sie es ihm sagten. „Wo ist meine Mama?", fragte Nathan und drehte sich zu Lew um, der wiederum die anderen ansah und nach einer Antwort suchte.

Mack seufzte. „Deine Mama hat versucht, Menschen ernsthaft wehzutun."

„Ist sie im Gefängnis?", fragte Nathan.

Mack verstummte einen Moment lang, völlig schockiert und fragte sich, ob Nathan vielleicht etwas mit angehört hatte, aber andererseits war das für ein Kind vielleicht auch nur eine logische Erklärung. Leute, die anderen Leuten wehtun, gehen ins Gefängnis. „Ja, ist sie. Dein Daddy wird dir alles darüber erzählen, versprochen." Er hatte gehofft, dieses Thema komplett vermeiden zu können, aber er würde ihn nicht anlügen. „Wieso isst du nicht deine Suppe auf und dann kannst du spielen oder fernsehen, bevor du ins Bett gehst."

Nathan aß ein paar Löffel voll und lehnte sich dann zurück gegen Grandpa Lews Brust.

Lew nahm ihn in den Arm und rollte langsam vom Tisch weg. „Ist schon gut. Du wirst deinen Daddy morgen sehen." Lew verließ mit Nathan das Zimmer, und Mack drehte sich zu Brantley um.

„Wie sollen wir die Dinge für ihn wieder in Ordnung bringen?", fragte Mack. „Er wird nie wieder loswerden, was passiert ist."

„Ich weiß." Brantley beendete seine Mahlzeit und brachte seinen Teller zur Spüle. Dann verließ er den Raum ohne noch etwas zu sagen.

Mack beendete seine eigene Mahlzeit und wusch das Geschirr ab. Er brauchte Zeit zum Nachdenken. Es war sein Job, die Bösen zu fangen und das hatte er getan, aber dabei hatte er einen Vierjährigen ohne Mutter zurückgelassen. Es war nicht seine Schuld, aber das hieß nicht, dass es nicht komplett beschissen war.

Er hörte die unverkennbare Musik von Cartoons und hoffte, dass Nathan zufrieden war. Als Mack fertig war, schloss er sich ihnen im Wohnzimmer an.

„Brantley ist ins Bett gegangen."

Es war zu früh für ihn, um schlafen zu gehen, also saß er neben seinem Vater und Nathan und sah sich eine Serie über Prinzessin Sophia an, bis Nathan einschlief. Mack brachte ihn ins Bett und der kleine Junge brach ihm das Herz.

Als er aus dem Schlafzimmer kam, wartete Lew auf ihn. „Deine Gefühle für ihn sprechen für dich", sagte Lew. „Es ist leicht, herzlos zu sein." Er sah in Richtung des großen Schlafzimmers. „Falls du und Brantley euch eines Tages dazu entschließen solltet, Eltern zu werden, wirst du einen großartigen Vater abgeben."

„Dad, so lange kennen wir uns doch noch gar nicht. Ist es nicht noch ein bisschen früh für ein solches Gespräch?"

„Nachdem deine Mutter gegangen war, musste ich dir beide Eltern sein. Ich denke, diese Erfahrung hat mir einen ziemlich guten Einblick in dein Innerstes verschafft. Vielleicht kenne ich dich besser als du dich selbst. Aber die Sache ist die; du und ich, wir erwarten, dass die Menschen uns verlassen. Das ist es, was deine Mutter getan hat und es blieb an uns haften."

Mack nickte. Seit er Brantley begegnet war, hatte er diesen Gedanken stets im Hinterkopf gehabt. Selbst jetzt noch erwartete er von ihm, dass er seine Meinung ändern und zurück nach New York gehen würde. „Was soll ich tun?"

„Du lebst dein Leben. Brantley hatte viele Gelegenheiten zu gehen und er hat es nicht getan. Der Himmel weiß, der Junge hätte allen Grund dazu. Aber er schläft in deinem Zimmer und ich wage zu behaupten, er wartet darauf, dass du ins Bett kommst, um bei ihm zu sein. Das sagt eine ganze Menge. Brantley ist stark und er weiß, was er will. Also kannst du es einfach nur akzeptieren."

„So einfach ist das?"

„Ja. Ich habe nie aufgehört deine Mutter zu lieben und ich konnte mich nie wirklich von ihr lösen und neu anfangen. Manche mögen sagen, das sei ein Fehler gewesen, aber ich bereue es nicht. Du andererseits hast eine Chance mit Brantley. Zögere nicht, ihm dein Herz zu öffnen, nur weil du Angst davor hast, er könnte dasselbe mit dir machen, was deine Mutter mit mir gemacht hat."

„Es ist …"

„Lass einfach zu, dass du heute glücklich bist … diese Woche … dieses Jahr … den Rest deines Lebens. Nimm es, wie es kommt und du könntest das ganz große Los ziehen." Lew wendete seinen Rollstuhl und machte sich auf den Weg zu seinem Schlafzimmer und Mack öffnete die Tür zu seinem.

Es roch nach Brantley, als er hineinging und die Tür hinter sich schloss. Mack zog sich aus und stieg, so leise er konnte, ins Bett, um seinen … Er war nicht sicher, wie er diesen Gedanken beenden sollte.

„Mack …", sagte Brantley leise.

„Ja", erwiderte Mack und drehte sich auf die Seite. „Geht's dir gut?"

Brantley glitt dicht an ihn heran und presste seinen erhitzten Körper an Macks. „Ich liebe dich." Brantley hielt inne und Mack schluckte hart. „Ich weiß, wir haben einander Dinge gesagt, aber ich wollte, dass du es weißt. Ich hatte nach einer Woche wie dieser nicht damit gerechnet, mich zu verlieben, aber ich liebe dich und ich will dich in meinem Leben haben."

„Ich liebe dich auch." Mack brachte ihre Lippen zusammen und küsste ihn härter, als er vorgehabt hatte, aber die Energie zwischen ihnen zog ihn regelrecht an. „Ich weiß, das ist schnell …"

„Schnell … langsam … ist egal. Was zählt ist, dass wir einander gefunden haben." Brantley küsste ihn noch einmal, drängte Mack auf den Rücken und kletterte auf ihn drauf. „Ich hatte viele Stunden Zeit, um mich auszuruhen und darüber nachzudenken, was ich will."

„Bist du sicher?", fragte Mack.

„Ja. Bist du es?", fragte Brantley zurück.

Mack ließ seinen Kuss für sich sprechen und schon bald zeigten sie sich gegenseitig, wie viel sie einander bedeuteten und wie sehr sie einander brauchten. Minuten und Stunden verschmolzen miteinander in diesem dunklen Zimmer, das zu ihrer Zufluchtsstätte geworden war, vor dem, was geschehen war und vor dem, was immer noch getan werden musste. Sie erkundeten mit Zungen und Händen und lernten kennen, was ihnen immer noch neu war. Als Mack in Brantleys Körper eindrang und ihn langsam ausfüllte, fand er sich selbst gleichermaßen erfüllt von der Fürsorglichkeit und der Liebe, die zwischen ihnen gewachsen war und nun explodierte, um den ganzen Raum zu füllen. Er würde das hier festhalten so lange er lebte. Daran hatte er nicht den geringsten Zweifel.

EPILOG

Ein Jahr später

„ES HAT so viel länger gedauert, als ich erwartet hatte", sagte Brantley, als er vor seinem Anwesen stand und sein kürzlich fertiggestelltes Heim betrachtete, in das sie gerade erst eingezogen waren. Es war genau so, wie er es sich erhofft hatte und doch so viel mehr. Er hatte es niedrig gebaut, Steine aus der Gegend verwendet und die Dacheindeckung in den Farben der Umgebung gehalten, damit das Haus aussah wie ein Teil der Landschaft. Eine große Veranda lief an der gesamten Vorderfront entlang und um die Seiten des Hauses herum und die Ausstattung wirkte einladend, sowohl für Stunden voller Gespräche als auch zum Faulenzen.

„War es das wert?", fragte Mack und legte ihm einen Arm um die Taille.

„Ja. Wir haben das Haupthaus und dein Dad hat seine eigenen Räume." Brantley hatte darauf bestanden eine Suite für Lew einzubauen, mit extragroßen Zimmern, damit er sich in seinem Rollstuhl ungehindert zwischen den Möbeln bewegen konnte.

„Dad glaubt, er wäre tot und im Himmel. Und die Familie, die mein Haus gekauft hat, war begeistert, also ist alles gut gelaufen."

Brantley wünschte, ein paar andere Dinge wären auch so gut gelaufen. Die Nachricht, dass im Fluss Gold gefunden worden war, hatte sich verbreitet. Sein erster Impuls war gewesen, es die Leute sehen zu lassen, aber als einer der Bauerntölpel auf die Idee kam, schweres Gerät mitzubringen, war Brantley gezwungen gewesen, den Zugang über sein Land zu sperren. Es war beschissen, dass die Dummheit und die Gier eines Einzelnen den Spaß für alle beendet hatte.

Ein Hupen ertönte und Brantley führte Mack an die Seite, weg von der Zufahrt, als ein vertrauter dunkelblauer Truck mit dem Logo der Soaring Eagle Ranch darauf neben ihnen zum Halten kam. Brantley wollte seinen Namen nicht für die Ranch benutzen und als ein Adlerpärchen sich dazu entschloss, in einem der Bäume nahe der Quelle zu brüten, hatte er das als ein Zeichen genommen. „Onkel Brantley", rief Nathan, als er aus dem Truck kletterte und zu ihnen herüberrannte.

167

Brantley hob ihn hoch und schwang ihn zu dem Klang von Kichern und Gelächter im Kreis herum, das ihm das Herz aufgehen ließ. „Hattest du Spaß beim Campen mit deinem Dad?"

„Ja. Wir haben einen Fuchs gesehen und ein paar Vögel und die Adler haben Krach gemacht. Daddy hat gesagt, sie versuchen, alles zu verscheuchen, was ihren Babys zu nahe kommt. Wir haben draußen gekocht und Hotdogs gemacht und ich habe sie über dem Feuer geröstet." Nathan plapperte weiter über alles, so schnell er nur konnte und nahm sich dabei kaum Zeit zum Luftholen.

„Klingt, als hättest du eine gute Zeit verbracht." Brantley bekam eine Umarmung und dann wand sich Nathan zu Mack hinüber, für eine weitere.

„Die hatten wir", sagte Denny und kam zu ihnen herüber. Tiefe Falten hatten sich um seinen Mund und seine Augen eingegraben und schienen nun ein fester Bestandteil seines Gesichts zu sein. „Die S-C-H-E-I-D-U-N-G ist jetzt durch und endgültig", sagte er. „Dieser Teil unseres Lebens ist vorbei."

Sogar noch aus dem Gefängnis heraus, hatte Julie versucht, sich dagegen zu wehren, aber sie hatte dem nichts entgegenzusetzen gehabt und zögerte das Unvermeidliche nur hinaus. Denny waren alle Vermögenswerte zugesprochen worden, und am Ende blieb Julie nichts, als eine lebenslange Haftstrafe am anderen Ende des Bundesstaates, ohne die Chance auf eine vorzeitige Entlassung. Brantley wusste, dass Mack einen Gefallen eingefordert hatte, um sie so weit weg wie möglich unterzubringen. Denny hielt es für das Beste, Nathan die bestmögliche Chance zu geben, darüber hinwegzukommen. Brantley rechnete es Denny hoch an, dass er Nathans Fragen offen und ehrlich beantwortete, und am Ende hatte Nathan sich an seinen Vater gehalten und fragte nun nur noch selten nach seiner Mutter, die das Sorgerecht für ihren Sohn, als Teil der Scheidungsvereinbarung, verloren hatte.

„Dann ist es an der Zeit, nach vorn zu schauen", sagte Brantley, „und ich habe da genau das Richtige."

„Hast du?"

„Ja. Ich möchte den Viehbestand erheblich vergrößern. Wir haben im vergangenen Jahr langsam angefangen, aber jetzt ist es an der Zeit, die Ranch zu einem echten, florierenden Unternehmen zu machen. Also stell ein, wen du musst und lass es uns angehen."

„Es ist dir ernst damit", sagte Denny.

„Darauf kannst du wetten. Du bist mehr als fähig, einen großen Viehbetrieb zu führen, also lass uns einen aufbauen."

Dennys finanzielle Probleme waren zu groß gewesen, um sie noch länger bewältigen zu können, also hatte Brantley seine Ranch lieber gekauft, als sie an die Bank fallen zu lassen und Denny zum Verwalter des ganzen Besitzes bemacht. Er und Nathan waren in ihrem Zuhause geblieben und Brantley hatte damit praktisch sofort das nötige Wissen über Viehhaltung erworben. Die nötige Geschäftstüchtigkeit besaß Brantley bereits. Es war für alle ein Gewinn.

„Ich habe gehört, dass Gunther sein Vieh zu Geld machen und sich zur Ruhe setzen will. Er hat einen großartigen Viehbestand", sagte Denny.

„Finde raus, ob er an einem Verkauf interessiert ist und ich handele den Preis mit ihm aus", sagte Brantley. „Du wirst mehr Helfer als nur William benötigen, also fang an, welche einzustellen, wenn wir sie brauchen."

Mack hatte Brantley damals für verrückt gehalten, als er William Turner, einen Kriegsveteranen, der in der Stadt aufgetaucht war, eingestellt hatte, um ihm dabei zu helfen, sein Leben wieder auf die Reihe zu bekommen, aber es hatte sich herausgestellt, dass er ein ausgezeichneter Arbeiter war.

„Möglicherweise werden wir eine Schlafbaracke brauchen", sagte Denny, da William noch immer in der Stadt wohnte, in einer Unterkunft, die ihm die Kirche besorgt hatte.

„Dann werden wir eine bauen, und vielleicht auch gleich ein Baumhaus für diesen Burschen hier, wenn wir schon mal dabei sind." Brantley kitzelte Nathans Bauch und der kicherte, ehe er vor lauter Freude und Aufregung seine Arme in die Luft warf. „In einer Stunde gibt es Mittagessen und ich koche. Also fahr nach Hause, verstau deine Sachen und komm wieder her. Es gibt eine Menge zu bereden."

Mack schubste seinen Arm an und nickte. „Ich habe ganz vergessen, ich wollte dich nach der Pferdezucht fragen. Meinst du, wir sollten in dieser Hinsicht etwas unternehmen?"

Denny erschien nachdenklich und sein Gesichtsausdruck sagte Brantley alles, was er wissen musste. „Wie wäre es, wenn wir eine Sache angehen und gut machen, bevor wir weitere Geschäftszweige hinzunehmen?"

„Ausgezeichnet", stimmte Brantley zu und Denny übernahm Nathan und trug ihn zurück zum Truck. Mack und er winkten, ehe sie zum Haus zurückkehrten und hineingingen.

„Wie zum Teufel machst du das nur?"

„Was?", fragte Brantley.

„Ihr Leben wurden in Stücke gerissen und du kommst einfach so daher und schaffst es, alles wieder ins Lot zu bringen, ohne dass sie überhaupt merken, was du machst. Nathan ist glücklich, und Denny lebt sein Leben weiter. Es ist noch gar nicht lange her und sie sind schon zur Ruhe gekommen. Die Spuren, die Julie bei ihnen hinterlassen hat, verschwinden schnell."

„Das hat sie sich selbst zuzuschreiben. Ich habe nur das Talent erkannt und es ausgeschöpft, als sich mir die Gelegenheit bot."

169

Brantley zog die schwere, hölzerne Eingangstür auf und betrat das, was seiner Meinung nach pure Perfektion war: warmes Holz, große Fenster, jede Menge Licht, dicke Teppiche und sorgfältig geplante Details, die den Großteil der modernen Annehmlichkeiten verbargen. Brantley liebte seinen modernen Komfort.

Ein paar andere Dinge hatten sich für ihn geändert, einschließlich der beiden großen Promenadenmischungen, die um ihre Beine herumwuselten und um Aufmerksamkeit buhlten. Mack und er wechselten sich bei der Begrüßung von Kit und Carson und der anderen Hunde ab, ehe die sich wieder davontrollten, um nachzusehen, ob es in ihren Futternäpfen etwas Neues gab. Brantley war überrascht gewesen, wie leicht er sich an das Leben im Westen angepasst hatte. Sein Geschmack hatte sich in vielerlei Hinsicht geändert.

„Hast du schon entschieden, was du mit dem Ausstellungsraum machen wirst, den du gebaut hast?", fragte Mack, während sie sich auf einem der unglaublich bequemen Wohnzimmersofas niederließen. Als Teil des Hausentwurfs hatte er eine Galerie gebaut, damit er seine Kunstsammlung ausstellen konnte. Aber es schien nicht in die Umgebung zu passen und so hatte er alle bei einer Auktion verkauft und war im Begriff, etwas Neues zu starten.

„Noch nicht. Aber ich habe ein Teil gesehen, das ich wollte." Brantley holte sein Tablet hervor und zeigte Mack ein Foto aus einem Auktionskatalog. „Es ist 1,20 m hoch, und ich dachte daran, ein Podest zu bauen, um es in der Mitte des Raumes auszustellen. Es heißt *Der Sheriff,* und als ich es sah, erinnerte es mich an dich." Brantley zeigte Mack die Abbildung einer Bronzeskulptur. „Für mich wirst du immer der Sheriff sein, der Hüter des Gesetzes, der mein Herz gestohlen hat."

Macks Wiederwahl im November war bemerkenswert gut gelaufen. „Was, wenn ich mich entscheide, nächstes Mal nicht mehr zu kandidieren?"

Kit sprang aufs Sofa, ließ sich neben Brantley nieder und bettelte um Aufmerksamkeit, indem er seine Schnauze an ihm rieb. Währenddessen lag Carson ausgestreckt zu ihren Füßen.

„Dann kannst du tun, was auch immer du tun möchtest", sagte Brantley. „Lew sagte, du hättest schon immer Pferde geliebt. Also könntest du vielleicht die Pferdezucht übernehmen, wenn wir so weit sind. Wer weiß? Ich habe jede Menge Ideen und momentan drehen sich die meisten davon darum, dass wir unaussprechliche Dinge miteinander tun."

Mack beugte sich zu ihm herüber und sein Gewicht drückte Brantley nach hinten. Kit sprang mit einem protestierenden Schnauben vom Sofa und Brantley tastete herum, um sein Tablet auf den Boden zu legen. Mack verschloss Brantleys Lippen mit seinem Mund und zupfte an ihnen, während er ihn rückwärts in die Kissen drückte. „Vielleicht sollten wir das hier lieber ins Schlafzimmer verlegen", sagte Mack und drehte sich zur Seite.

Brantley folgte seinem Blick zu den zwei Hunden, die einen halben Meter entfernt saßen und sie anstarrten. „Keine schlechte Idee."

„Und was die unaussprechlichen Dinge angeht", fügte Mack nahtlos hinzu, „du weiß, dass mit mir nichts unaussprechlich ist. Ich werde dir genau sagen, was ich will und wie laut ich dich schreien hören will."

Während sie sich nähergekommen waren, war Mack im Schlafzimmer immer gesprächiger geworden. Es war ein echter Scharfmacher und Brantley hatte keinesfalls die Absicht, dieses Benehmen in irgendeiner Weise zu ändern.

„Wie wär's, wenn du deinen Worten Taten folgen lässt", sagte Brantley und machte sich auf den Weg, mit Mack direkt auf den Fersen. Als sie schließlich das Schlafzimmer erreichten, lachten sie beide wie die Vollidioten, selbst dann noch, als Mack Brantley das Hemd über den Kopf zog. Kichern verwandelte sich in Stöhnen und Erbeben, als Mack sich an seinen Nippeln festsaugte und Hitzeschauer durch seinen Körper jagte.

Brantley fuhr mit den Fingern durch Macks Haar und löste es, damit es ihm beinahe bis auf die Schultern fiel. Er liebte die Art und Weise, wie ihm Macks weiche Locken durch die Finger glitten. „Verdammt, ich liebe dich", zischte Brantley, als Mack mit seinen Zähnen über eine seiner harten Brustwarzen fuhr und sich anschließend der anderen zuwandte. Mack verstärkte seinen Griff um Brantleys Taille und machte ihn mit seiner Zunge wild. Brantleys Beine zitterten, wie die der Hunde, wenn er sie tätschelte. Die Energie, die Mack erzeugte, war zu viel, als dass er sie hätte beherrschen können.

„Ich liebe dich auch", ließ Mack ihn wissen und schubste Brantley rückwärts aufs Bett. „Ich bin entschlossen, dich zu lieben und dir meine Liebe zu zeigen, und zwar für den Rest meines Lebens. Also halt dich fest und mach dich auf einen höllischen Ritt gefasst." Mack blickte ihm tief in die Augen und Brantley erwiderte das Feuer, das er in seinem Blick sah – etwas, dessen er nie müde werden würde.

„Mit dir ist es immer ein höllischer Ritt."

„Mit mir? Ich habe eigentlich an dich gedacht. Du bist derjenige, der stets voller Überraschungen steckt." Mack küsste Brantleys Protest weg und das Knistern zwischen ihnen nahm epische Ausmaße an. Mack wusste genau, wo er ihn berühren und wie er ihn necken musste, bis Brantleys Gehirn einen Kurzschluss erlitt. „Du bist derjenige, der diese ganze Ranch in einem einzigen Jahr wieder aufgebaut und irgendwie jeden glücklich gemacht hat."

„Nicht jeden, denn du machst mich glücklich", sagte Brantley und stieß seine Hüfte vorwärts, um jede nur mögliche Reibung einzufangen.

„Wie wäre es damit, Liebling? Ich mache mich daran, dich für immer glücklich zu machen und du tust dasselbe für mich."

Brantley grunzte seine Zustimmung, als Mack an seiner Hose zerrte. Das war der Deal des Jahrhunderts und er konnte mehr als gut damit leben.

DIRK GREYSON ist der Typ Mann, der gerne draußen unterwegs ist. Er liebt es, zu reisen und neue Dinge zu sehen. Dirk hat viel zu lange im kommerziellen Bereich Amerikas gearbeitet und verbringt seine Tage nun damit, zu schreiben, zu gärtnern und sich um das Heim zu kümmern, das er mit seinem Partner teilt, mit dem er nun schon seit mehr als zwei Jahrzehnten zusammen ist. Er hat einen Masterabschluss und all die anderen Accessoires, die mit einem Job in der freien Wirtschaft verbunden sind. Aber am stolzesten ist er auf die Geschichten, die er erzählt und auf das Leben, das er sich aufgebaut hat. Dirk lebt in Pennsylvania, in einem hundert Jahre alten Zuhause und ist mit einem tollen Freundeskreis gesegnet.

Facebook: www.facebook.com/dirkgreyson
E-Mail: dirkgreyson@comcast.det

Buch 1 in der Serie – Day und Knight

Als ehemaliger NSA-Mitarbeiter hat Dayton (Day) Ingram Erfahrungen als Hacker im Dienst der nationalen Sicherheit und arbeitet jetzt als technischer Analyst für Scorpion. Er sehnt sich nach dem Außendienst, und als er einen Angriff vereitelt bekommt er seine Chance. Er ist clever, mehrsprachig und ein Technologiemagier. Aber seine Chance hat einen Haken – einen Partner, Knighton (Knight), der ein echtes Rätsel ist. Trotz zahlloser Recherchestunden kann Day nichts über den Agenten finden, nicht einmal seinen Vornamen!

Der ehemalige Marine Knight hatte sich nach dem Verlust seiner Familie am Boden einer Flasche verkrochen. Nachdem er wieder trocken ist, bekommt er eine allerletzte Chance: zusammen mit Day eine terroristische Bedrohung aus Yucatán auszuschalten. Um ohne Aufsehen zu erregen dorthin zu gelangen, machen Day und Knight eine Kreuzfahrt für Schwule mit, wo der, wenn es um seine sexuelle Orientierung geht, zutiefst verschwiegene Day und ein ebenso verschwiegener Knight als schwules Paar agieren müssen. Die Anspannung wächst, als Knight sich ausschweigt und Day sich gegen Knights unbarmherziges Verlangen nach Kontrolle sträubt.

Aber nach einer durchzechten Nacht wachen Day und Knight in einem Bett auf. Zusammen. Während sie ihrem Ziel näherkommen, müssen sie lernen, einander zu vertrauen und sich aufeinander zu verlassen. Nur so können sie das Terroristencamp infiltrieren und das Komplott gegen die technologische Infrastruktur der USA vereiteln. Nur dann können sie auf ein Leben nach der Mission hoffen.

Ein gemeinsames Leben.

www.dreamspinner-de.com

Von DIRK GREYSON

Day und Knight
Wofür es sich zu kämpfen lohnt

Veröffentlicht von DREAMSPINNER PRESS
www.dreamspinnerpress.com

www.ingramcontent.com/pod-product-compliance
Lightning Source LLC
Chambersburg PA
CBHW022157240626
47153CB00007B/2696